行李箱

La Malle

行李箱

短篇故事集

親愛的作家朋友：

超過一個世紀以來，關於行李箱、旅行袋和旅行的離奇故事，在威登家族位於巴黎近郊阿涅爾的祖宅裡窸窣細語。為馳名於世的路易威登行李箱延續品牌聲譽的第三代當家嘉士頓．威登，是位滿腔熱情的收藏家，為行李箱建立了令人嘆為觀止的史料，包括剪報、軼聞、最奇異的顧客往來紀錄……我們挑選了十一個具代表性的主題，交予十一位深具才華的作家，包括您本人。若您願意接受任務，請運用自己的靈感，讓這段或近或遠的往事重生。為此，我們將傾囊相助。您需要罕見的作品、相關資訊，到阿涅爾參觀秘密史料，或前往某處尋找靈感嗎？嘉士頓本人曾擁有的資源和門路，我們全都會提供給您，這些素材都配得上藝術家的身分，因為嘉士頓對待閱讀和剪報的態度猶如寫作一般。他擁有靈感和創造力，這點從我們忍不住塞進給您的信封裡的肖像照，便得以證明。我們期待您賜予這些充滿了詼諧、詩意、超現實感，但往往以悲劇收場的故事一個生命。

您可以自由發揮，以純粹陳述事實、不加評論的手法敘事，或者根據您的靈感來延伸故事。您的文字由您來主宰。

Affaire BESSARABO
Août 1920
Affaire GOOLD
Août - Décembre
1907
Un crime horrible
Un cadavre dans une malle
Un millionnaire allemand assassiné
La malle d'Herckmans
Lisbonne
Janvier 1911

前言

嘉士頓．威登有個不爲人知的嗜好。他每天嚴格審閱國內外的報紙，搜尋關於他所癡迷之物品的文章：行李箱。這些剪報已在一只行李箱內長眠了數十年，紙張漸漸泛黃，膠水也有些乾了。在剪貼簿中，我們能認出嘉士頓的字跡鉅細靡遺地記錄了報紙名稱及發行日期。他依剪報主題歸檔，遺失的行李箱蒐集在一起，血腥的行李箱則另行分類。收關道德、間諜、公主、豪華旅館、蒸汽火車……等等的事件，各自從紙上迸出畫面。爲了這部不同凡響的短篇故事集，我們在當代最偉大的作家面前，重新打開了這只充滿回憶的行李箱。十一位作家分別對旅行、犯罪故事、魔術或探險深感興趣，他們受到上個世紀初老派的魅力、更爲迷人的戰後時期，以及近代的上流社會軼聞所深深吸引（路易威登有個特殊部門負責延續這項詩情畫意的傳統，專門蒐集關於行李箱的文章、記載不可思議之小故事的私人信函，甚至是與眾不同的顧客訂單），以文字帶我們穿越了時空。作家一一受邀到威登家族的祖宅享用午茶，接著踏進了從前的小書房。過往的遺跡仍躺在那張桌上，在同一盞小檯燈的照耀之下，作家們沉浸在皮件、木頭、泛黃紙張與褪色照片之中，海明威與名畫《蒙娜麗莎的微笑》所經歷的冒險登上了當時的報紙頭條，如今卻早被世人所遺忘。於是，當代最傑出的作家們讓史料重新活了起來，共同寫下一部獻給行李箱的頌歌。每篇故事皆從行李箱揭開序幕，逐漸發展爲一段貨眞價實的文學橫渡之旅。只有某些故事是例外——始於一場美麗的旅行，繼而結束在一只血淋淋的行李箱中……

VÉRONIQUE OVALDÉ

薇若妮克・歐瓦黛

血流遍地的三角洲

薇若妮克·歐瓦黛

歐瓦黛有著一頭黑髮和殷紅的嘴唇，每天前往巴黎左岸的出版社從事編輯工作之前，她會在清晨寫作。她總是能想出如小說般的書名，像是《魚的睡眠》《我透明的心》《鳥的一生》，而她筆下的故事正如其名，充滿了畫面。因此，她必定懂得如何讓探險家布拉扎[1]和他的抽屜式行李箱死而復生，甚至解開這個謎團也說不定。謎團？就是藏在這個行李箱暗格裡的秘密文件。此箱被人密封起來，置於奧塞堤岸[2]已有一世紀之久。爲了讓這段連嘉士頓·威登本人也不熟悉的史實重見天日，我們把調查此事的任務交付給歐瓦黛。雖然她是小說家而非偵探，卻依舊接受了這項任務，而且眞的成功了。歐瓦黛也許（可能吧）揭開了布拉扎那只行李箱的秘密。但無論如何，她的短篇故事正如她所構思的書名，純屬虛構。

1 **Pierre Savorgnan de Brazza**（1852-1905），義大利裔的法國探險家與海軍軍官，生平多次遠征非洲，路易威登曾為他設計一款折疊床旅行箱。他提倡人道與和平主義，曾在法屬殖民地剛果捍衛當地人的權益，被部分剛果人視為英雄，亦為法國能深入非洲中部殖民的功臣。

2 法國外交部位於巴黎第七區的奧塞堤岸（Quai d'Orsay），此地名因而成為法國外交部的同義詞。

N° 3268. — 63ᵉ Année

14 Octobre 1905

L'ILLUSTRATION THÉATRALE

VERS L'AMOUR

PRIX DE CE NUMÉRO :

Un Franc

L'ILLUSTRATION

JOURNAL UNIVERSEL

HEBDOMADAIRE

La reproduction des matières contenues dans L'ILLUSTRATION est interdite
L'ILLUSTRATION ne publie d'insertions payantes que dans l'emplacement réservé aux annonces.

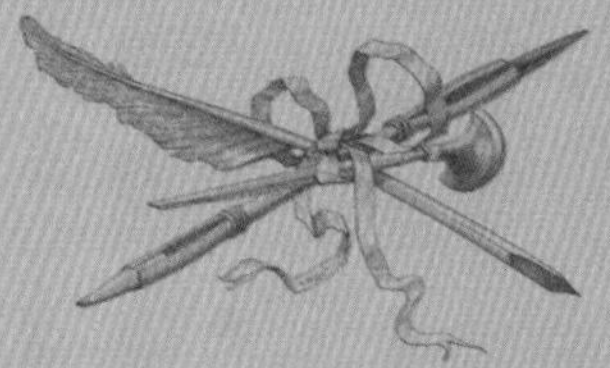

ABONNEMENTS :

FRANCE : Un an. . . 36 fr.
6 mois. . . 18 fr.
3 mois. . . 9 fr.

ETRANGER : Un an. . . 48 fr.
6 mois. . . 24 fr.
3 mois. . . 12 fr.

Les abonnés reçoivent sans augmentation de prix tous les Suppléments :
ROMANS, MUSIQUE, PIÈCES DE THÉATRE, GRAVURES EN COULEURS, NUMÉROS DE NOËL ET DE SALON, ETC.

13, Rue Saint-Georges

PARIS

故事靈感來源

「令人好奇的布拉扎最後報告」

——《畫報》[3]，一九〇五年十月十四日

義裔探險家皮耶·德·布拉扎被法國政府派往非洲為戰事做彙報，於一九〇五年九月十四日在塞內加爾首都達卡辭世。他的路易威登行李箱被送回巴黎，藏在特別訂製的抽屜式行李箱夾層內的恐怖報告，卻從未完整公開。外交部長知道行李箱設有暗格，只是無人能參透其中機關。為了把這批不可取代的文件從藏匿處挖掘出來，品牌第二代傳人喬治·威登於是讓人請了過去。

3 *L'Illustration*，法國於一八四三年至一九四四年間發行的週刊。

hiver, il le sera longtemps.

EDMOND FRANK.

LE DERNIER OUVRAGE DE M. G. LENOTRE : « LE DRAME DE VARENNES » (1).

L'apparition du nouvel ouvrage de M. G. Lenotre datant de quelque trois mois, nous aurions à nous excuser de le signaler bien tardivement, s'il s'agissait d'un de ces livres dont la vogue est éphémère ou le sujet d'immédiate actualité.

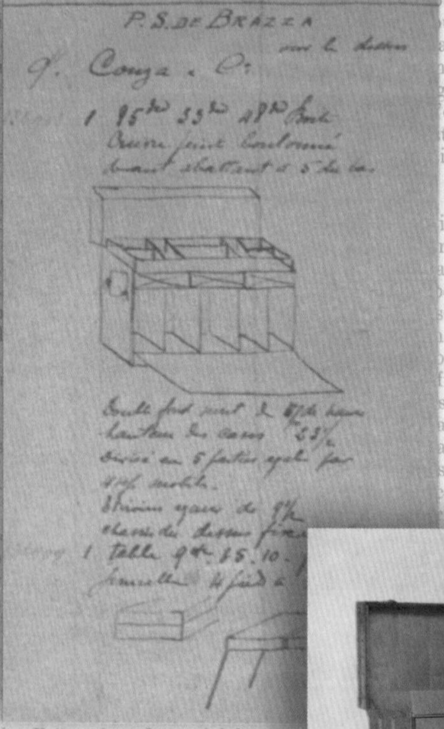

cadre spécial.

Aussi bien, M. G. [...] maître en l'art des [...] toriques. Fouiller [...] les archives, scruter [...] sons », dépouiller les [...] afin de leur dérober [...] tirer des renseignem[...] là besognes où font [...] nieuse sagacité de [...] til de fureteur, ain[...] ses divers ouvrages [...] révolutionnaire, obje[...] prédilection. Sa méth[...] consiste, une fois les [...] verts, à les vérifier [...] confronter, les contr[...] aux clartés de l'espr[...] les grouper et coord[...] au tout ce qu'il convient de littérature, c'est-à-dire l'assaisonnement dosé d'une main experte, de façon à relever sans la dénaturer la saveur originale du plat substantiel. En un mot, l'érudit vulgarisateur par excellence.

DOCUMENTS et INFORMATIONS

LA MALLE DE M. DE BRAZZA.

Quand il partait pour remplir au Congo la mission au cours de laquelle il devait trouver la mort, M. de Brazza entrevoyait-il qu'il aurait à recueillir là-bas et à rapporter de graves documents ? Toujours est-il qu'il avait demandé au fabricant de malles bien connu, M. Louis Vuitton, une « malle secrétaire », spécialement aménagée pour garder contre toute atteinte, toute indiscrétion, les pièces qui lui seraient confiées. L'ingéniosité du constructeur avait réalisé un meuble très pratique à la fois, et absolument inviolable.

Extérieurement, ce meuble ne semblait qu'une malle ordinaire, solidement construite pourtant, en bois bien sec recouvert

[...]ts secrets [...]razza.

[...]é et consolidé [...]nforcement en [...]es poignées de [...]pendre à quel[...]our le portage [...] placée sur une [...]ieds en fer qui [...]ituait, une fois [...]aire, avec des [...]iroirs, un com[...]e, tandis que [...] pupitre pour [...]compliqué, dis[...]e de la caisse, [...] qu'aux seules [...] secret : M. de [...]aires. Et c'est [...]rapportés tous [...]illés trop tôt et [...]maintenant, la [...]ée par le minis[...]la lumière sur [...]dont on a tant

[...] TUBERCULEUX.

[...] quinze ans, vétérinaires et médecins pensaient que la tuberculose était très rare chez le chien. On savait bien qu'il est facile de déterminer chez lui la tuberculose expérimentale, mais on considérait la maladie spontanée comme tout à fait exceptionnelle.

Or, il résulte des documents réunis par les vétérinaires de l'école d'Alfort que la

P. S. DE BRAZZA

When SAVORGNAN de BRAZZA, the great French explorer pf Africa, went in Congo for the last time, he ordered a special bureau trunk and table, as he was making an enquiry, he required a secret case.
He died in Africa, the trunk came back to the Ministry of Foreig Affairs.
Every one was surprised not to find the secret documents.
Happily some one knows that there were secret cases but no one was able to find them, and we have been called to the Ministry to open the cases.

L'affreuse tragédie de la Mission VOULET-CHANOINE vient d'éclater et le Parlement s'en est saisi.
Une Commission d'enquête a été nommée et l'on enverra en Afrique une haute personnalité chargée de faire la lumière complète.

SAVORGNAN de BRAZZA est désigné.

Pour son confort personnel, il commande des Lits VUITTO

Ce modèle de lit avait été créé par mon Grand-Père vers 1865 - Tout le lit trouvait son assise dans l'intérieur de la malle - il se pliait ainsi que son matelas - C'était un modèle extrêmement pratique, malheureusement mon Grand-Père négligea de le faire breveter, il fut copié et connut une faveur telle lors de la conquête du Congo qu'il devint "le lit belge" !!! et c'est sous cette appellation usurpatrice qu'il figure au Musée du

血流遍地的三角洲[4]

布拉扎出生在羅馬。倘若他沒有決定遠赴他方過日子，本來可以福壽綿長。他本來可以在歸天的時候，像隻老獵豹那樣被兒孫圍繞，聽著孩子的聲音和他那座宮殿的大理石地上迴響的足音入眠。他本來可以聞到花園裡白玫瑰的芳香，而那些沿牆攀生的玫瑰衝著流逝的歲月蔑笑，公然嘲弄白頭老翁和他們對冒險的渴望。

他本來不會任由偃麥草侵占他的馬廄、讓長春藤堵住窗子，不會放任村童破壞狩獵女神狄安娜的雕像，彷彿每尊雕像都有著什麼讓孩子不快的東西，彷彿女神高貴十足的穿著有哪裡羞辱了他們。她儘管少了一隻手臂，或是斷手落在距離手腕幾公尺之處，依然維持了難以名狀的睥睨眾生之態，激起孩子們的侵略性，讓他們失去了理智。他本來也不會由著泳池布滿裂紋，成了喀拉哈里沙漠般死氣沉沉的乾枯之地；雨水本來永遠也不會在偏廳的鋼琴上積出水窪，引來蜻蜓飛舞。布拉扎本來不會坐視中庭和這裡的一切陪著他一起消殞凋零。

這我很確定。就像我很確定，早在幼時我們初識之前，他對冒險和探險的強烈欲望早已在心底一點一滴地擴散，我確信一直以來都是如此——我本想寫下**征服**，但這個詞不貼切，對他不公平。或者也許如此吧，幼年的布拉扎還有可能受到征服的欲望鼓舞，但是對成年的布拉扎而言，

4 指西非主要河流出海口一帶，為十九世紀的主要貿易渠道，剛果等國曾為法屬殖民地。

正可能是對征服無感，且厭惡支配的感覺，才鑄成了他遠離這座城堡的後果，遠別四散在柳樹下及平靜小湖邊的一尊尊狄安娜雕像。

「天涯海角，我都會帶著你，溫琴佐。」他從前總這麼說。

我倆同年，但我當時是個孩子。

他是個想看遍全世界的小男孩，成天不是待在樹上，就是在鄰近羅馬岡道爾夫堡的池塘上。

「天涯海角，我都會帶著你。」

我從母親工作的洗衣間幫他偷來一條床單。我們在蠑螈洞穴找到一艘漸漸變作化石的輕舟，豎起了上頭的帆，他就這樣一個人坐上漏水的小船往池塘裡去。他大力對著留在岸邊的我揮揮手，這時我理應負責作筆記，寫下他的冒險。

「你就幫我寫日記吧，溫琴佐。」

但我不會作筆記，也不懂得寫日記。我只寫了日期：一八五九年七月二十二日；另外還加上：豔陽天。

我只記得陽光耀得我眼花，尤加利樹的窸窣聲鋸著我的耳朵，以及湖面是如此幽黑、平滑，而且神秘莫測。

關於布拉扎，我所知的是，若他當時留在他的山丘上，那麼將近五十年後，我就無須將他的秘密行李箱（他總稱之為「我的秘密行李箱」）從達卡運回巴黎，也不可能成為他在非洲的同伴；我會是村裡的裝蹄師，一輩子只會寫自己的名字，說不定連名字也不會寫。我在一九〇五年帶著這只箱子旅行，那是我最悲傷的一次歸途。我留下了我的朋友，我的同袍，我由著他死去。這只行李箱因為布拉扎的所見所聞而沉重，因為三角洲遍地的鮮血而沉重，因為他的心痛、他的病弱和他的失望而沉重。

「所有東西都在裡面了。」他說。

其時，他徒具一張臉，形同骨骸的一張臉，文藝復興畫家曼特尼亞筆下蠟黃的臉，嵌在一具幾乎已消失不見的軀體上。

泰瑞莎[5]會說是有人對他下了毒。

但是我，我認爲不是那種毒，那種別人可能會摻進他喝的水裡，或是我迫使他灌下的鹹湯裡的毒。我認爲是另一種毒，更刁鑽、揮發性更強的。我認爲是頹喪和悲慟。

「你太敏感了，溫琴佐。」

每當他這麼說，就是在嘲弄自己這個奴隸之父。

「你太浪漫了，溫琴佐。」

但，不就是他把我調教成這樣的嗎？他十三歲結識了海軍司令蒙太涅克。當日司令受拿破崙三世之命，前來饋贈一艘快帆船給教宗（「快帆船耶，太瘋狂了吧？現在沒人駕快帆船了。」當我這麼向布拉扎指出時，他手一揮，說：「這有什麼大不了的呢，溫琴佐？」）。他一邊向我描述他在年少時戴著姊姊借的草編手套，和海軍司令會面的情景，一邊教我要學著浪漫，教我要相信傳奇（「你知道那艘快帆船叫什麼名字嗎？無瑕號，是不是很完美？」）。他對海軍司令說：「帶我去法國，這裡沒有海軍，但我想學習航海。」司令看著這個少年戴著少女的手套，一副沉著威嚴的模樣，對他的膽識留下深刻印象，於是帶他到巴黎，準備布雷斯特海軍學校的考試。

5 布拉扎之妻泰瑞莎・皮內東・德・尚布朗（Térèse Pineton de Chambrun, 1860-1948）。

「我會回來找你，溫琴佐。」

他不在家的這段期間，每當我母親看見我在寫信給他，就會在洗衣間的蒸氣中大搖其頭，說：「他不會回來的。」

她又補上一句：「兒子啊，你就好好準備找個正經工作吧！」

她根本無從想像布拉扎會回鄉，還帶她兒子去探索非洲的奧果韋河。她不會知道布拉扎在十三歲許下的承諾，這個孩子之間的盟約，這道血誓——我的血和布拉扎的血拌和在一起。我多麼想相信這個承諾，但是疑信參半，畢竟我只是洗衣婦的兒子，像我們這樣的人很小就被教導貴族的話萬萬信不得，或是至少要明白，我們心目中重要的事物對他們而言並不然。這倒不是因為他們是騙子，而是他們的興趣更廣泛。母親不會知道，這個承諾將讓她的兒子和布拉扎在餘下的人生中，始終連繫在一起。

「我回來了，溫琴佐。」

當他從普魯士戰爭回來時，這麼說了。我還在那座宮殿，從未離開過，行動範圍不出洗衣間和馬廄之間。那一早，我在照顧蘭花，我記得他的出現、他的眼神、他的體態、他的制服和他的驕傲。他走進溫室，張開雙臂，我不確定這動作究竟代表這間溫室、這座宮殿、全世界和其中的謎團全都屬於他（這是我最初的想法），或是「你看、你看，布拉扎家的人不會說謊」。接著他想擁抱我，想告訴我，我的信對戰場上的他而言有多麼重要。

「我現在是法國人了，溫琴佐。」

這句話當時震驚了我。自從他的雙腳會走路開始，就一直走在岡道爾夫堡的土地上，怎麼能當法國人？義大利是他得以舒枝展葉的養分，他怎麼能當法國人？（母親早已告訴過我，貴族能以四海爲家，而我們洗衣婦和洗衣婦的兒子只能住在大城堡的地下室，我又爲何如此震驚呢。）我回答他：「是他們逼你的嗎？」我希望他點頭，說他對我們土地的愛完好無缺，是法國政府視他爲英雄。但他卻聳聳肩，說了類似這樣的話：「這有什麼大不了的呢，溫琴佐？」

我會永遠記得蘭花溫室裡的這一刻，他向我伸出手，讓我握住，同他一起分享一場美好的開化冒險，他那時仍然這麼認爲。

「要我帶你走嗎，溫琴佐？」

他哪裡猜得著，當他看見小孩子像黑色豆莢般吊在棗樹樹枝上，他的心會變得如何？他哪裡想得到，那些支持他的人會踐踏他、譏笑他，認爲他對非洲土著太心軟；他哪裡想像得出，人類殘殺人類會有那麼千般萬樣的方法？

我們離開了，我母親理解不來，她站在城堡大樓梯的臺階上哭泣，布拉扎的母親對她說：「好了、好了，茱麗葉塔。」我穿著藍色天鵝絨服，戴著我的帽子，提著我的寫字箱[6]，我肯定說了一些話，但我全都記不得了，一切都是這樣完美而朦朧，我只看見母親的眼眸，還有她立在大樓梯上，在布拉扎夫人上方後面一點點的疲累雙腿。布拉扎夫人對我們揮揮手，一再說著：「好了、好了，茱麗葉塔。」她笑吟吟的，像個一直知道兒子會變成男子漢的女人。

布拉扎的母親在他還小的時候，常常告訴他：「要魯莽一點喔，孩子！」我不懂做母親的怎能給孩子這種讓人無法接受的建議，這會害人送命的。但在我們第一次遠征剛果時，我便考量了她給兒子的叮嚀有多重要，也理解了她何以囑咐

6 航海專用的寫字工具，因船身在海浪中航行不穩，船員將文件置於寫字箱上便於書寫。

兒子在各種處境下都要大膽無畏。布拉扎對我這個首次航海的人打趣道：「你要回羅馬還是拿坡里？」我縱然病病殃殃，一顆心翻攪著，但爲了留在布拉扎身邊寫下所見所聞，我願付出一切，亦即我的生命，因爲這是我所僅有。後來有人控訴我筆下的描述帶有偏見，甚至說我愛著布拉扎，眞是胡說八道！我還能寫什麼其他內容？布拉扎特別關懷那些少有人願意關心的人，這是我親眼所見。

我們初靠岸時，布拉扎並不滿意當地的景況。前往剛果的阿利馬河途中，我們遇上許多奴隸，於是布拉扎開始買下他們，放他們自由。此後，布拉扎維爾[7]的市訓便成了：「凡是接觸過他的人都是自由的。」只是那個時候，我倆都還懵然未覺。

我們溯流而上，到處都有人阻止我們經過，其他人會拿出馬提尼卡賓槍和刺刀，他卻總是堅持要見村長，堅持要理論、交涉，請對方放我們通行，他會聊起當地的植物種類和世界之大，有些村長聽得進，有些則否；有些人根本不在乎植物和世界的大小，因此拒絕放行，我們只得走另一條路，還得努力別讓自己染上痢疾而死，或是被蕁麻扎傷而送命，我們溯著平靜無波的河流而上，每經過一段曲折，每說服一個村落，布拉扎都會成長，並說：「口若懸河才是王道。」

怎麼什麼事都能拿來開玩笑呢？

布拉扎成了英雄，成了赤腳的征服者。他的事蹟從里斯本傳揚至布魯塞爾，但是布拉扎最鍾情巴黎，他想討好的是巴黎。後來，他終於讓巴黎那些自命不凡、志得意滿的人感覺到自己是多麼邪惡，一心只想著他們渺小且令人鄙夷的自我；他讓他們對自己感到如此不堪，以致他們再也無法原諒他。他們先是說「好漢子，了不起的男人」，接著卻又說「他拿果醬塞飽黑鬼，等那群惡人來向他討教希臘文和拉丁文」。反對他的言論傳了開來，我卻一個字也不懂。這些人不能諒解他的本性。對此，布拉扎回應道：「非洲把戰爭還諸散布戰爭的人，也會將和平還諸散播和平的人，一如其他國家。」

彼時，在歐洲共享這塊野蠻大蛋糕的彼時[8]，這話誰聽得進去？

「總是有別的辦法可行。」提到暴力的時候，他這麼說。

我只能把實際發生的事，以及我旁觀到的事記下來。

「總是有別的辦法可行。」

他就像在他之前的托克維爾[9]，不懂軍人何以被訓練去做這等野蠻之事。他逆抗所有形式的奴役，既無法忍受白人醉心此道，也不能忍受黑人彼此這樣相待。

這番言談讓他短暫成爲巴黎沙龍[10]的英雄，也成了他後來被沙龍排擠的原因，因爲巴黎沙龍既任性又健忘，一旦沉迷於新的癮頭，便對前一個皺起鼻子，特別是在庶民對沙龍不久前一致風行的話題開始感興趣時。布拉扎對他們說的是：「凡是來到弗朗斯維爾[11]的逃奴都能重獲自由。居民賦予我權利，釋放所有前來尋求我保護的奴隸。」

---

7 Brazzaville，剛果共和國首都，此名正是為了紀念故事主角布拉扎本人，意同「布拉扎的城市」。

8 十九世紀末，法國、德國、義大利、英國、西班牙、葡萄牙、比利時等歐洲列強開始瓜分非洲。殖民情況在一八八〇至九〇年代最為嚴峻，直到二十世紀以後，非洲國家才漸次獨立。

9 Alexis de Tocqueville（1805-1859），十九世紀法國政治思想家、歷史學家、作家，以針對法國大革命、美國民主及西方國家民主的演進論述聞名於世。

10「沙龍」（Salon）一詞源自法文「會客室」，如今指思想交流的場所、上流社會與知識分子的集會。

11 加彭東南部首府，位於奧果韋河東岸。

他很驕傲大家稱他爲「奴隸之父」。

我們沿河而行，和腳伕徒步穿越蠻荒地帶，布拉扎比他們每個人都高出一個頭（但非洲人在行囊的重擔之下，走路不都駝著背嗎？），自詡爲探險家的布拉扎繪製地圖、口述、畫圖。我們曾與泰克族的國王馬科科協商，我還記得那次晤面我高燒不止，圍在我們身邊的卻全是身高超過兩百公分的戰士，全身覆滿豹皮，戴著面具。我不清楚布拉扎見著這般凶神惡煞的軍隊何以不會發抖，但他似乎渾然不覺地在這群人之中信步走動，就像兒時穿梭在十二位兄弟姊妹及身穿黑白制服的小女僕、配戴肩飾的總管等下人當中。無論是把頭枕在他的母狗身上、躺在偌大的家族圖書室的地毯上睡覺、來到非洲與泰克族國王爲伴，或者身在叢林中，他看起來都一樣如魚得水。我悲觀地告訴自己：「我們一定沒辦法活著離開。」

但是我們活著離開了。我們和泰克人的國王一起用餐時，布拉扎閒逸自在，把送上來的食物在手心搓成丸子吃掉，向我點點頭表示鼓勵，還對泰克人的國王笑臉盈盈。我們離開後，返回營地的途中（我們不在泰克國王家過夜，從來沒有白人有權留在那裡過夜，想都別想），他對我說：「咱們別跟人提起這項協定。」

我感覺他的交涉方法是步步走險，而且沒有人資助，因爲這些方法無一是具體的，全都仰仗自信心的力量和從容不迫的態度，以及某種非洲國王或法國海軍司令都感覺得到，但卻摸不著的東西。

直到很久以後，我們首度碰上焚毀的村落，那是第二或第三次遠征我也記不得了，而且，想當然耳，最糟的總是在後頭，最糟的是最後一次遠征，那時布拉扎就會明白他的信念沒能禁得起摧殘。當我們遠遠瞥見第一批被釘上十字架的屍首，他停下動作的姿態，我將永誌不忘。布拉扎霍地煞住，高舉雙臂（不曉得在乞求誰，或只是示意他的人緩下腳步，因爲路邊出現了死者？）。我們朝那些十字架前進，他說：「誰做得出這種事來？」

兀鷲已經開始撕爛那些可憐人了，他命人解下屍骸，妥善埋葬。

對我而言，每趟旅程都混雜在一起，只會不時閃現在腦海，猶如時斷時續的抽搐，我只想把旅程中某些在帳篷就寢的靜心時刻保存下來。我們打開折疊床旅行箱，爲阻擋紅螞蟻而把床腳放進汽油桶，抽著義大利菸草，一邊靜靜閒聊。

我們返回法國，我看著泰瑞莎和他在維琴妮．達巴迪[12]家中邂逅，那是一八九五年五月的一個星期五晚上，我們來得早，因爲布拉扎想早點回去，我們得謄寫我作的筆記，他有意發表內容，介紹給法蘭西研究院，然後盡速前往剛果。他再也受不了他回法國時掀起的囂鬧。大家都渴望見他一面、向他道賀、觸碰他、推搡他。他早料到這陣熱情極爲短暫，因此在下次出航之前就勉強忍受。他依然是非洲的布拉扎，那個不用武器和勒索就與非洲國王締結條約的和平使徒。布拉扎不是不喜歡榮譽，只是他已察覺，人氣終究會玷污他的名譽。

而他和泰瑞莎彷彿認出了彼此。

愛情自古以來就是這麼玄奧。我們最先抵達，布拉扎向達巴迪夫人表達敬意。夫人坐在一把樸素的凳子上，表示她並不拘禮，一邊聽布拉扎跟她談起非洲，一邊笑看他模仿非洲母親抱小孩的方式。正當布拉扎模仿著，泰瑞莎走了進來。（就算在模仿，他也從不顯得滑稽，誰曉得他是怎麼辦到的？我總是看得目瞪口呆，並想起小時候母親告訴過我：「有錢人就是天生優雅。」我

12 Virginie d'Abbadie，法國智者及旅遊家昂杜安．達巴迪（Antoine d'Abbadie, 1810-1897）之妻。

怪自己跟她想得一樣，因爲只有無產階級才這麼想，或說這是下人的想法；但我不想當下人，我想當福爾摩斯身邊的華生醫師。）她身穿夜藍色禮服，臉上掛著某種冷酷又嬌柔的神情，除了名貴的貓，還能如何形容這種混合？極淡的眼珠令她的眼睛看似頗不尋常，那怪誕的淺淡之色讓她有了一種生動的奇異神韻，讓人無法把目光移開她的臉龐。布拉扎被俘虜了。我此刻彷彿又看見他抬起眼，很守禮地向她打招呼，接著彷彿又看見他嚇飛了魂魄似地僵住。

數月後，他們結婚了。

我當時傻得只能幫他想像，到時會有一名甜美如孤挺花、身穿奶白色錦緞的年輕女子陪他到港口，小家子氣地向他告別，以繡有家徽的蕾絲手帕輕拭眼睛。

然而泰瑞莎不是這種女人。她來義大利見布拉扎的家人，學會騎腳踏車，還去路易威登訂製我們的行李箱，她要最輕、最方便、機關最多的，她要陪我們去非洲。

但是非洲變了，從此陷入與租借地掮客、軍隊兵士纏鬥的局面。

理應復興民族驕傲的殖民大計，開始計畫殘殺非洲。

布拉扎不願和那些自大的小領主扯上關係。那些人被法國所驅逐，他們的暴力大可盡情延伸至更遠的地方，到一塊從巴黎沙龍看過去顯得如此野蠻而遙不可及的大陸上。

趕盡殺絕的時刻開始了。

「我們不是**征服者**，溫琴佐。」有一晚，他對著火光這樣告訴我。

他搖搖頭，思忖該怎麼辦，該如何有效對抗這些卑鄙的象牙和橡膠開採巨頭？他太過熟悉非洲和非洲人，聽不進那種以高等種族自居而去竊權奪利的言論，他只能捫心自問。

「我們不是征服者，溫琴佐。」

但是怎麼反抗？他自己的人頭都快保不住了！別人指責他自以爲買下幾個可憐蟲就形同廢除了奴隸制度，別人怪罪他在殺豹前先賣了豹皮，尚未播種就宣布農收，在未開墾的領土規畫道路、開闢鐵路。

我猶記一八九七年，他去拜訪康拉德．侯克在烏班吉河岸的租借地那日，他單槍匹馬，不要我們任何人陪同，他說：「我父親認識他父親。他們都是有教養的人。」

但他搞錯了，竟然相信古老歐洲的禮節和互信到了這些蠻荒地帶仍舊存在（「噢，請到我們尼斯山上迷人的別墅來作客吧！」）。侯克在他的地盤占地爲王，成了這塊租借地唯一的白人。他有三個妻子、十四個孩子，唇縫夾著一根熄滅的雪茄，頭上戴著禮帽。

「我就是老闆。」

怎麼判斷誰是老闆？從他的三個妻子、成群的黑兒女、雪茄和禮帽。看他如何喚令其他乖馴的工人鞭打冥頑不屈的工人，看他靠橡膠樹積攢了多少財富，還有我們抵達租借地時那股木頭的焦味。布拉扎說：「我一個人去就好，我父親認識他父親。」

這些人都成了虛榮的小國王，沒辦法要他們謙虛自牧的。幾年後，我們爲了最後一個任務重返非洲，那裡木頭焦味依舊，我們穿越查德的平原時，在許多焚毀的村裡見到沖天的滾滾黑煙，聞到焚燒木頭的死亡氣味。這股潮溼的毒氣黏在皮膚上，偷走了汗水。

我隱匿不出。我陪他一起去，但是躲了起來。我已開始替他感到害怕，也比他更早明白非洲正在如何發展。我藏在樹下，等他進入侯克家中，但是侯克根本沒有請他進屋，只是在前廊接待。侯克新納的妻子在幫他搧風，德拉布朗許神父一邊喝竹酒，一邊撫摸大肚皮，坐著邋啊邋的，看起來絲毫不像這幅景象的一部分。神父的目光越過橡膠樹和烏班吉河岸凝望遠方，戴著許多戒指的指頭敲著大肚皮，一手牽著他的小猴子，偶爾扯扯鍊子，割著牠脖子當玩樂。這神父是教會來的賊，相信橡膠和竹酒更甚於天主的力量。侯克甚至沒有請布拉扎坐下，就任他站著，但此舉並未讓他顯得像侯克的農奴。侯克無法從他身上得到絲毫優越感，或是讓他流露出半點奴相。布拉扎支肘靠在前廊欄杆上，彷彿靠在他的船舷沉思生命之短暫。他背對侯克和可恥的神父，頭也不回地對侯克說話。我不曉得他說了些什麼，但那段話讓難看的侯克原已曬過頭的臉龐漲得益發血紅。我很想瞧瞧侯克那顯然只有十五、六歲的新妻，瞧瞧她停止幫這個奸徒搧風，放下那張碩大的芭蕉葉，噗嗤取笑被羞辱的侯克，再以王后的姿態離開農田。但是侯克的少妻什麼也沒做，也許她想得更多，還盼望她的兄弟過來把醜惡的侯克摳心挖肚？此刻她只是繼續以微風般的慢節奏搧風，眼神落在他處，心思放在他方，離這些掠地劫女的惡人遠遠的。

「我們不是征服者，溫琴佐。」

但是還有誰相信呢？

他在一八九八年一月遭到免職，正式遣返。謝謝您，布拉扎先生，感激無任，但是我們不需要您了，也不需要您的妻子和下人溫琴佐，他其實不是下人，但此事對我們而言並不重要。布拉扎先生，我們壓根不在乎您做過什麼事，或那些陪您來的人如何。回家去吧，回義大利，別再糾纏我們了，停止對我們說教，我們非常清楚該怎麼開化地球上這些野蠻地區。

「我就當個旁觀者，閉上嘴吧，溫琴佐。」

我們回到法國，來到泰瑞莎家族的領地。布拉扎非常不好過，他待在辦公室寸步不出，檢閱我的筆記和他自己的紀錄，我站在門前聽著他偷偷發火。他的孩子老是在門邊逮到我，因爲我在那裡放了一張獨腳小圓桌，等著布拉扎出來。我想告訴他：「皮耶，我們走吧，回那裡去，非洲人民需要您。」

但是我什麼都不能說，只能默默關心他，我已經爲他操了那麼久的心，也猜得出失寵對他的影響有多大，巴黎的忘恩負義又是多麼磨蝕他的心志。無論他最初是如何懷疑那些權貴對他的迷戀，此刻他的失勢就像膿包，一鼓一鼓地跳動。

同年，巴黎決定征服查德。一得知此事，布拉扎咻地衝出辦公室，開始怒斥唾罵。見他從麻木中脫身，我幾乎放下心來。他吼道：「不能讓這些自命不凡的傢伙去那裡。夏努安和孚雷[13]都是愚蠢的莽夫。」

孚雷上尉兩年前鏟平了布吉納法索的首都瓦加杜古，當時正是夏努安爲他赴湯蹈火。

布拉扎的猜測絲毫不錯，孚雷—夏努安任務立刻深入尼日東部，發展爲一支窮凶極惡的縱隊，發狂似地幹下恐怖惡行。跟隨他們的腳步，會走過一座又一座焚毀的村落，道路上排列著無頭或支解的死屍，稚齡幼童無手無臂，女性一律慘遭姦淫、虐殺，屍身殘缺不全。兩名上尉和他們嗜血的步兵遠征隊的報告與照片（我記得兩人鋪著白巾的晚餐桌面上還放著土著酋長的首級），傳到早已心中有數的布拉扎，以及萬萬沒料到的法國良民耳中。民眾開始憤慨——或許比起兩名上尉的血腥行徑，大家反而更爲他們的違紀而激動吧。

那些法外瘋子（又或許他們並未踰越法紀？因爲老實說，我常納悶這些惡行到了何等程度才該接受軍事法庭制裁？野蠻行爲中不該被跨越的禁忌門檻又在哪裡？）把手榴彈綁在人的脖子上，把一切炸個乾淨來慶祝國定假日，還覺得好玩極了。非洲成了這些人的遊樂場。

13 一八九九年法國軍官孚雷（Paul Voulet）和夏努安（Charles Chanoine）惡名昭彰的遠征，史稱孚雷—夏努安任務。

殖民部長不能老是拿「赤道熱」的事例來推諉，說是在非洲惡毒的烈陽下，哪怕最優秀、最正直的官員，也會突然染病而發瘋。殖民部長愈來愈無法駕馭輿論，終究開始擔心這些瀆職行爲將愈演愈烈。他一定不願像德國及比利時那樣受到干涉，讓國際調查委員會把鼻子伸進法蘭西共和國官員犯下的各種恐怖暴行。這些官員在非洲大陸上已經無法無天了，還用法國公民的錢來享樂。

有誰比布拉扎更像個廉正的調查員呢？

「你看，溫琴佐，他們還需要我。」

他打扮成自己慣常的模樣，穿起阿拉伯式白色呢斗篷，蓄著圖阿雷格人首領的鬍子。自從他不再擔任剛果的特派員後，我已經好幾年不曾見他如此魁梧。

「布拉扎先生，政府認爲有必要針對這些領土的情況進行深入調查，並感謝您接受這項棘手任務。有您這位顯要人士協助，將凸顯出這項任務的重大，並確保此事馬到功成。我對此抱著堅定的期望。」

布拉扎請我陪同，他告訴我：「我們一起選裝備。」看樣子他非常在意挑選裝備一事，彷彿已猜到恰當的配備能確保任務成功，不當的配備則必然成爲阻礙。

「我們一起選裝備，溫琴佐。」

於是我們前往阿涅爾，找路易威登訂製我們那覆著綠色皮革的折疊床旅行箱，還特地要求一件非常特別的皮箱：布拉扎所需的抽屜式行李箱。布拉扎思慮周詳，早已想到他即將進行的調查涉及許多地緣政治利益，於是央人製作一個存放機密文件的暗格。他帶著這只行李箱、殖民部長愼重的祝福，還有低微而忠誠的本人，再次前往剛果。

而我們的經歷遠非最黑暗的惡夢所能及。

我們跑遍加彭、剛果、烏班吉河，蒐集到超乎想像的恐怖暴行之證據。我們看見屍體殘缺不全的母子，母親都沒了乳房，少了眼皮，缺了耳朵；看見焚後村落的廢墟；看見墳塚埋著被淹死、圍獵、上了鍊、斷頭的人。我們彷彿在追蹤一隻富有想像力的掠食動物，牠摧毀了行經之處的各種生靈。

我眼看布拉扎在我們歷時四個月的旅程中崩解，我眼看他日復一日、一點一滴地崩解，雄偉的身材每天塌落個幾公釐，他的背彎了，圓睜的眼神空洞木然。我則持續記錄著，拍照畫圖，全都一絲不苟地收進他抽屜式行李箱的暗格。布拉扎每晚幫我打開暗格，架好斜面桌，讓我自在地工作。我們在荒郊曠野，周圍都點了火驅趕豹子，腳伕全休息去了，布拉扎衰弱不振地躺在他紅白條紋的床墊上，我則努力記下我們白天的收穫。接著，布拉扎會起身啓動暗格的機關，讓我把黑暗的核心存放進去。

在我記錄著我們所見所聞的期間，布拉扎愈來愈蹣跚。他爲痢疾所苦，爲其他許多事物所苦，而我不可能不明白他的心情。他總是一往直前，想在這趟地獄之行貫徹始終。

「我們沒有資格殖民，溫琴佐。」

我們在九月抵達達卡的時候，他的病勢已入膏肓，手指再也動不了，雙腿再也站不住，高燒不止，他知道自己偶爾會神智昏亂，開始反覆說道：「我們沒有資格殖民，溫琴佐。」

他示意我過去。在我們這間房裡，得把床推到牆邊才有空間放他的折疊床旅行箱，彷彿他怎麼也不可能換張床睡，彷彿他知道自己再也起不了身，一心想在他的探險家折疊床上嚥氣。於是我們挪開另一張床，這家達卡旅店的床。我傍著他坐，彎下身子靠近他的臉，聽他對我耳語：「生命離去的這一刻，感覺眞奇妙。」

然後他闔上了眼睛。我知道他對我的期待。我處理了應當處理的事，接著泰瑞莎來了，風姿綽約又堅強的她，亟盼把自己的強悍分一點給她最珍視的皮耶，但這種事物是無法施予的。

我陪伴這只行李箱回到巴黎，彷彿裡面藏著奇珍異寶。我不想布拉扎白白喪命，因此行李箱非得重返海外領地事務部不可，還必須請喬治．威登過來打開它，啓動秘密機關，把我們血腥殖民的事實釋放出來。

威登來了，我也在場，我不可能不在場的，他們試過排擠我，但我堅持了下來。他們想隱瞞我什麼？我全都記下來了，他們不會想讓我見證他們的軟弱和他們準備玩的花招，於是便等著我和威登走開，但在我們離去之前，他們都讀了土著、行政官員和租借地官員的證詞，也看過照片。他們說：「我們會公開這一切。」

但是什麼也沒公開，打開盒子形同釋放魔鬼，我們的羞恥就藏在這個盒子裡。法蘭西共和國和殖民地的關係會變得如何？如果法國人民得知殖民主義眞正的開化價值，得知這不過是一段種族滅絕的時期，他們又會怎麼說？

文件全數歸檔。

我被放逐了。

我被放逐到奧斯蒂亞[14]外海的一座小島上，此刻就在這個地方寫字。我，沒有帽子，頂上無毛，沒有天鵝絨大衣，聽著家裡的時鐘敲響我的判決。我被驅逐的同時，也被禁止回到法國領土，他們難道找不到更具決定性、更激進、更致命的方法來除掉我嗎？不過我啊，無疑算不得數，他們才不會費心把我送進死人的國度，我什麼都不是，人家反手一揮就能把我掃開，我只是個下人、洗衣婦的兒子，但是我還在，在這棟被第勒尼安海的暴風雨左推右撞的小石屋中，聽著海鷗吹擂，當我走出去站在門檻上，牠們會喝斥我未來的遺骸。我摸著我那條黃狗的頭，衣衫襤褸的我，爲了躲避狡猾的惡風，回到了早前本不該離開的地方。白玫瑰沿著面朝南方、向著非洲的那面屋牆攀緣，我伶仃一人，與我的鬼魂作伴。

14 Ostia，羅馬西方沿海的古城。

DAVID FOENKINOS

大衛・芬基諾斯

挑戰胡迪尼

大衛．芬基諾斯

他一臉就是魔術師的樣子。上了髮膠的頭髮向後梳攏，簡直像一九三〇年代漫畫裡的英雄曼錐克[15]，頭戴高禮帽，手持頂部鑲金的手杖，身披紅絲綢內裡的披風，經歷了許多奇異冒險。曼錐克這個角色的靈感來自魔術師曼錐克，讓人不由得想起另一位魔術師哈利．胡迪尼——此名正是爲了向法國魔術師侯貝—烏丹[16]致敬。芬基諾斯的小說《精巧細緻》才剛剛搬上大銀幕，他會願意變個魔術給我們看看，讓喬治．威登在一九〇五年挑戰美國魔術師胡迪尼的故事重生嗎？威登在巴黎每一面海報牆上貼滿了戰書，宣布這件名爲「挑戰胡迪尼」的大事，而芬基諾斯會接下挑戰嗎？這項任務可不是從上鎖的大箱子脫身，而是描述當時炙手可熱的巨星光臨巴黎，受到馳名國際的行李箱製造商挑戰的經過，而他們的行李箱還是以撬不開見稱的。我們親自將威登先生細心整理的文獻送到芬基諾斯手中，不久便收到了回覆。他答應了。忽然間，作家彷彿揮了揮魔杖，就這樣鑽進胡迪尼的體內。他變成了胡迪尼。他親眼看見，也明白了一切。接下來就是他的故事。

15 連環漫畫《魔術師曼錐克》（*Mandrake the Magician*）由美國作家李佛克和畫家菲爾．戴維斯共同創作，主角靠各種小道具及天生的催眠能力打擊犯罪，人物雛型出自美國魔術師雷昂．曼錐克（Leon Mandrake, 1911-1993）。

16 現代魔術之父 Jean Eugène Robert Houdin（1805-1871）。胡迪尼（Houdini）之名取自其法語姓氏烏丹（Houdin）。

DÉFI

VUITTON - HOUDINI

M. HOUDINI vient de recevoir la lettre suivante :

***Monsieur Harry* HOUDINI**

Alhambra, Paris.

Monsieur,

Je me permets de penser que la caisse qui vous sert à faire vos expériences est préparée à cet effet et prends la liberté de vous défier ***de sortir d'une* CAISSE FAITE PAR MOI *et dont le* CLOUAGE, *après que vous y serez entré, sera fait* PAR MON PERSONNEL**, *avec un cordage supplémentaire.*

Si vous craignez de faire cette expérience en public, je vous offre de la faire en particulier. ***Il est* BIEN ENTENDU *que la caisse ne doit pas être démolie.***

Dans l'attente de votre réponse, je vous prie, etc...

L. VUITTON,

Fabricant de Malles et Articles de Voyage,

1, Rue Scribe, Paris.

M. HOUDINI accepte ce défi qui sera disputé **Jeudi soir 9 Mars**, à Barrasford's Alhambra.

La caisse fabriquée par **M. VUITTON** sera exposée dès **Lundi soir, 6 Mars**, dans le Buffet de l'Alhambra.

TOUT LE MONDE PEUT APPORTER MARTEAU ET CLOUS POUR CLOUER CETTE CAISSE

IMPRIMERIE CHAIX, rue Bergère, 20, Paris. — 1642-3-05. — (Encre Lorilleux).

故事靈感來源

「挑戰胡迪尼的絕妙故事」

——「威登挑戰胡迪尼」海報，一九〇五年三月六日

胡迪尼先生：

請恕我冒昧，我認為您表演時使用的箱子正是為了演出效果而打造的，因此我大膽向您挑戰：請從我製作的行李箱脫身。待您進入箱中，我的工作人員將以釘子封住此箱，並額外綁上繩索固定。倘若您害怕在大庭廣眾之下表演，我提議您在私底下進行。當然，絕對不可以破壞行李箱。

靜候佳音

路易．威登

胡迪尼先生所接下的挑戰將於三月九日星期四晚上，在貝拉斯佛[17]經營的紅堡劇院進行。三月六日星期一晚間起，威登先生製作的箱子將展示於紅堡劇院的餐廳。任何人都能攜帶榔頭和釘子來封住這只箱子。

---

17 Thomas Barrasford（1859-1910），英國知名劇場主人，曾管理巴黎的紅堡劇院（Alhambra）。

UITTON-HOUDINI

OUDINI vient de recevoir la l
:

sieur Harry HOUDINI.

Alhambra, Paris.

MONSIEUR,

me permets de penser que la caisse qui sert à faire vos expériences est préparée effet et prends la liberté de vous défier ***sortir d'une*** **CAISSE FAITE PAR** ***et dont le*** **CLOUAGE,** ***après que serez entré, sera fait*** **PAR** **RSONNEL,** *avec un cordage supre.*

craignez de faire cette expérience je vous offre de la faire en parti- ***l est*** **BIEN ENTENDU** ***que la ne doit pas être démolie.***

l'attente de votre réponse, je vous , etc...

L. VUITTON,

DÉFI

M. HOUD vient de recevoir la lettre suivant

Harry HOUDINI

Alhambra,

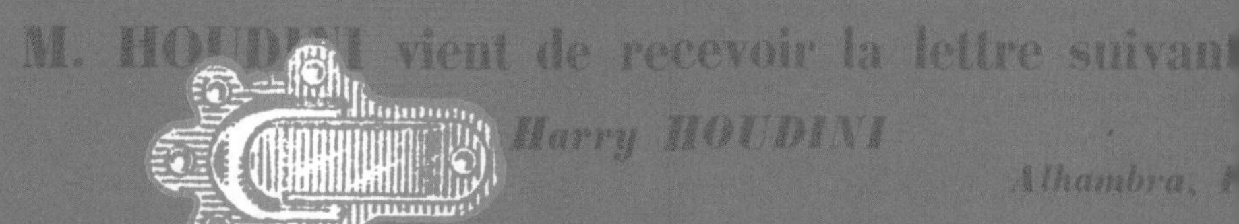

Monsieur,

Je me permets de penser que la caisse qui vous sert à faire vos expériences est préparée à cet effet et prends la liberté de vous défier **de** **CAISSE**

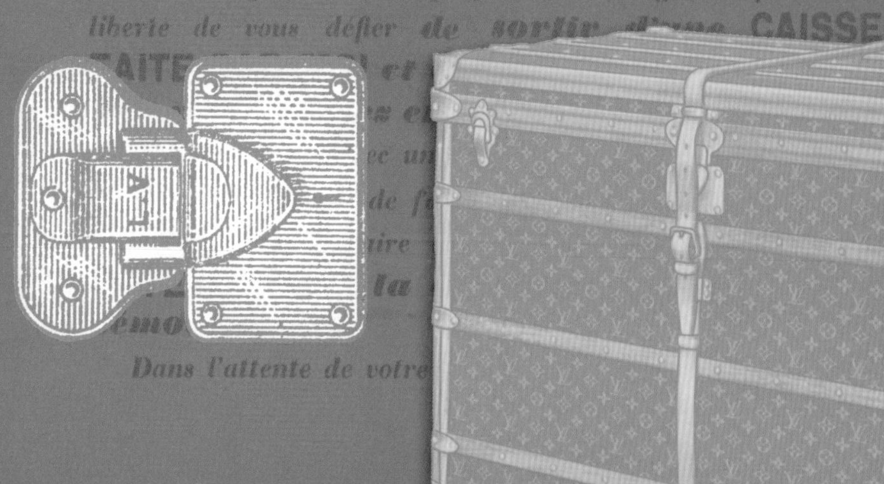

Dans l'attente de votre

M. H **ote ce défi qu**

soir 9 **arrasford's Alhambra.**

La caisse fabriquée par M. VUITTON sera exposé

Lundi soir, 6 Mars, **dans le Buffet de l'Alhamb**

挑戰胡迪尼

1

胡迪尼只有三十一歲，但他那天清晨醒來的時候，嘴裡的感覺好像歷經了數個世紀。他在巴黎一間華美的旅館裡，身邊睡著一名妙齡女郎。他已經預知女孩醒來後會有什麼樣的對話。身爲一名脫逃天才，他好想掙脫這種倦怠感。他曾巴望許久能擁有自己現在的成就，如今他舉世聞名，行經之處總有人相互咬著耳朵，就連他惡劣的情緒，有時也同樣受人傾慕。他在房間的窗口抽菸，對自己承認，最近確實曾想過撒手一死，想過繼續被關在籠裡不出來。大家會認爲他最後一個戲法失手了。像他這般不斷推移幻象極限，終究將把這位當代最偉大的藝術家帶向死亡。他的死亡將是如此輕而易舉。他的工作就是不斷航向瀕臨死亡之境，他認得冥河岸，知道死亡那引人入勝的觸感，卻總是粗俗地決定浮出生命表面，回到虛無之上。旁人的掌聲震聾了他的耳朵。滿腔熱火、總是對各種挑戰如癡如狂的他，實在想休息了。他吐出的一個個渦形菸圈勾勒出模糊的回憶輪廓，是他的童年。來到美國的匈牙利移民小孩，家中人丁單薄，總是擠在暗處度日，注定有個幽暗的未來。他在這根抽不完的菸的煙霧中（或是他在不知覺間抽起了第二根？），回顧著自己一無可取的童年。

這個童年似乎披著一種具體的情感，是他父母和弟弟的情感，在這一無可取的生活竟過得出奇愜意的日子裡，所體會到的情感。他可是經歷一番掙扎才逃離這一切，甚至多虧了他對逃脫的天賦，才變得聲名大噪。但他此刻不願去想那些偉業。他繼續對著一九〇五年的雀躍巴黎嗆咳。每個世紀的開頭就如同戀情萌芽時那般令人煩躁，人人縱欲過度，對衰落懵懂無知。所幸兩場世界大戰將終結這種好心情。胡迪尼從來沒喜歡過巴黎，這座城市是一根火柴，處處都有讓人目眩的火光。跟巴黎是沒辦法擬定計畫的。他偏好枯旱的亞利桑那州。他喜愛污穢更甚於一切，此刻，看著身旁貌美如花的女孩漸漸甦醒，他想到的是他那條噁心巴拉卻又令他掛念的狗。昨晚，他覺得世界彷彿因爲這女孩而存在，他連她的名字都不曉得，卻可能爲了她拋下一切。只要她懂得閉嘴，只要她永遠不報上名字。但這是不可能的。她說她叫晨曦，他覺得對於沒有明天的一夜情來說，這名字再適合不過了。她身上帶著露水姻緣那種情色的悲劇性。昨晚他表演結束後，她來見他，告訴他：「我好愛您用手銬做的那些事。」

她從床上坐了起來，速度有點太快了。胡迪尼不喜歡女人起床起得太快，他喜歡女人把行動的遞變凸顯出來。也許他想要她裹著那條一分鐘前還蓋著睡覺的白色長被單，但是不，晨曦喜歡一大早光著身子走動。在其他日子，這等無恥的早晨風光絕對會讓胡迪尼心蕩神馳，但不是那一早，因爲那一早有別於其他早上，他體內有某樣東西斷裂了，敲打著他的頭。他想吐，但不是從嘴巴，他想透過眼睛嘔吐。

「睡得好嗎？」晨曦問道。

「不好。」

「要我請人送咖啡來嗎？」

「不要。」

「那你要什麼?」

「我要妳走。現在。馬上。」

「爲什麼?」

「我太太就快來了。我不記得究竟是哪一天,但我想她今天會到。」

「咦……她來之前我可以留下啊!你不想做愛了嗎?你知道我可以讓你舒舒服服的。你接下了那個挑戰,現在想必很有壓力吧。」

「什麼挑戰?」

「就那個挑戰嘛……」

剎那間,他想起了昨天。一切重新拼湊起來了。他不曉得剛過完的一夜,何以像是截斷了他的昨天。他看著晨曦,昨晚做愛的細節再次浮現。他一邊玩她的屁股,一邊甩她耳光,但他記不得自己是射精在她嘴裡,還是留在她的屁股裡。現在也沒什麼大不了了。不過,他知道一定是性愛讓他仍保持了人類的欲望。這個女孩奉獻她的肛門,讓他得以消磨一點空虛時間。她的舉動充滿了無邊的美感,他有時會這麼想。値得値得,他一邊收拾女孩的東西,一邊想著,同時哀求她離開。

2

他對晨曦提及的挑戰同樣印象模糊。幸好,身爲如此知名的人物,還有報紙來提醒你,你的行爲有多瘋狂。房務人員送來他的早餐,連同一份名爲《晨曦報》的報紙,眞妙。他剛剛離開一位晨曦，她便以報紙的形態回來了。哪一天說不定會睡到名叫「紐約先鋒論壇」的女孩呢。他看見自己的名字以醒目字體登上報紙頭條：**胡迪尼**。開始閱讀自己的人生以前，他先喝下了一口咖啡，接著讀道：

威登提出不可思議的挑戰，胡迪尼接招了

既然都這麼寫了，那就必須承認眞有其事。在眞相的領域，書寫竟比話語更具力量，這實在荒謬至極，畢竟我們都曉得，許多作家是說謊成癖的。某些更過分的，甚至連自己都能騙，自欺欺人地相信自己稱得上是作家。昨晚表演結束後，威登到胡迪尼的化妝室找他。胡迪尼不禁納悶：「他是怎麼進到我的化妝室來的？我已經交代過只能讓女人進來，紅髮女人除外。」胡迪尼討厭紅髮女人，但這是另一個故事了。說白一點，是他不喜歡紅髮女人的胯下。原來胡迪尼和威登之間的連結，就在於無視「此路不通」的才華，只是兩人所長正好相反：胡迪尼以從別人出不來之處出來而著稱；威登則有進入他人進不去之處的天賦。

胡迪尼打量著威登。這一幕由一陣奇異的靜默展開，抑或是我在寫下這段對話的當兒，稍微欠缺了一點靈感也說不定。等一等，我會想到的，他們就在那兒，威登站著，高頭大馬的。我可以想像一間侷促的化妝室，天花板很低，他必須微微佝僂著背才能站立。他摘掉帽子，一連說了幾句中肯的褒詞，顫抖的聲音令那讚賞聽來更添滋味，但他是個商人，說話必須直接了當，否則剛結束表演而疲累不已的天才可是會厭煩的。

「因爲您尚未回覆我的信，就貿然來打擾了。」

「哪封信？」

「挑戰書。」

「我沒收到。」

「八天前送到您的旅館去了。」

「那我一定是還沒拆。」

「……我這邊有複本，請看。」

胡迪尼接下信，不想打開，但頗快就明白眼前這個男人不是能隨便打發的那種，他的態度有著死纏爛打的彬彬文質，能用一個微笑置你於死地，還能在你尿急時想盡辦法把你留住。胡迪尼於是展信閱讀：

先生：

請恕我冒昧，我認為您表演時使用的箱子正是為了演出效果而打造的，因此我大膽向您挑戰：請從我製作的行李箱脫身。待您進入箱中，我的工作人員將以釘子封住此箱，並額外綁上繩索固定。倘若您害怕在大庭廣眾之下表演，我提議您在私底下進行。當然，絕對不可以破壞行李箱。

等等等……

等等等……

胡迪尼肯定是爲了縮短這次會面，才表示願意接受挑戰。在他生命的其他時刻裡，他會出於喜愛涉險而接受，但此時，他應允是爲了能離開化妝室。若不是天花板那麼低，威登一定會高興得跳起來，但他的身體卻產生了頗爲奇怪的反應，那股垂直向上的衝動彷彿半途夭折了。最後他匆匆迎向脫逃之王（胡迪尼眾多綽號之一），熱情地握住他的手說：「我很高興，眞的。太棒了。您要不要現在來談談技術方面的細節？」

「不要。」

「那什麼時候好？」

「明天到我旅館來吧。下午三點半。」

「很好，胡迪尼先生。明天見！」

威登如火箭般飛奔而出，他的夢想剛剛實現了。但是一來到外面，他又很自然地想到：「得通知媒體才行。」他這麼快就把挑戰昭告天下，絕非不懷好意，而是他知道藝術家的許諾來自一個陰晴不定、變化莫測的病態神智。威登害怕胡迪尼反悔。他是對的，胡迪尼老是在變卦，一如他更改行李箱密碼那麼頻繁。他想必是深恐自己的無意識被誰打開，改變主意只爲了不留下蹤跡，爲了持續掩蓋自己精神官能症的跡象。

3

我們在此談的是另一個時代。當時，我們的人生可以完全仰仗一只行李箱的安全。顧客帶著全副家當旅行，當時沒有信用卡，富裕的旅者就把財產帶在身上。威登是個兼具美感與商業頭腦的人（這種事是有可能的），華貴的行李箱是他的看家本領，但他不久便明白，即使到了今天，安全性仍是最重要的關鍵（事情到頭來還是一成不變，這般停滯不前眞是令人疲累），也是顧客最關切的一點。現在盜賊當道，亞森・羅蘋、幽靈怪盜和皮登古[18]是未來銀幕上的英雄，但電影藝術在當時尚處於初步摸索階段。有錢人擔心受怕，因而需要撬不開的行李箱，例如路易威登所出品的。路易威登行李箱就像童年許婚的處子，但這點並不足夠，畢竟那可是摩登時代的開端，在那樣的年代，商品必須被呈現出來才算存在，必須表演出來。這正是整個社會變得愈來像娛樂圈的第一步，威登對此知之甚詳，所以他要向有史以來最偉大的魔術師挑戰。若是胡迪尼打不開行李箱，那麼人人都會想把自己的財寶鎖進去。這樣的宣傳手法史無前例，更棒的是，這個廣告免費。

威登已經在旅館前來回踱步了半小時。和胡迪尼的約會，他不想遲到。他從昨天起就興奮得要命，那股亢奮裡幾乎帶有某種色情成分。基本上，他對這份工作的迷戀凌駕於一切，不過他依然愛著他的妻子，儘管她總是強顏歡笑、神經衰弱且嗓音尖銳，有時身上還有奇怪的氣味。是的，他愛她，但這是一種穩定的愛，是平靜的夫妻生活。偶爾，他會在半夜起床撫摸他那些行李箱，但無人知曉此事，就連他自己也經常忘記這個有點尷尬的喜好。此刻的感受與他對妻子的愛恰好相反：他像個焦躁的（這是贅詞）俄國人那樣走著，等候約會時間來到，怦怦急跳的心臟如青少年般狂熱。這件事可能改變他的人生。好了，時間到了。

他來到大廳，告訴門房胡迪尼先生正在等他。門房確認了登記簿，表示並不清楚此事。威登不想浪費時間爭辯或解釋，只是在門房的外套裡悄悄塞了一張鈔票，他就放行了（事情就是可以

---

18 幽靈怪盜（*Fantômas*）是法國的系列犯罪小說，曾改編為電影、電視劇與漫畫；皮登古則為作者杜撰的名字。

如此簡單）。他的腿微微發軟，決定走樓梯。瑞士大旅館的階梯寬得不可思議，好像獨立道路似的，簡直讓人想擁有一雙巨腳，或者乾脆省下房費，直接在階梯上歇息。再不然，我們可以不要岔開話題，直接上樓前往有史以來最偉大的魔術師的房門前。威登輕輕叩門。別人告訴他胡迪尼喜歡睡上一整天，因此他本來預期會吵醒一個惺忪微倦的男人，但是沒有，面前是個情緒激昂、充飽了電、全身動個不停的男人，看起來好像隨時會摔倒。

「您好，我希望……我沒打擾到您吧？」威登問他。這句話滯留在空中，寂無回音，讓他自討了個沒趣。胡迪尼繼續在他房裡兜圈子，鼻子動個不休，還伸手把空氣攪拌到鼻前來嗅。威登試著乾咳一、兩聲，這是高尚之人準備重新發問的作法。倏地，胡迪尼突兀至極地說停就停（感覺這個男人不太習慣變換動作的過程，是那種轉眼間就能從平心靜氣到大動肝火的人），但他未置一詞，只是觀望。威登再試了一次：「您好，希望我沒打擾到您……」

「……」

「因爲……我們約好了……」

「……」

「……」

「對，我知道……」胡迪尼總算嘟囔著說。

「啊……」

他再次開始走動，彷彿動作從來不曾中斷。繞了房間好幾圈後（這次威登想著：這男人要不是精神錯亂，就是嗑了藥，再不然就是精神錯亂又嗑藥），胡迪尼湊近威登，近到離他的臉只有幾公分，問道：「您什麼都沒聞到嗎？」

「呃……沒有。」

「有紅髮女人的味道。」

「紅髮女人？」

「對，紅髮女人的體味都很重。」

「啊……我什麼都沒聞到。」

「我今早就把窗戶打開了，但我有預感一切都會被我太太知道。您說，我生活中還有她料不到的事嗎……但是這個……紅髮女人。」

「……」

「您應該製造一些能把姦夫淫婦都關起來的行李箱。」

「啊……」

「然後……不……我根本不在乎……其他女人啊……我太太心裡都有數……只是裝作不知情……我也假裝要低調……可是沒人會上當……但話說回來，這樣也好，因爲紅髮女人是藏不住的。不可能。金髮女人最好了，她們聞起來就像當下這一刻。我們應該只跟金髮女人睡覺，您不覺得嗎？」

「呃……我不知道……我沒認眞想過這個問題……」

「不能說題外話。」

「什麼？」

「不能跟您說題外話。您是來跟我談您的行李箱，那我們就來談談您的行李箱。您很迷戀您的行李箱，是吧？」

「對，可以這麼說。」

「變態。」

「什麼？」

「您眞是個死變態。」

「聽著，先生……我是來跟您提一樁交易，不是來讓人侮辱的。」

「侮辱？您怎麼這麼說？『變態』可是對一個人最好的讚美欸！我還可以加上『心術不正』『戀物癖』『心理變態』呢。我從您的眼神看出來了，行李箱是您唯一在意的事物。我想像您在夜裡爬下床，不發出半點聲音，輕輕撫摸著您的行李箱。」

「……」

「我多希望能像您這樣迷戀特定的東西啊！尤其對象還不是人。」

「……」

「好了，我無意讓您難堪……想來點威士忌嗎？」

威登沒有答腔，這意味著「要」；說到關於酒精的事，沉默就等於是一種贊同（這點恰好適用於所有惡習）。威登覺得胡迪尼倒給他的酒稍多了點，但反正也沒什麼差別，因爲他打從踏進這個房間就覺得醺醺然，被房間主人停不下來的動作、口中的話語和論調給灌醉了。酒精只是讓他原本的狀態更加名副其實罷了。再說妻子也不准他在家裡喝酒，說到底，她阻止他做很多事。他想起有個朋友曾對他說過：「我知道你爲什麼把時間都花在設計撬不開的箱子。」

「是嗎？爲什麼？」

「因爲你的夢想就是把太太永遠關在裡面……哈哈！」

眞天才。可以不要那麼風趣嗎？我們應該避免和擁有幽默感的人交朋友（或是那些自以爲有的人），我們應該乾脆連朋友都別交了。就在威登潛入這段回憶時，他迅速喝乾了手中那杯酒，下意識地遞出酒杯，讓人立刻再幫他斟一杯。於是胡迪尼的心中，對這位鎖商的青睞首度萌芽。

過了十多分鐘，兩個男人各自舒適地坐在扶手椅上，相互對視。胡迪尼已拉上窗帘，因此房裡是個昏暗的場景。威登再次陳述他的計畫，然後被打斷：「我想我懂了。您跟我說了很多遍，還寫下來……我甚至在報紙上讀到呢……看來我還沒全瘋，而且也了解挑戰的內容……」

「您也接受了……」

「對……對……我接受那個挑戰……」

「我可以問您一個問題嗎？」

「可以，問兩個都行，我很欣賞您。」

「是這樣的……就我而言，我很清楚我能從這種表演獲得什麼樣的廣告效果。但是您呢？您爲什麼同意冒這種險？」

「看來您對您的箱子很有把握呢，威登先生。小心別太過自信了。我可以告訴您，要是我在三十秒內打開您的箱子，您的確會獲得很大的廣告效果，但或許不是您想像中的那種效果。」

「我告訴您，您是沒辦法打開箱子的。人力就是不可能。」

「我不是人。」

「……」

「我提醒您，我曾經把紐約動物園裡的一頭大象變不見。」

「這跟我的行李箱有什麼關係？」

「沒有關係，只是突然想到我職業生涯的這個例子。」

「我很了解您的職業，而且相當佩服。大象的戲法要歸功於您對視覺幻象的精準掌握，但現在這件任務可是完全不同的領域。」

「到時候再說吧。反正我告訴您，冒險的人是您。至於我呢，只是承擔失敗的風險罷了。任何藝術家的嘗試都可能失手一次，人家會說你那天恰巧精神不濟。我甚至相信要是終於能搞砸什麼事，反倒會帶來益處。別人不會再把我當成馬戲團裡的怪物，而且相較之下，我過往的成就也會顯得更加光采。對我而言，沒什麼比失敗更好的事了。」

「那好，這樣我們一定合得來。」

「不好……因爲我受不了失敗。我再告訴您一遍：我會打開您的箱子，我要毀掉您的名聲，連同您的公司一起毀了。您就繼續妄想二〇一三年在巴黎另開一間店吧。」

「您知道那是有五個桿鎖簧的鎖吧？」

「對，我知道。」

「是嗎，您知道啊……」

「您眞的把我當瘋子欸。我了解您的箱子，也打聽過最新的一款。我閉著眼睛都能打開有四個桿鎖簧的鎖，沒道理搞不定最新這一款。」

經過了作家喜歡形容爲「沉重的靜默」的一段時間後，威登問：「您可以再倒點喝的給我嗎？」

「當然可以。」

「您的房間好熱。眞令人訝異，都三月了。」

「求求您別提天氣。要我想天氣的事，我還寧願死呢。」

「……」

「喏，您的酒。」

「謝謝。」

「可以輪到我發問嗎？」胡迪尼重新坐回他的扶手椅，問道。

「可以……當然……儘管問……」

「您是什麼時候開始製造這麼堅固的行李箱？您對鎖的嗜好是怎麼來的？」

「遺傳自我母親……」

「喔，是嗎……眞有意思……」

「對，我母親會用掛鎖鎖上廚房放果醬的櫥櫃。」

「噢，眞可愛啊。您喜歡果醬嗎？」

「喜歡……特別是杏桃口味。」

「好可愛。」

「我不知道爲什麼要跟您講這些。我從來沒對其他人提起過。」

「原來我也懂得打開別人的心防啊。但是爲了我倆，我希望您能透露比『我喜歡杏桃』更驚天動地的事，否則就可惜了這麼美好的傍晚……」

「好……回來談我們的挑戰。」

「對，您說得沒錯。我們長話短說吧。」

「我提議三天後舉行挑戰，也就是一九〇五年三月九日……」

「謝謝，我還知道現在是哪一年……您眞的以爲我瘋了……」

「我打算在紅堡劇院舉辦。」

「再好不過了！我喜歡那裡的表演廳，也知道每一個逃生出口的位置，這對像我這樣的江湖郎中非常管用。」

「……」

「您起碼也笑一下吧！您還眞嚴肅欸，威登！簡直跟您的行李箱一樣僵硬。」

「我可以繼續說下去了嗎？」

「可以，請說……」

「我提議我們從今天起就把行李箱放在劇院大廳展示，並附註說明：『歡迎任何人攜帶榔頭和釘子來封住這只箱子。』」

「看來您跟我一樣喜歡感官刺激啊！誰都可以來摸摸這頭怪物，發表意見、品頭論足，觀眾就愛這一套。他們喜歡覺得自己是有分量的。但是說穿了，您我心裡有數，這不過是兩個人之間的事，就這樣。是您和我之間的事。」

「是的，您和我。」

在最後這幾句有點意氣風發的話中，兩個男人同時站了起來，場景幾乎像是一部尚未開拍的西部片。兩人都站著，但是怪了，此刻威登看起來怎麼比前一晚矮了？他彷彿在對話中縮水了幾公分，又或許只是旅館的地毯太厚也不一定？對，是這個緣故，這房間會壓縮人。等我們走到外頭的街上，就會突然自覺像個巨無霸（其實只是恢復了在地毯有吸收效果的旅館裡失去的幾公分）。正如其他人一般，威登踏出這棟建築時感到高人一等。他高視闊步，自認將這次會面主導得非常出色。他感到法力無邊、堅不可摧，殊不知這只是地毯的關係使然。他想著自己的名字，愛著自己的名字；他喃喃輕吐，威登、威登、威登……再過三天，他的名字將與胡迪尼的失敗連結在一起。這世上再也沒有人敢買路易威登以外的行李箱。

4

獨處的胡迪尼繼續在房裡搜尋女性的頭髮。傍晚，他收到一封發自美國的電報，是妻子告訴他她要留在紐約。她爲自己現在才通知他賠不是，但她想讓他最後這幾天都在期待見她的心情中度過。對，她就是這麼寫的：「我寧可不告訴你我沒有出門，讓你以爲我隨時都會抵達……」他怎會娶一個性格這麼扭曲的女人啊？兩小時下來，他就像個蠢蛋，四肢伏地搜尋著來過這裡的小婊子的蛛絲馬跡，現在她竟然告訴他一切全是白忙一場。也許他的妻子其實沒有那麼扭曲，也許這一幕，他方才經歷的這一幕，恰好是她希望他經歷的。她最會把男人搞得慘兮兮了。胡迪尼笑了開來，但是笑得酸澀，那笑聲彷彿謀殺了他的笑容。接著他想請房務人員送吐司和羊乳酪來，但是不，他不餓。他興致全無。不想抽菸，不想喝酒，連女人都不想要。老實說，其實不是這樣，他的確想要某樣東西，只是不曉得是什麼。他的欲望沒辦法指明。他的欲望就像茫茫人海中的一名女子，他能瞥見她一小部分的肩膀，然後就什麼都沒有了。他感覺這種形式的倦怠感是那麼常發生在自己身上，在每一座大城市的旅館裡。他一直在旅行，不斷環遊世界，一切都在他周遭移動，但這股倦怠感卻沒有。它就在那裡，是國際化的。這股倦怠感，如此堅持不懈的倦怠感，對他倒是不棄不嫌，眞可悲啊。然後吐司送來了，他卻不記得叫過房務人員。他強烈感覺生命的幾個部分從他身邊溜走，記憶出現了漏洞，但，這很重要嗎？羊乳酪吐司就在那兒，這才是重點。

肯定是過了幾個小時，卻沒有任何事比這點更不確定，因爲時間概念似乎流出了這個故事。胡迪尼坐在扶手椅上，很高興太陽下山了，很高興這團昏暗像一方被子罩住了他。這麼久以來，他第一次不必表演，沒有約會，這一夜是全然空白的。他爲什麼不經常這麼過日子呢？幸福原來可以這麼簡單。他現在明白了，比任何時候都了然。他回顧自己的生活，只見狂躁不息的可怕演藝人生，他已經幾百年沒喘過氣了。他想必是盜走了別人的心臟，才做得了那麼多事。他回想起自己從監獄脫逃，挑釁了芝加哥的警察之後，突如其來地榮耀加身。起初，他是個神話。沒有人能把他關在任何地方，他天生就能來去自如。然而，那座監獄是出了名的固若金湯，經此壯舉，附近所有幫派都來見他，問他要點內情，或是請他協助牢裡的同夥越獄。但是不，他無可奉告。他從來不作預想，只是在那個處境之下，自然變成了脫逃天才。而且說實在的，他才不會幫罪犯越獄。他不會爲哪個黑勢力工作。他是藝術家，不玩政治。他是小丑，僅此而已。在他臉上放個紅鼻子，他就會比誰都快樂。

爾後，他必須再找到什麼東西來讓人驚豔。他的表演必須不斷精益求精，愈來愈神奇特異才行。他面對的是一個必須愈來愈寵的女人，然而，在愛情萌芽之初，單單一個吻就能讓她滿意得要命。爲了激起民眾和媒體的興趣，他讓自己雙腳倒吊在摩天大樓的鉤子上、從一只上了鎖並從橋上投進水中的箱子裡脫身，或是逃脫那棟著名的中國玻璃塔。但這些都是人盡皆知的事。人人記憶中都有胡迪尼的豐功偉業。他存在於每一個人的無意識中，是個傳奇英雄、教人不得不仰慕推崇的偉大男子。往事繼續在他眼前順次掠過，一滴淚水潤溼了他的虹膜。於是他站起來，走近鏡子。他在哭嗎？可能嗎？十多年來，他不記得自己曾經哭過。他最後一次掉淚是在黑與白的時代。他又坐下來，幾乎要爲了流淚而歡喜，彷彿這是他仍有情感的驚喜證據。這麼看來，他並沒有死。

名聲一傳十、十傳百，電影也找上了門。這幾個月，他現身許多默片之中，演出了令人瞠目結舌的驚險特技。他曾與基頓兄弟合作，默片表演大師巴斯特．基頓的名字甚至就是他取的。他在大街上簽名，他的傳奇成爲許多書的靈感。有時，他會感到自己的氣場彷彿不斷膨大，即將躋身萬神殿的名士先賢之中，離神僅咫尺之遙。他爲自己的威力癡狂。那些時候，他覺得自己光是動念，就能夠殺掉所有吐他口水的渾球。那些沒什麼看頭的小酸民興奮難耐地指手畫腳，嘁嘁喳喳，無意義地談論他們死後的景況，無非就是一無是處。有人怪他太懂得自我宣傳，有人拿他的把戲剝皮拆骨，想找出漏洞、機關或顯而易見的破綻。不然他們就來模仿啊，這些受挫的渾帳魔術師。他挑起的恨意愈來愈令他疲累。他當然能以自己的成就爲傲，但那些批評傷害了他，那些人嘔出的穢物腐壞了他的成就。他記得自己是如何曠日費時才成功改變了人體的能耐。他的雙手是橡皮做的，只是無人知曉。他就這樣繼續想著，直到陽光將他帶回某種一時半刻的現實中。東山日出，再過兩天他就要迎擊威登的挑戰。他告訴自己，他很喜歡這個男人，這文質彬彬的傻大個兒。他在這男人的欲望裡看見某種很健康的東西，因而深受感動，彷彿在穢臭中吸進了一股甘香。若他無法從行李箱逃脫，將爲威登帶來巨大的廣告效果。但即便他屆時沒有現身，也會帶給威登同樣的廣告效果。別人會說他怕了。別人會說他接下幾個最大的挑戰之後，放棄了這次挑戰。他寧可一走了之，也不願面對失敗。至於眞相，卻沒有人猜得到：胡迪尼不想再做胡迪尼了。

5

挑戰當晚，當所有人都在紅堡劇院等他，他躺在一艘郵輪下層的艙房。他正要回家，回紐約。所以威登贏了，不戰而勝，但這是個苦澀的勝利。威登會好好宣揚此事，但他心底會有個揮之不去的疑問：胡迪尼逃不逃得出他的箱子？這個問題會繼續糾纏他好幾年，即使看著自己的精品品牌突飛猛進，這一晚仍會特別留下一種不可能舒緩的挫折感。

胡迪尼來到紐約的住家大樓門口，卻不太有勇氣走進大廳。他好幾天沒跟人說過話了。他喜歡這個狀態，這種終於感覺不受話語騷擾的狀態。絮絮不休令他疲累。只是現在回到家了，他就要見到他的妻子。他得簡單向她報告自己的近況，她也會依樣畫葫蘆。他們會交談，互訴少了對方這幾天所做的每件事。他們會提起這場挑戰和他的落荒而逃。不消說，他妻子會溫柔相待，但這是一種制式化愛情裡的溫柔。他呢，嚮往的是一種蹣跚的溫柔，羅患肺炎的溫柔，爲自己的溫柔而訝異的溫柔，失憶患者逐漸甦醒的溫柔。有點疙疙瘩瘩的溫柔又何妨？就像狗的溫柔。除了踏進大樓之後得忍受的那意料中的幾分鐘，所有事情都令他嚮往。他於是掉頭，朝中央車站的方向離去。自從離開巴黎，他就在臉上蓄起鬍子，他覺得沒有人認出他來。有毛髮保護的他，已經判若兩人了。

胡迪尼從來不願談論他在亞利桑那州沙漠中的童年。我們知道他在乾旱下、岩石間成長。他和父母與弟弟住在山腳下的小木屋，那是一座讓陽光染紅的山。父母歿後，他弟弟獨自留了下來，彷彿肩負一項奇怪的任務：照管胡迪尼神殿。他像個隱士住在那裡，瀕臨瘋狂。不對，實情並非如此。他不是孤家寡人，還有一條狗陪他住在那裡。那是偉大的胡迪尼的狗。離家前往紐約之際，他不得不把牠留下來。紐約和他漂泊不定的生活，可不是給狗過的。他的狗需要廣闊的空間和狐狸一起玩耍，在滾燙的岩石上曬個痛快。牠被烈日曬得枯乾，身上留下了數千年的歲月痕跡，看起來就像個功高德重的中國智者。牠是胡迪尼永遠的避風港。此刻，胡迪尼大老遠就看見牠趴在小木屋前，同時仍窺伺著任何風吹草動。他的狗挺起身子，看見了主人。胡迪尼忽然下跪，因爲疲累，因爲幸福，因爲心力交瘁，因爲一種光輝。他的狗急忙奔向他，瘋狂搖著尾巴，彷彿酒醉後的愛的告白，然後舔起了他的臉。

YANN MOIX

楊・莫瓦

親愛的威登先生

楊·莫瓦

莫瓦是位作家，但正職爲紀錄保持人。他先是寫出全法國最浪漫的小說《喜上雲端》，然後以《墓園皆花田》打破自己的紀錄，再憑著《安妮莎·寇托》成爲三冠紀錄保持人。緊接著，《艾迪絲·史坦的生死》（探討神秘主義）、《多P》（性與宗教）、《萬神殿》（描寫對法國前總統密特朗的崇拜）又在其他領域創下紀錄。後來，他以長片《舞臺》（與本尊完全不像的分身人數破了紀錄）、《電影人》（在片中向其他電影致敬的數量破了紀錄）進攻電影界。莫瓦能在一個星期內寫完一本書（《麥可·傑克森》），在住家附近的泳池游得比其他人都快，不需半年就學會希伯來文，針對《變形記》的第一句話開了長達一年之久的講座，對沙夏·吉特里[19]劇本中的台詞倒背如流，每天還能寫出一百頁的文章。於是，爲了參與這部短篇集的創作，他開出了一個條件。只有一個。那就是他的寫作要計時，限時六小時。我們約在一間小酒館見面，他連資料都不必讀，不過他可沒有作弊，因爲寫作的電腦是我們提供的。五小時五十九分三十秒之後，莫瓦爲他的短篇故事打上了句點。他拒絕重讀，於是再也未曾改寫。

19 Sacha Guitry（1885-1957），法國知名劇作家、演員及導演，率先將舞台劇搬上大銀幕，在一九二〇、三〇年代廣受歡迎。

LOCK | DETAIL | DATE

HEZ vous sur la scène

s ailleurs quelques

fférentes les unes des a

Mr Sacha Guitry

18 Avenue Elisée Reclus

Segur 42.69

BANK:

ra accompagner les malles

celles-ci.

ord, me répond Guitry –

故事靈感來源

「導演沙夏．吉特里的行李箱笑談」

——路易威登資料庫，嘉士頓．威登的筆記，一九五七年十一月四日

沙夏．吉特里在一九一〇年拿到他的前兩個路易威登行李箱（一個帽箱，一個衣櫃式行李箱），是透過某甲幫他賒來的。路易威登公司同意讓他延遲付款，但是相當不甘願。吉特里後來成爲忠實主顧，和品牌第三代傳人嘉士頓．威登維持了一段苦甜參半的關係。威登後來這麼形容他：「他是那種永遠魅力無窮的顧客，在城裡遇見本人時，他就跟舞台上的樣子如出一轍，面孔、神態同樣是那麼千變萬化。接待吉特里不僅令人喜悅，更猶如觀賞了一場表演。」

nble vous avoir déjà rencontré."

à mon bureau, je le fixe en me

je lui réponds du tac au tac:

•

ur la scène au cours de l'une de vos répétitions et ous verrez vous-même le volume que cela représente t quels sont les modèles qui vous sont nécessaires ; n dehors de cela, il ne faut pas uniquement des malles, e serait monotone, mais je vois déjà au moins un sac ui devra accompagner les malles et rompre la monotonie ubique de celles-ci.

- D'accord, me répond Guitry -

- Bien, quand pourrons-nous aller à la Renaissance ?

Et Guitry de me répondre très froidement :

"Mais tout de suite, c'est la dernière répétition ce soir."

- Impossible, il est bientôt 7 heures.....

tions avec SACHA GUITRY

deux je garde un excellent

ouvenir ému.

"Mais, Monsieur, il

Immuable, je reste

renversant en arriè

"Moi également, Mon

, tout le magasin contient des

ieur - Quelles dimensions ?

- Ah !.... c'est pour quoi faire ?

- C'est pour le théâtre -

A ce moment, la physionomie s'est éclairée pour moi c'est GUITRY, LUCIEN GUITRY.

- Mais, pour le théâtre, c'est très bien, mais quoi ? où ? quand ? qu'est-ce ?

Lucien GUITRY de m'expliquer : Il monte une pièce dans laquelle le personnage principal est un châtelain français, gentilhomme-farmer qui, ruiné, s'éloigne de France. Il va vers le nouveau monde

Voilà quelles furent mes

comme avec son Père, de t

souvenir, je dirai même u

親愛的威登先生

巴黎，一九一〇年十二月二日

親愛的威登先生：

懇請牢牢記住本人的姓氏「普漢思」，並請您在其後恭敬地加上「先生」，因爲我的職責是向您與其他同等身分的人轉述沙夏・吉特里先生的喜好。吉特里先生擁有無價的天賦，無須爲了能無償獲得的物品付款。他託我在此要求您，請於星期二上午十一點整，將貴公司的兩只行李箱交給他。一個用以收納他的帽子，另一個衣櫃式行李箱則用以存放與您毫不相干的物品。

希望兩只行李箱準時在上述期限內，妥善呈交予我。在此請您接受吉特里先生的祝賀之意，威登先生。他工作繁重，因此暫時未能前往您的商店。要不是有那麼多傑作尙待完成，他肯定會大駕親臨，好好感受由您設計的珍貴容器，特別是您所致贈的那幾件。

星期二，十一點見。

普漢思先生

巴黎，一九一〇年十二月三日

親愛的普漢思先生：

我很感激吉特里先生對敝公司商品的興趣，甚至可說是與有榮焉。可惜的是，路易威登行李箱實在無法讓與，無論對象是誰。這些都是販售的商品，而且遺憾的是，製作成本並不允許我們以公關宣傳或榮譽禮贈的名義奉送。

請告知您是否仍要訂購這兩只行李箱，我們的帽箱售價一百八十法郎，衣櫃式行李箱是三百六十法郎。您要求的取貨期限完全沒有問題，商品仍有存貨。

期盼您能了解路易威登公司的廣告政策，在此致上我無盡的祝福，普漢思先生。

喬治・威登

巴黎，一九一〇年十二月六日

親愛的威登先生：

您要知道，我之所以勉強在您的姓名前加上「親愛的」，只是爲了維持我平常慣有的傳奇性禮節。釐清了這點之後，我們就來談正事吧。親愛的威登先生，我完全能想像嗜血的狒狒飛上月球去採集血液來儲備，也能想像聖女貞德擁有的不是凹陷而無人曾拜訪的私處，而是一對連高原上的人身牛頭怪看了都要臉色慘白的睪丸；我還能輕易想像，當上帝在西奈半島崖柏樹叢的火焰中，以一連串希伯來語對摩西疲勞轟炸時，他臉上會有什麼表情。然而，我卻難以想像有什麼人，尤其是您，竟能拒絕吉特里大師任何事，特別是這個要求。

因此我認爲，手中這封署了您大名的信函純屬誤會，肯定是貴公司會計部門的某個奴才冒用了您的名字悍然回絕，並且不認爲有必要讓您知曉我的要求之緊急與重要性。是故敬請放心，親愛的威登先生，這次我會姑且相信您是無意的。請准許我給大師一個正面答覆——其實，我個人已經先轉告他了。

謹致上我滿心的敬意。

巴斯卡—龔桐·普漢思

巴黎，一九一〇年十二月七日

親愛的普漢思先生：

請您無須懷疑，由您代爲轉達給吉特里先生的否定答覆，並非敝公司任何員工所爲，而是來自我本人，喬治·威登。對此我甚感遺憾。

親愛的朋友，請接受我無盡的祝福。

喬治·威登

巴黎，一九一〇年十二月八日

親愛的威登先生：

這也許是最後一次，肯定是最後一次，我特別授予您「親愛的」這個小心謹慎的敬詞。我確實給過您機會，讓您更改您對我個人，同時（容我提醒您）也是對沙夏・吉特里先生的語氣和措詞。您可能（雖然我很訝異）沒查清楚吉特里先生在巴黎這個世界之都擁有何其重要的地位，但爲了避免洋相來踢您的屁股（正如因妻子改嫁而戴綠帽的丈夫去踢太太鎖上的路易威登行李箱），您似乎應該先調查一下吉特里先生才是。

我現在寄給您的這封信，已經無關乎什麼請求了。儘管還稱不上威脅，但請您了解，所有客氣話皆已蕩然無存，因爲現在是最後通牒。星期二已迫在眉睫，就是後天了，十一點之約（鐘面上的十點之後，中午之前的那個時間）亦逐漸逼近。是故我在此清清楚楚地通知您（就像聖母瑪莉亞的微笑般清晰——幸好她的兒子比某個粗魯的行李箱製造商有教養多了），我將在幾名塊頭如狒狒且毫無幽默感之人的陪同下，親臨拜訪，從您堆滿貨物的倉庫中，領取昨天我禮貌地向您要求、今天我耐著性子向您索討的兩樣物品。

星期二，十一點鐘見。

巴斯卡—龔桐・普漢思

P.S. 順帶一提，先生，請您行行好，別再稱我「親愛的朋友」了。值得寶貝的親愛物品只有您的行李箱，就算是（而且特別是）在我們拒絕付款的時候；至於友情，我的友誼只保留給那些我不見得欣賞，卻樂意協同作戰的少數烏合之眾，我們將使用如萊茵河岸的偃麥草般生生不息的野蠻人所提供的火力。

巴黎，一九一〇年十二月九日

親愛的普漢思先生：

您大可在所有動物園的所有猴子陪伴下，於每個月的每週二光臨敝店，這絲毫不會改變敝公司的營運方針（其中特別述明了悍然回絕如您老闆這種人的手段）。

所以，親愛的先生（不是「朋友」），請接受我無盡的祝福。

喬治・威登

巴黎，一九一〇年十二月十日

威登先生：

因爲您粗魯的態度，我終於刪除了「威登」與「先生」前面那個語意矛盾的敬詞。此舉想必讓您注意到，我是個會將威脅付諸行動的人。我那些您口中的猴子，全都爲了明天的十一點嚴陣以待。我知道一旦看見他們的外貌（與之相比，博斯[20]畫布上的恐怖猙獰惡魔簡直是平易近人的臘腸犬），您自大的語氣將出現細微的變化。他們一共三人，聶聶斯、巴爾達札和克魯德，全是去慣了卑賤水手酒吧的老主顧，此外，他們雙手染上的鮮血多如天幕繁星。您的下場就是被大卸八塊，封入您的某一個行李箱（那箱子曾打造出您的名聲，如今又成了您的墳墓），這實在太不值了啊。

20 Hieronymus Bosch（1450-1516），荷蘭畫家，畫作常帶有惡魔、半人半獸等可怕晦澀的圖象。

我們生活在電報的社會中，我盼望您在晨曦之前，發出一篇能令吉特里先生滿意的親筆文章給我，以免鬧出丟人現眼的社會新聞，玷污您潔白無瑕的自傳，宛如阿爾卑斯山神父門前的覆雪小徑出現了一坨牛糞。

時間已屈指可數，而生命寶貴。

明天見，威登先生。十一點。不早不晚。

巴斯卡—龔桐・普漢思

巴黎，一九一〇年十二月十二日

親愛的普漢思先生：

我個人非但不會在敬語上頭讓步（面對您和友人似乎不願罷休的野蠻行徑，禮貌的言語實爲自保），還要告訴您，我不會無償贈予本公司製造的物品，更非受到生命威脅（這似乎正是我此刻的處境）就會輕易驚慌失措之輩。

親愛的普漢思先生，請將我最深的敬意轉達吉特里先生。

喬治・威登　敬上

巴黎聖路易醫院，一九一〇年十二月十四日

先生：

我早該猜到，以偷竊爲業之人，也會立志成爲懦夫。我曾有一刻想像，由於不願謹遵吉特里先生對貴公司有益無害的要求（此事將爲您的品牌帶來的宣傳效益，可是多過甫自母親腹中取出、沾滿體液的新生兒皮膚上所能打上的烙印），您會關上店鋪；我亦曾預測，會有執法人員來接待我的嘍囉。但是不瞞您說，我的天眞有如抹香鯨的食道般寬廣。比起梵諦岡繽紛的天花板上白裡透紅、滿面春風、胖嘟嘟的六翼天使，我本性中的純潔竟是更加豐富，以致連穹頂都塞不下。我認爲，在我的三名助手現身時，您的七名助手毫無預警地以暴力相迎，實在有失正當。先生，此舉既不正當，並且十分殘酷。

我在醫院病床寫下這幾行字，因爲我想您心知肚明，您那個黑凜凜的壯漢在我原本當作下巴使用的部位使了一記上勾拳，力道足以打落塞納河橋上那名茫茫然的笨大兵[21]的頭。大兵唯一的任務就是注視同樣茫然的地平線，監視敵軍到來，但眼前卻只見過客和行人。他還誤以爲無禮的喇叭聲是前線的爆炸呢。

威登先生，您將爲自己惡毒的報復行爲付出代價。我不欣賞您以牙還牙的手段。下一次（因爲眞的會有下一次），我將謹記：忠心、誠實和光明只會換來別人禽獸不如、野蠻暗算和齷齪的暴行對待。

吉特里先生來探望我，他的出現安撫了我的心情，緩和了我的疼痛。他要我無須太擔心（他

21 塞納河上的阿爾瑪橋（Pont de l'Alma）有一座法國步兵雕像，可用以測量水位。

一如往常，總是那麼善待每個無微不至地為他打理生活的人），不過他仍會立刻致函給您，他向我保證，將以令人不快的字眼向您轉達，他對巴黎某個行李箱商人的待客之道作何感想。

請您相信，出院以後，我只會把健康的身心投入於積極修復外傷，而我本人正因這些傷害而十分難受。喬治．威登先生，唯有讓您受到等量的心理和生理之苦，這個侮辱才能癒合。為此，我的手下已展開準備，有如在烹調複雜的菜餚之前，預先備妥食材。

後會有期。

巴斯卡—龔桐．普漢思

巴黎，一九一〇年十二月十六日

親愛的普漢思先生：

在上週二的十一點整採取了那個作法，我深自難過，若在和平時期，我絕對是第一個反對此舉的人。然而再怎麼哀嘆，您也會同意，是因為您的一意孤行，才讓我們正式宣戰。要擺脫這種狀態只能透過武力，並非任何人說了算，畢竟衝突是必須分出高下才能了結的。

您瞧，我很痛心輸家的身分不符合您的預期。

盼望這幾朵木蘭花能妝點您樸素的病房，謹致上我最誠摯的悔意。

喬治．威登

巴黎，一九一〇年十二月十七日

先生：

這封信或許將如傳家王冠上的石英般，長久保存下來，因此我無法在信上描述我的想像力建議我對您送來的木蘭花施以何等玷污。

您聽了必然會大爲震驚，畢竟那可是每個人或許敢做、卻不見得有膽說出來的行徑。然而，我敢預言，自從木蘭花出現在世上以來，或者說得更廣泛一點，自從有了花以來，絕對沒有任何花瓣和花莖曾受到更嚴重的摧殘侮辱。

盼望您打開小箱中這封等著您的信函時，能夠從我退回給您的花朵模樣，自行猜出它們承受了何等特殊的洗禮。

親愛的喬治·威登先生，比起客套話，我的排泄物更能表達我對您的敬意。

吉特里先生要兩只箱子，一個帽箱、一個衣櫃式行李箱，而且他會免費得到。「免費」的概念或許已消失在這個世界上，而您如果再堅持這種不講人情、反宣傳的態度，那麼您也會消失。

龔桐　敬上

巴黎，一九一〇年十二月十八日

親愛的「龔桐」：

我確實收到了您寄來的污穢花束。在這封噁心的郵件中，我即便沒找到您的簽名，至少也清楚認出了您的風格。

請恕我抱著吉特里先生或許會辭退您的期望，向他轉述包裹的內容物。我想，這麼做也算幫了他一個大忙，畢竟他很有可能不清楚自己雇用的人究竟有何能耐。

喬治・威登　敬上

巴黎，一九一一年四月十一日

親愛的喬治・威登：

我出院已三個月有餘，我想我尚無暇通知您，但無所謂，事過境遷，重點是我還在埋怨您。我察覺自己的力氣不如您，因此選擇了較爲平和的戰略，但是必然會讓您如殉教聖徒那般萬箭穿身。而且別忘記，箭上都淬了毒。

請容我道來。三個星期以來，我對一名擁有金黃秀髮、綠寶石眼眸，容貌清新純潔的佳人懷抱著異常完美的愛意。佳人儘管年紀尚輕，卻可能與您相識多年，甚至一輩子了也說不定。坦白說，她和我，我們以傅科擺[22]的規律性，沉淪於荒淫無度之中，破除禮教的束縛，在人類生理所能允許的範圍中，一再突破想像力的極限。

親愛的喬治・威登，親愛的伯父，我關子就賣到這裡。

容我告訴您，令嬡擺脫她所受的教育以後，熱愛展現情欲，一如植物園裡的藍屁股獼猴。儘管我對女體閱歷豐富，卻極少在一具如此嬌小的身軀裡，體驗到這麼多的放蕩荒淫。年輕的瑪儂（如今我必須直接喚她的名字）甚至教了我一些體操動作，我原以爲這些只存在於亞馬遜叢林或薩德侯爵[23]誇張的故事中呢。至於我這方面，我什麼都不會教她，因爲我的任務並非要讓她快樂，而是永遠剝奪您的喜悅。

親愛的伯父，敬請　鈞安

龔桐

巴黎，一九一一年四月十三日

親愛的巴斯卡—龔桐・普漢思：

您的事蹟（特別是您的天眞）似乎讓我愈來愈醉心。遇上可人的女子，無論她再怎麼惹人疼愛，事前還是先打聽清楚爲妙。那位似乎很喜愛您，同時也得您傾慕的年輕女子絕非小女，而是我早已見不到面的堂兄之女。我堂兄已於一八九九年喪生於一場墨西哥遠征。

但我依然十分榮幸，與我魚雁往返之人當中，尚有一位懂得悉心照顧小孤女。

謹致上我誠懇的讚賞。

喬治・威登

---

22 用以證明地球自轉的單擺設備，以其發明者法國物理學家萊昂・傅科（Léon Foucault, 1819-1868）命名。

23 Marquis de Sade（1740-1814），法國貴族、色情與哲學書籍作家，性虐待（Sadism）一詞取自他的姓氏。

巴黎，一九一一年四月十五日

親愛的喬治．威登：

我很絕望。這當然不是因爲我的天眞，而是您的。您的天眞有如盲人凝視拂曉時四射的燦爛陽光那麼感人；有如小鬈毛狗努力把支離破碎的主人從美洲獅的下顎扯出來那般動人。的確，小瑪儂終於在每晚親密照料我的同時（這方面的事，顧及我的謙遜與根深柢固的羞恥心，我決定在此緘口），向我一五一十坦白了；但她也在枕邊告訴我，您與巴黎凡登廣場的某位女士過從甚密，而據我調查，此人似乎並非尊夫人。

既然我倆都是貪花的風流人物，我很樂意先與您來場爐邊閒談，再陪您前往那知名的路易威登貨倉，好讓吉特里先生想要的兩只箱子終能完好無缺地免費交到我手中。等我拿到兩件商品，就把手中的幾張照片交給您。透過照片，再笨的人也看得出您與這位迷人女士之間的關係（比起我倆，您和她的交流確實更不限於書信往返）。其中一張清清楚楚拍出您在大道上攬著年輕情婦的腰，而洋傘下的她正在插髮髻。另一張拍得更近，是我忠實的同黨之一所攝，洩露了您的親吻功力。

靜候您回音的同時，也請您接受這個殘酷事實，就像我終將接下吉特里先生永不放棄的（這您也明白）兩只行李箱。

您的龔桐

巴黎，一九一一年四月十六日

親愛的龔桐：

我實在很想模仿您的風格，於是決定在此信中放膽一試！

我很肯定，您就像我們在塵世間大多數的同類，擁有自文藝復興作家拉伯雷以降，醫學界慣以「大腦」這個樸實簡單的名詞稱之的東西。您眞是太令我驚訝了。我的確親吻了那名年輕女子，正確說來，我已吻了她二十三載，因爲這是手足之間的吻。照片中的我正與舍妹道別。想必我的姪女瑪儂應該是愚弄了您。我對此毫不驚訝，因爲過去七年來，她都在灰暗的聖安娜精神病院度日。

在此非常輕蔑地問候您，並靜候更具說服力的威脅。

喬治・威登

巴黎，一九一一年四月二十日

親愛的喬治・威登：

人世間偶爾會有一些場合，使得渺小的高盧統帥不得不向偉大的凱撒稱臣[24]。

這是自十二月以來，我首度認輸。比之我這個酒囊飯袋，您確實更加詭計多端，狠毒的生意

---

24 凱撒大帝發動遠征時，高盧統帥韋辛格托里克斯（Vercingétorix）曾率眾反抗，成了民族英雄。

手腕堪比世上所有博基亞家族[25]的總和。

釐清此事之後，我要遺憾地通知您，憑我這點微末道行，我的壞心眼只是恰如其分，遠遠不配與您競逐。這就是爲什麼，即便這封信勢必落在不夠謹慎的警察手中，我都應當向您坦承，正是我本人以合理酬勞聘請了一名渾帳中間人，安排巴西馬瑙斯進口的五條食人魚見識您浴缸內有限的深度。我本來大可選擇在長枕頭下放一條盤結成團的蛇，或是在您金碧輝煌的洛可可風格客廳的沙發下，放一顆黃鼠狼的頭（若是敘利亞古城阿勒坡的伊斯蘭托缽僧看了您客廳的擺設，肯定要作嘔）。

我非常高興您目前欠缺的那隻手（我從報上得知截肢手術相當順利，沒有併發症）不是右手，否則我將再也無法閱讀您的來信了。因此我要奮力緊握您僅剩的手。

龔桐

P.S. 像您這樣的天才鋼琴家——抱歉——像您這樣一度是天才的鋼琴家，肯定會怪罪於我，但我至少爲您帶來了開發新趣味的機會，屆時十二音技法想必能派上用場。我有預感，您將因這次傷害而成爲一個成員極少的新潮俱樂部之終身會員。

巴黎，一九一一年四月二十二日

親愛的普漢思先生：

我猶豫了許久，煩惱該找誰訴苦論直去？我那群律師嗎？我的手下？比我的手下更粗暴的人嗎？經過百般長考，我選擇決鬥一途。武器就由您挑選吧，無論刀劍或火器我都奉陪。祈請您通知我您方便的時間，以及見證人的身分。

G．威登

P.S. 有時想想，像吉特里先生這樣一位重量級人物，竟能忍受您三個多月以來的舉止，我認爲著實反常。

巴黎，一九一一年四月二十三日

親愛的威登先生，親愛的喬治：

您英勇的提議令我非常感動。在這個男人從女人堆裡獲得成就的時代，還能遇上有大丈夫氣概的對手，實在值得稱許。然而，我必須十分懊悔地說，我從不輕易舞刀弄劍，或使用如您提及的那些危險器具。我曉得您殘缺的肢體並不合適，但仍想提議改採一場拳擊賽。在拳頭的對決中，您或許能證明好勇鬥狠的單拳隻手，有時比膽怯懦弱的雙手更有殺傷力。

若您不喜歡拳擊，那麼我提議希臘羅馬式摔角或自由式摔角，這兩種高貴的戰鬥方式，皆能讓我們痛不欲生。

靜候您明確且快速的答覆。

龔桐

---

25 The Borgias，發跡於西班牙，家族出了兩位教宗與許多顯赫人士，其中不乏惡名昭彰的不名譽之人，在十五世紀文藝復興時期的義大利權傾一時，事蹟曾被後世改編為小說、歌劇、電影與同名影集。

巴黎，一九一一年四月二十五日

親愛的普漢思先生：

我受夠了您卑鄙無恥的殘酷，決定立即接受您的提議，用僅剩的那隻手教訓您。決鬥日訂於星期一早上，五點整，在維勒瓦一處名爲「勒尚比」的決鬥場，請帶著您的兩名見證人到場。

喬治．威登　敬上

巴黎，一九一一年四月二十七日

親愛的喬治：

大多數時候，我討厭讓約會對象等待落空。您上回也注意到了，我分秒不差地依約在十一點整抵達。我是個守時的男人，總會精準調校我的鐘，就像爲貴婦（少了她們，我們只是乏味地活著）縫製蕾絲裙花邊的師傅一樣精細準確。不，刻意營造懸疑感來測試同輩人耐性的手段，我完全不能接受；明明人在他方，豈能霸占約定地點的空間？我也希望您別忍受如此天理不容的事。

只是，在決鬥日前一晚，一陣劇烈的牙痛疼得我滾倒在木頭地板上。我的頭顱在整整十二小時中承受了不間斷的踢蹬，縱使我平常挨打慣了，仍覺得那力道猶如《聖經》中天啓四騎士的馬匹之腿力。

至於我的第一名證人伊果，他被召喚到心臟衰竭而長期臥病不起的姨婆床頭；準時如路面電車的第二名證人艾澤榭爾，則是在赴約前甫遭喪弟之痛，他的弟弟死於性病軟下疳。

誠然，在如此澄澈的清晨，能讓人恢復精力的鄉下空氣將爲您的血球注入一點健康氣息，對**我也一樣**。

我自然希望能彌補這個意外狀況，因此提議將您的敗北延至星期六早上。

襲桐

巴黎，一九一一年四月二十九日

先生：

星期六見。同時間，同地點。

喬治・威登

巴黎，一九一一年五月二日

親愛的喬治：

我向您發誓，這是我最後一次失約。然而，我的遭遇幾乎無法訴諸筆墨。前往決鬥場的路上，我和手下駕著一輛法國廠牌的汽車，倒楣透頂地橫越一條坑坑疤疤的道路，車子被彈到一個只有我國養路工懂得該如何保養的溝渠裡（保養手法猶如新嫁娘打理家務），我們全體陷入昏迷。

等我的見證人和我自己恢復意識，腦袋固然不轉了，但是時間轉。待我完全恢復到能以拳頭痛宰您的狀態，已經十點了。命運就算沒讓我變成孬種，至少也成了遲到大王，我對此忿恨不已。我挫敗地回到家，在被單下躺了一天，在某個廉價潑婦的凹洞裡搖動我的陰莖。我左思右想，險些涕淚俱下。我旋即改變主意，拿起信紙通知您我星期三有空。

我會支付油錢，這回我提議我們開同一輛車，一同邁向我們崎嶇的命運吧。光是想到您會以爲我前兩次是臨陣脫逃，我就痛苦萬分，程度與您不肯贈予帽箱和衣櫃式行李箱的堅決，不相上下。

我敢於希望，等到我們的事蹟被記載下來時，兩名自傳寫手將顧及我的名譽而略去這些令人懊惱的意外。

懇求您相信（要知道，我是從不懇求的）我的口頭之言。我省略書信的客套語，向您表達最眞摯的情感。直到和您面對面之前，我都滿心期待能用右手向您展現我對您懷抱的恨意力量。

龔桐　敬上

巴黎，一九一一年五月三日

親愛的普漢思先生：

我義無反顧地選擇相信您。我們開各自的車來吧。

星期三見。

G．威登

巴黎，一九一一年五月八日

親愛的喬治：

我深信這世上有個神明在保佑行李箱製造商。我正要赴約去導正您的鐵石心腸，以及您有如阿巴貢[26]的吝嗇態度，半途卻遇見一群彷彿直接走出武俠小說的攔路大盜，擋住我的去路，劫走我和我嘍囉身上的財物與交通工具。上述交通工具裝有引擎，我們卻不然。我們很想守時，便試著拔腿開奔，但我的半統靴卻帶來極大不適，正如狄更斯在一本傑作中描述凜冽寒氣穿透乞丐衣物的那般痛苦。

我步行了四十多公里回家，過程中所受的傷，幾乎比您迫不及待要揮出的單拳將造成的傷害更重。我的手下都患上重疾，兩人中的聶聶斯已病到無疑會在晚禱前歸天的地步，我則是剛剛才從創傷中恢復。祈請您把兩只行李箱送來給我，否則我將命喪九泉。老闆近來一個勁兒地向我索討，而我已向他作出保證了。

先生，我只是一介蟻民，在這塵世間的停留實在不能說是幸福美滿。襁褓時期，我被丟棄在神父門前滿是污泥的階梯上，後來又被送進暗無天日的蠻暴收容所，與之相比，《悲慘世界》中壞心的德納第夫婦所經營的酒館，簡直像是溫泉旅館和希臘羅馬時代休憩的驛站。我已經數不清身上的瘀傷了，親愛的喬治，我很希望能將您視爲命中注定的同袍，而非掃把星敵人；若我牽起您僅剩的那隻手，我們應當能融洽相處，在大道旁的露台對酌開胃酒。我非常喜愛苦艾酒，對女人也相當內行。

---

26 **Harpagon**，法國劇作家莫里哀的喜劇《守財奴》之主人翁，嗜錢如命。

若您不願意，您就形同其他人那般放任我自生自滅，那麼我只能在喝了假苦艾酒的迷茫中，找到短暫的友情。

瞧，我是喜愛您的。

龔桐　敬上

巴黎，一九一一年五月十日

親愛的吾友：

我把送給您的兩只行李箱置於您的門前，兩款皆出自一個特別的系列，且爲限量發行。兩只箱子都刻上了您的姓名縮寫。此事請對吉特里先生保密，我將非常感謝您。

我們快點相見，伴著薄荷苦艾酒暢聊我們對人類抱持的幻想吧。舉杯相賀，單手就綽綽有餘了。

喬治　敬上

PATRICK EUDELINE

派崔克・厄德林

蘇菲・喬孔達

派崔克・厄德林

如同身在《蒙娜麗莎的微笑》失竊的時代，美好年代[27]的巴黎，厄德林依然身著男子禮服、短靴、花邊襯衫和珍貴的絲巾。他就像那個時代的人，不分晝夜，在有著暈黃路燈、潮溼石板路和惡名昭彰區域的巴黎，踏遍了大街小巷，特別是畢加爾區[28]。近三十年來，厄德林已成了此區的大人物，遇到他這個浪漫龐克、音樂家兼小說家、詩人、陰沉的菸槍、活在過去的人，無論是流浪漢、警察或布波族[29]都會招呼問候。第三代傳人嘉士頓・威登非常熱衷於這起連詩人紀優・阿波里奈爾[30]（厄德林對他的每首詩耳熟能詳）都牽涉在內的名畫竊案。我們將寫作邀約和威登親自蒐集的文件寄至厄德林位於蒙馬特的家中，他立刻表示心中對此案已有定見。爲了創作這則故事，他埋首研究自己私人收藏的稀世奇作。威登歸檔的文章裡的每一個字，也讓他剝了皮、拆了骨。厄德林在寫作兼調查的過程中，發現了某些新的元素，也因此深信名畫失竊的眞相並非如我們所想，而是他筆下的版本。

27 Belle Époque，十九世紀末至第一次世界大戰爆發前，為歐洲相對和平的時期，科技、文化、藝術皆臻於成熟。

28 Pigalle，位於蒙馬特山腳下的巴黎紅燈區，第一家夜總會「黑貓俱樂部」於十九世紀末開張，隨即成了知名景點，當時如畢卡索等文人雅士皆經常造訪。

29 布波族（Bobo）是布爾喬亞—波希米亞（bourgeois bohème）的縮寫，指一群生活富裕但思想、價值觀傾左的人。

30 Guillaume Apollinaire（1880-1918），法國著名超現實主義詩人、劇作家。

Le Petit Parisien

5 centimes — Le plus fort tirage des journaux du monde entier — 5 centimes

Mercredi 23 Août 1

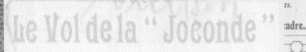

la défaite de Khartoum, s'était réfugié dans l'Ouadelaï. La curieuse figure que cet Emin pacha ! C'était un Allemand nommé Edouard Schnitzer qui avait été successivement médecin dans l'armée turque, puis dans l'armée égyptienne ; il était devenu, par la suite, gouverneur des provinces équatoriales de l'Egypte. Lorsque, en Angleterre, circula une liste de souscriptions en sa faveur, une somme énorme fut vite trouvée. C'est à Stanley qu'on offrit de diriger cette expédition : il accepta. Le journaliste nous a fait part, dans son autobiographie, de l'enthousiasme qui s'empara des jeunes hommes les plus

LES NÉGOCIATIONS FRANCO-ALLEMANDES

Conférences à Paris

Toute une série de conférences ont eu lieu hier à Paris — le matin et l'après-midi — entre les membres du gouvernement et les trois ambassadeurs, MM. Jules et Paul Cambon et Barrère, qui ont été mandés pour discuter les questions actuellement posées par les pour-

Le célèbre tableau de Léonard de Vin
La "Joconde"
a disparu du musée du Louvre

LA JOCONDE

Le Vol de la "Joconde"

Etranges déclarations d'un garçon de café

Serait-on vraiment à la veille d'un coup de théâtre ? Serait on enfin sur le point de connaître la vérité, et de retrouver la vagabonde Monna Lisa ?

Nous avions dit hier qu'il ne fallait plus compter que sur le hasard pour découvrir la piste du voleur. Et en effet, un des secrétaires de la Sûreté a reçu il y a deux jours une troublante déclaration d'un garçon de café qu'il n'avait pas convoqué, et qui s'est présenté de son propre mouvement.

Voici cette déclaration que nous empruntons au *Matin* :

Je sais où est la « J

... que la *Jocon*... chez un personnage titré et fort riche.

» Ce personnage, malade et maniaque (il y a quelque temps, ne fit-il pas monter ses chevaux au troisième étage de son hôtel ?), était amoureux depuis longtemps de Monna Lisa.

J'accourus au musée, ému à en perdre la parole. Après une rapide enquête personnelle, je pris le parti de prévenir la police.

「《蒙娜麗莎的微笑》失竊奇案」

——《小巴黎人報》，一九一一年八月二十三日

一九一一年八月二十一日，《蒙娜麗莎的微笑》在羅浮宮遭竊。一名咖啡廳服務生表示他知道這幅畫落在何人之手。他聲稱曾在一名相識的富人家中，見過畫作被藏於行李箱內，而此人瘋狂愛著《蒙娜麗莎的微笑》。他向保安局局長提議歸還畫作，換取二十萬法郎的報酬。警方查證後，得知竊賊為義大利玻璃門窗師傅溫琴佐·佩魯賈，曾協助將羅浮宮重要畫作裱框並置入玻璃匣。他將此畫藏在自家床底下長達兩年。

蘇菲·喬孔達[31]

一九一一年八月二十一日，星期一

全巴黎的浮花浪蕊似乎都在汝克餐廳的後廂齊聚一堂。

穿著劣質紫色禮服的鋼琴師奏出一連串低俗的圓舞曲，節目進行得熱鬧紛紛。除了〈北圻姑娘〉〈馬克西克斯舞曲〉與〈棕色華爾滋〉，還額外奉送馬佑爾、費萊格森、烏伏拉德和德哈南[32]的歌，以及……〈妳，我的蒙娜麗莎〉一曲，是伊夫·貝侯的老調。

「妳，我的蒙娜麗莎
緊追我不放
妳，高深莫測
日日夜夜……」

31 喬孔達（*La Joconde*）是《蒙娜麗莎的微笑》之法文名稱。畫中主角為出身佛羅倫斯的麗莎·喬孔達。

32 依序為法國歌手 Félix Mayol（1872-1941）、英國歌手兼演員 Harry Fragson（1869-1913）、法國喜劇歌手 Gaston Ouvrard（1890-1981）與 Dranem（1869-1935）。

在臨時整理出來的舞台上（眞的，只是把餐桌推開而已），她們接踵而至。無須多說，清一色棕髮女性，穿著緊到不能再緊的束腰，方正領口敞得老低，綰著髮髻，微帶中世紀風情。每個都把胸部吊得老高，完全符合潮流的苛求。無論是笨重、輕盈、肥滿臃腫或面黃肌瘦的女人，全都一個緊接著一個，嘰嘰咕咕地急著到評審面前亮相，一旁忙著糾察的服務生實在管不住她們。每個女人依自己潦倒的經濟狀況所允許，努力塗脂抹粉，裝扮成蒙娜麗莎。

在一張堆滿文件的桌後，畫家路易．貝胡[33]打著哈欠。有件事是不會錯的，她們全都……怎麼說？對了，醜陋鄙俗。沒有別的詞可以形容。

他是這場活動的評審之一，被夾在酒糟鼻餐廳老闆、某拙劣作家、跟著新聞跑的艾樹塞（就是亨利艾鐸華．康諾[34]，本名聽起來確實遜多了），以及一位白髮蒼蒼，打了半天盹的研究院院士中間（哪家研究院？沒人知道）。的確，貝胡擔任評審也討不到什麼油水，頂多幾分虛榮罷了。但恐怕連這點好處都沒有。他嚮往獨立畫展[35]，也想受到認可，卻多少曾被聽過他名字的極少數人誤認爲一名可怕的學院派畫家。喏，就是被眾人當作笑柄的布格羅[36]。其實貝胡的工作和專長是複製畫，特別是《蒙娜麗莎的微笑》。他把畫賣給一些觀光客、收藏家……甚至羅浮宮。咖啡和菸草錢就是這麼來的，而非得自他每一季試圖展出的寥寥幾幅私人畫作。他的作品毫無迴響。也是，自塞尚以降，大眾的話題只圍繞在立體派大名鼎鼎的布拉克或他的好友畢卡索身上……野獸派、立體派、點描派、抽象派、景泰藍派、水療法派[37]！全是些離經叛道的傢伙。拜託！裝腔作勢的冒牌貨、小滑頭！只懂得做生意，油嘴滑舌地推銷，根本算不上是畫家。貝胡就是這麼想的。

開心的中選者將贏得免費的一餐，還有擔任他模特兒的極大殊榮。

這種蒙娜麗莎的競選活動愈來愈多。這名女子成了一種癡狂。對某些人而言，她是朦朧美的完美形象。大家對蒙娜麗莎的笑容津津樂道，就像有些人對希臘石膏像和雌雄同體神話的迷戀。大家掛在嘴上的，只有她。

還有符合各種審美觀的蒙娜麗莎小姐。甚至在怪人秀上，她們的身影也會出現在南非土著女人和鬍鬚女之間。人們展出她的分身。

問題只有一個：貝胡再也受不了那麼多蒙娜麗莎了。就連到了夜裡，他也在夢中見到她們。他是羅浮宮聘請的複製畫師，曾經在大廳裡，杵在這幅黝暗的畫前，耗上無數個小時、無數個日子、數年的光陰……他複製、落款、急就章地完成十多幅《蒙娜麗莎的微笑》。是的，還落款。他自己的上一幅作品，畫的是一名路過女性對著保護《蒙娜麗莎的微笑》的玻璃匣映出的倒影，整理自己的頭髮。那塊玻璃在兩年前曾鬧得沸沸揚揚。

爲避免破壞文物的行爲再度發生，將《蒙娜麗莎的微笑》置於玻璃匣中固然很好，卻也造成了極大爭議。這是有理由的：因爲反光，什麼都看不見了。

---

33 Louis Béroud（1852-1930），歷史上第一位發現《蒙娜麗莎的微笑》失竊的人。他有部分畫作收藏於羅浮宮及巴黎文物歷史美術館（Musée Carnavalet）。

34 艾榭塞（Achecé）恰好是亨利艾鐸華・康諾（Henri Édouard Connaud）姓名縮寫字母H、É、C的法語發音。

35 Salon des Indépendants，一八八四年起由獨立藝術家協會每年在巴黎舉辦的畫展，特色是沒有評審也沒有獎賞。

36 William Bouguereau（1825-1905），法國學院派代表畫家，畫作多以神話為靈感。

37 景泰藍主義（Cloisonnism）為後印象派的繪畫風格，風格近似景泰藍，代表畫家為高更；水療法（Les Hydropathes）則為一八七八年的巴黎文學社團，常於黑貓俱樂部集會。

貝胡是少數欣賞這個作法的人之一。他再也看不見這該死的蒙娜麗莎了！她的眼波不再追隨他……他眼前的倒影從此只有羅浮宮裡的動靜。人，生命，外面的世界。這些終究還是有意思多了。可是……他就是注定如此，即使他想描繪路過的女性，就像上一幅畫……他還是非得將《蒙娜麗莎的微笑》畫進某處不可。就是這樣。這是他的命運。

路過的女性？不，是蘇菲。蘇菲。蒙娜麗莎的髮色有多深，蘇菲的髮色就有多淺。那些假蒙娜麗莎有多豐腴，蘇菲就有多纖瘦。蘇菲，是有資格在《佩利亞斯和梅麗桑德》[38]的演出中登台的。蘇菲，正如美國舞蹈家伊莎朵拉．鄧肯一樣是個舞者。蘇菲，對他來說年紀太輕了，但是他愛她愛得過火。蘇菲會再次不肯原諒他把時間都虛耗在那個佛羅倫斯女人身上。是的，蘇菲會再次對這幅搶走她男人的鬼畫發脾氣，然而最好笑的是，眞的……連貝胡自己也受不了這個天殺的蒙娜麗莎！他不是畫家，不是。只是複製畫師。那個該死的蒙娜麗莎的專屬複製畫師。每次懷疑自我的時候，他就會這麼看待自己。

是的，他已經聽見蘇菲的聲音了。

「這叫女人嗎？不是吧！肥婆還差不多。哼，說肥婆都還太抬舉她！這根本是男人、是菜市場的苦力！而且人家怎麼傳你的閒話，我都知道！我說啊……你就這麼喜歡？喜歡像葡萄牙女人那麼多毛的？她一定塗了不少黏答答的軟膏和乳霜。哈，還不是杵在那片背景前面才顯得瘦了些！你竟然整天與她爲伍……還有這個別人百說不厭的笑容！哪門子表情啊？你倒是說說啊！我說她閉著嘴巴是爲了遮掩一口爛牙才對！很明顯啊。我看不出別的可能。」

蘇菲口中的蒙娜麗莎彷彿是個現代人，是她的情敵。哪，彷彿她說的是歐特羅美人或克蕾歐[39]！彷彿她說的是個娼妓，是左拉筆下的娜娜[40]，是個賤婊。她受不了蒙娜麗莎，受不了。雖然她自己也像那個蒲姬一樣，彷彿攀附在他人身上的藤蔓[41]。

好！浪女的走秀總算結束了。研究院院士已然醒轉，發出輕薄的微弱笑聲，投給最豐滿的一位。貝胡呢，則是不想看得太仔細，整個人緊繃著，彷彿蘇菲正遙遙監視他。他會失去蘇菲。一定的。他只想著這個。

明天，他會展開報復。對蒙娜麗莎和這個厄運。一舉成擒，一勞永逸。

一九一一年八月二十二日，星期二

諸事皆已規畫妥當。羅浮宮九點開門。但是貝胡與其他複製畫師、版畫家或攝影師一樣有委託書。一張能讓他大清早就到場的通行證。

他居住的巴提紐勒[42]近來成為像他那樣的藝術家棲身的區域。貝胡步行離家，從巴提紐勒一路走下來，不搭地鐵，雖然他其實可以在博羅尚站上車。這段路也許很長，但步行正是他所需。

---

38 *Pelléas et Mélisande*，比利時象徵派劇作家梅特林克（Maurice Maeterlinck, 1862-1949）的創作，名作曲家如德布西等人皆曾改編為歌劇。

39 美好年代的知名女性，「歐特羅美人」指酒館歌手、舞者及交際花卡洛琳・歐特羅（Caroline Otero, 1868-1965），克蕾歐（Cléopâtre Diane de Mérode, 1875-1966）則為出身貴族的舞蹈家。

40 法國寫實主義作家Emile Zola（1840-1902）所著《娜娜》一書的女主角，雖是輕浮放蕩、奢侈揮霍的妓女，內心卻嚮往正常生活。

41 黎安娜・德・蒲姬（Liane de Pougy, 1869-1950）是美好年代的舞者及交際花。「黎安娜」為藤蔓之意，文中形容蘇菲和蒲姬都是依附他人成長的女子。

42 **Batignolles**，位於巴黎十七區。十九世紀時，馬內、莫內、雷諾瓦、塞尚等畫家常群聚於此，切磋交流。

最近熱浪來襲，他在滿街浪女的昂當街停步，喝杯勃克啤酒。他穿著襯衫，打著領帶，禮服外套夾在手臂下，畫材放在他的路易威登畫箱裡。畫箱尺寸如小型行李箱，質感非常細緻，是前任情婦送的禮物。那是一段轟轟烈烈的愛情。蘇菲的髮色有多淺，她的頭髮就有多深。而且她很富有，是所謂的伯爵夫人。啊，該說帝國的伯爵夫人才對。不過這不是重點。唉，藝術家的生活充滿了未知數！他與這名女士在她位於瑞士策馬特的木屋，以及她在巴黎米埃特地鐵站那棟由新藝術派建築師吉馬赫親自設計、裝潢的宅邸，度過了許多光陰。他們邂逅於德布西的婚禮，德布西那一天嗑藥嗑過頭，睡趴在鋼琴上。

蘇菲知道畫箱的來歷。可想而知，她大為光火。那女人的頭髮還是棕色的！喲，就跟蒙娜麗莎一樣！所以，這該死的畫箱……有時貝胡寧可把它藏起來。比方說小妮子氣到摔起盤子的時候。

路易威登這畫箱明明是個寶！裡頭可以找到所有必要的分格、抽屜和置物架來放置鉛筆、畫筆、粉彩、色粉、畫刀和水彩顏料，甚至還有……可收納空白畫布的夾層。畫布可以捲起來，也可以平放。

因此，他這天必須把畫箱拿出來。

外頭的巴黎歡欣鼓舞。再過幾個小時就會豔陽炙人，但是這一清早，天氣幾乎是完美的。這座城市似乎正在甦醒，而且歡喜之至。空氣中充滿快樂的嘶叫聲，送貨員和前往巴提紐勒菜市場的搬運工呼喊吆喝，背著沉重書包趕上學的孩子打打鬧鬧。氣味漫上來了。烤肉香、麵包香……巴黎的小市民都開始活動了。貝胡走上大道，行經作家左拉住過的亞平寧街。直直走就是歌劇院，途中會經過克利希廣場、昂當街和一些新商店。現在他只要循著歌劇院大道，朝塞納河方向走下去就行了。羅浮宮等著他。

貝胡領先所有人抵達羅浮宮，他在八點十分往著名的方形大廳走去。毫無疑問，他將是獨自一人。噢！應該還有一名攝影師和烙畫師會來，他們要再度複製這幅畫。但是貝胡知道他們八點半以前不會到。他熟悉他們的習慣，他們不會破例的。

怎麼沒人想到要鎖上存有《蒙娜麗莎的微笑》的該死玻璃匣呢？或是把它焊接在展示牆上？想到這裡，貝胡忍不住搓起手來。

他人一到便打開畫箱，接著拿下玻璃匣。他只消轉動擱在鎖孔上的鑰匙，就能取出《蒙娜麗莎的微笑》。不到一分鐘，他就把畫從畫框中解下來，拆掉釘子，把畫放在一旁，小心翼翼地收進路易威登畫箱的夾層。平放。這樣一位見證數個世紀流經且龜裂處處的女士，是捲不得的。更何況這幅作品直接畫在脆弱的薄楊木板上，並非如每個人所想的那樣，畫在畫布上。把畫取出畫框的關頭，他甚至有那麼一點點害怕。不過沒事兒，畫還耐撞。玻璃匣空空如也，僅剩珍貴的金畫框，他把玻璃匣留在毗鄰的房間裡，那裡有一座通往維斯康堤中庭的樓梯。此刻他仍是博物館裡唯一的人，整件事做起來有如探囊取物。鎮日忙著擦拭、磨亮上蠟木地板的清潔工稍後才會到；遠方傳來朴賈丹鞋底包了鐵皮的腳步聲，這個時間只有他一名警衛。

貝胡完成計畫後，回到方形大廳，再扯著嗓子喊「朴賈丹、朴賈丹！」，一切再簡單不過。然後等著朴賈丹來。

「這是怎麼一回事，警衛？她呢？」

「誰？」

朴賈丹人到了，真的慌慌張張地跑來。

貝胡指著那個小小的空間給他看。提香的寓意畫和柯勒喬的作品之間光禿禿的。有葉飾雕刻的展示區空空如也。

「她啊！」

朴賈丹花了一點時間才會意過來。接著嘟囔道：「不知道欸。可能在攝影室吧。我去布勞恩工作室瞧瞧。」

烙畫師拉基耶米到了。貝胡一臉老實無辜地對他說：「他們又把她移走了。相信我，老友，那位女士四處閒晃也沒人罰，沒見過哪個貴婦敢這麼做的。這叫我們怎麼辦呢，嗄？我問您。」

那就等唄。

場面亂騰騰的。朴賈丹在攝影室、烙畫室、畫布維修室、裱框室慌忙地東奔西跑。他深信《蒙娜麗莎的微笑》是讓人老老實實移走的，只是命令不曉得傳到哪兒去，他只不過沒被通知到罷了。就是這樣。

他花了兩小時才屈服於事實：到處都不見《蒙娜麗莎的微笑》的蹤影。

貝胡早就拎著畫箱先走一步了。沒有人想到要搜他的畫箱。早在眾人確定這是一樁竊案之前，他就開溜了。趁朴賈丹還在東奔西跑的時候，趁著大夥兒還在驚慌失措的時候。要是真有人強迫他打開畫箱（他把此事想成一個有趣的玩笑），他大不了聳聳肩，就像在撲克牌桌上那樣唬人。對啊！他身上帶的那幅是複製畫啊！畢竟他複製了這麼多，當然知道怎麼讓畫作顯得陳舊，讓罩染層[43]產生裂痕，用炭筆抹黑那隻怪物，讓人有目如盲。非得專家才能辨識其中差異。而且，羅浮宮頂樓的房間其實還有十幾幅複製畫，大家都很清楚那些畫是怎麼被留在那兒的。一定是受委託的畫家跟學生。除了他們，那個雜亂到難以想像的地方，從來無人踏足。

是的！他的職業就是假造蒙娜麗莎。他和那麼多學生都爲了她費力勞心。

但是，沒有理由被懷疑，也的確沒有被懷疑的貝胡，在騷動爆發的當頭，老早就把《蒙娜麗莎的微笑》挾帶出去了。

他走原路回家。一邊吹著口哨，心頭大喜。他明天就會去見跟他接頭的人。亞蒙。亞蒙・葛內匈是咖啡廳的服務生。他有個買家。準備一擲千金的闊大爺。那個瘋瘋癲癲的俄國人很迷戀《蒙娜麗莎的微笑》，成天耗在羅浮宮的方形大廳。貝胡覺得好像見過他，那人瘸腿又清瘦，一身怪癖，是個陰沉的高個兒，身旁總是伴著穿制服的司機。總之，常客一個。或者幾乎算是了。儘管沒人知道他姓甚名誰，仍有一些關於他的流言。傳聞他在巴黎的拉尼拉格附近有座府邸，還有一些奇怪的習慣。亞蒙聲稱過去曾幫過這男人一個天大的忙。是他的情人嗎？還是保護者？他們眞正的關係是什麼？貝胡不太清楚。

貝胡喜歡走路，常在亞蒙工作的克利希廣場的咖啡廳駐足，抽空喝一杯勃克啤酒或蘇茲龍膽酒。亞蒙好幾個月前早已得知貝胡的職業，先花了很多時間接近他，才跟他分享這個秘密。貝胡心動了。對，那傢伙爲了他的蒙娜麗莎，可是準備不計代價哪。貝胡是很想相信。他尤其發自內心地想要相信。

四十萬給亞蒙，八十萬給他。這是起碼的價錢，是貝胡能從中獲取的利益。話說回來這也沒什麼，畢竟《蒙娜麗莎的微笑》是無價之寶，自不在話下。屆時那個俄國人除了偷偷欣賞，什麼也不能做。不過那是他的問題。貝胡斟酌了很久，也猶豫過，但這條小道消息似乎很可靠，於是

43 「罩染」為文藝復興以來的油畫傳統技法，以透明薄顏料覆蓋已乾燥的畫層，使底層的顏色透過罩染層顯現出來。

他放膽去做。

話說回來，犯下這麼重大的竊案，八十萬根本不算什麼！對吧？不過全部的錢也只有這樣了。

有了這筆錢，蘇菲終於會快樂了。而他，他可以展覽，他會資助自己。他終於能樹信立名。必要的話，他會用這筆錢買通藝廊老闆和藝評家。因爲世上沒有其他解決之道，這就是藝術圈的遊戲規則。

但是眞正令他鬼迷心竅，給了他犯案動機的，是那件他準備送給蘇菲的珍珠領俄國紫貂灰大衣……以及紫色小牛皮短靴和Worms洋裝。對，這些他都要買下！不然一切都會泡湯，蘇菲會揚長而去。爲了一個更年輕……特別是比他富有的男人。某個會送這些東西給她的人。這些東西？其實是全部啊。珠寶、華服、佳餚，甚至帶她到海濱小城多維爾或迪納爾旅行。這就是人生啊！她會找個能帶她見世面的人。因此這可是生死大事，還有什麼更重要的呢？他受不了這樣子青黃不接，時時得捉襟見肘，也受不了作賤自己才能掙到應得的收入，受不了向人告借。說實話，他再也無法安眠。

榮譽，道德，藝術？那些僞君子在說什麼啊？只有錢、錢、錢才算數。那些冠冕堂皇的感覺全都買得到。就跟其他東西一樣。

他痛恨的一幅畫可以換來八十萬？這個達文西率爾爲之，卻令人如此看重的東西？可能嗎？這幅讓人大驚小怪的炭黑色小不點兒？再說，除掉這玩意兒，對群眾的身心反倒有益呢。有關這幅畫的說法還眞多！有人說，它的確是一幅無上的傑作，但最特別的是它藏著一個謎團。謎團？裡頭會有什麼謎團？還不都是被誇大的。蒙娜麗莎只是浪漫者的癮頭，如此而已！畢竟，肖像畫過去有，未來也會有。一樣寫實，同樣粗製濫造，但至少主題清晰無比。可是這幅畫呢，沒人看得懂這位笑容僵硬到令人惱怒的正直女士坐在莫名奇妙的背景前做什麼。有什麼好看的？她就像個水壺般坐在那裡。換作法蘭德斯畫派[44]才不會這樣呢！好，貝胡承認達文西那男人是有點才華，他同意。不可否認達文西是有本事的。但是嗄……拜託！貝胡義憤填膺地覺得，這個蒙娜麗莎拿來裝飾巧克力盒還差不多！

反正他向來比較喜歡法蘭德斯畫派的魯本斯。

他循著來時的路線回家，仍然在克利希廣場駐足。他在轉角兼賣煤炭的巴勒托咖啡廳停下。這個地方老闆是賣定了。很快地，同一地點將開起大型摩登餐廳，和對面知名的Wepler餐廳互別苗頭。

亞蒙就在那裡工作。正是爲了這個原因，他才急著讓買賣成交。他就快被解雇、失業了。貝胡進入樸素的咖啡廳，點了一杯勃克啤酒。來得正好。天氣開始熱了起來，才不過十一點呢。不過這當然不是他來此的眞正原因。

亞蒙來替他服務。貝胡保守地說了一句：「辦好了。」

亞蒙睜大眼盯著他看。咖啡廳幾乎沒有客人，輕率的貝胡不愁被人撞見，做了一個大膽的動作：他像個展銷商品的業務，把路易威登畫箱放在吧台上，打開箱子，掀起夾層。就幾秒鐘。

那個永恆不死的微笑震懾了亞蒙，他目眩神迷，驚愕不已。事實上，他幾乎會意不過來。

---

44 源自現今的德國北部及荷蘭、比利時等地，創作大多呈現世俗生活與情感，和南方的作品形成強烈對比，有「北方文藝復興」之稱。達文西屬於南方的佛羅倫斯畫派。

他覺得整件事似乎是個好主意，當然……偷走的可是《蒙娜麗莎的微笑》啊！但還是——怎麼說？——有一點抽象。不過現在呢，對，辦好了！她就在這裡。現在輪到他上場了。我的天！這個殺千刀的冒失鬼貝胡來眞的了！

亞蒙勉強擠出話來：「看得出來是眞的。看得出來很舊了。」

貝胡沒有搭腔，只是微微一笑。

「我們來做生意吧。您……明天再過來？同一時間。帶著她。」

亞蒙可以趁碰面之前去找他的俄國「朋友」，通知一聲。但是貝胡該把《蒙娜麗莎的微笑》委託給他嗎？貝胡怕受騙，這是意料中事，但亞蒙也不想把貝胡介紹給他的「保護者」。兩人爲的是同樣的理由。

「行。我們到時再看看用什麼方法，該怎麼做……」

貝胡喝乾他的啤酒，舔舔鬍子，然後微微一笑，簡直要吹起口哨了。羅浮宮應該開始內外騷動了。但他壓根兒不去想。

一回到巴提紐勒的家中，他的身心就爲之一鬆，忘卻了住處的寒傖。這間惹人厭的寓所位於面對中庭的三樓，格局是一房一廳一廚。可想而知，屋內到處都是畫，另外還掛著黑人面具、東方風情擺飾、紀念品、不値錢的裝飾和日本工藝品。室內堆滿雜物，但是有的時候，他依然能感到十分愜意。

好比，蘇菲即將從舞蹈課或是稀少的幾個朋友那兒回來的時候。他們幾乎算是同居了，眞是敗壞門風啊！爲了在巴黎生活，蘇菲離開了住在外省、一心想把她嫁給代書兒子的中產階級父母。她一去不返。修女學校、名門家族、她的尊嚴，她都一併放棄了。她跨到了另一邊去，成了交際花，失德又墮落，還有個畫家情人，而且年紀比她年長許多。她讓人包養。她躍過這麼一大步，所以貝胡原諒她的放蕩行徑和陰晴不定的脾氣。得到蘇菲是他的福氣。她說不定是他最後的幸福了！爲了她，貝胡願遭天譴。

他們相識於巴黎歌劇院外頭，他帶她到羅浮宮附近的名店「安潔莉娜」喝茶。她再也不曾搭火車回外省，父母就當她逃家當婊子去了，連一毛錢都不寄給她，只捎來幾封寄到貝胡家的信，滿紙責備。她……她嚮往巴黎。

貝胡是她的夢中情人嗎？其實他根本不知道。她是在身邊沒錯。好像愛著他吧？他也不清楚。她的確找得到更富有的情人，甚至是出名的藝術家，而且生活上不虞匱乏。如果這種藝術家眞的存在的話。他常常這麼告訴自己。

而他……蘇菲的存在反映出他的平庸。喏，他不比卡耶博特那個印象派的工匠兼技師好多少。啊！說到這個，罩染、錯視、透視法、淡彩素描、倒影……這些他全都爛熟於心。

可是，如今人們感興趣的盡是些拙劣的畫家。可不是嗎，瞧瞧立體派的布拉克！看見了嗎？一堆塗得厚厚的鮮豔色塊……這是手殘小鬼或瘋子筆下的世界吧！從印象派畫家之後，他就再也搞不懂畫了。但是老天爺啊，未來會變成什麼樣子？要畫眞實的東西，而非永恆的神話或一再重演的歷史事件，當然可以。很好！他理解這個想法，甚至認爲這代表了不可避免的進步，也很好。

可是要把它畫出來！畫出來哪！對他而言，自印象派畫家之後，畫家就不再眞的作畫了。

然而，世界就是這樣！從本世紀開始，鋼琴家自顧走調，詩人腦筋秀逗，當然也少不了不再作畫的畫家。這世界超出了他的理解範圍。我們已經來到一九一一年，這個世紀絕對會要了他的命。一踏入一九〇〇年，他就徹底精神錯亂了。

他喜歡的是高蹈派[45]和法蘭德斯畫派小有名氣的大師。喔，還有巴洛克時期的作曲家庫普蘭！總之就是古典那一掛的。

拿德布西來說吧！他也聲稱只憧憬巴洛克作曲家拉摩，但是看看他寫出來的曲子！貝胡認為眞是莫名其妙。反正他朋友克勞德・德布西腦筋不正常，他們無論如何是不會再見面了。自從這位鋼琴家想帶貝胡參加一場秘教聚會，貝胡就跟他一刀兩斷。那是德布西的新癮頭，他從此自以爲懂得法術，是個魔術師！他偷偷參與共濟會、紅十字會的活動……他通靈讓桌子轉動，一心嚮往清潔派[46]，甚至到法國南部山中的雷恩堡[47]郊遊遠足。

不，貝胡不再欺瞞自己了。老實說，他之所以不再和老友來往……是因爲他不喜歡德布西放在蘇菲身上的目光。他知道鋼琴家暗地裡寄送甜言蜜語和電報給他的金髮美人。他很確定。他的未婚妻太漂亮了，友人都豔羨萬分。蘇菲總是裝出一副見異思遷的樣子，但其實很天眞（貝胡這樣替她辯護），不懂得在男人跟她講話的時候垂下視線。這就是悲劇所在。這份愛將他牢牢地孤立起來。

除此之外，德布西篤信神秘學的軼聞壓根兒不妨礙他。只要德布西想，儘管去雷恩堡、布加拉什的聖山，去結識還俗的教士、什麼「金色黎明」神秘學會的狂熱瘋子，或是西藏的神經病吧！只要他願意，管他戴法老王頭像的戒指，或是跟前衛音樂家薩提（喲，又是另一位活寶！）廝混，他們可以從蒙馬特一路彈到蒙帕拿斯，去黑貓俱樂部或地獄演奏，興之所至，再來個雙人聯彈自娛，對著那些死人頭跳基格舞、法蘭多拉舞、波爾斯卡舞和布爾加舞。甚至連他們也對著該死的蒙娜麗莎發神經……

啊，還有另一樁趣事！據他們所言，畫中的蒙娜麗莎就是薩萊，達文西的學徒、帥小子情人和床伴。而且《蒙娜麗莎的微笑》就像一座金字塔，隱藏了世上所有秘密。達文西也是此道中人，而且道行更高深。什麼神秘學綠龍會和那些鬼扯淡啊！貝胡早已摸透了德布西等人的論點和老調，祝他們獲益匪淺！

只要他的好兄弟德布西別去沾惹蘇菲。

貝胡拿下裝飾外套領口的白蘭花，插進花瓶。他解開領帶，最後讓外套落在腳邊。他穿著背心和潔白無瑕的襯衫（不，即便在最落魄的時刻，他都不準備拋棄公子哥的形象），坐在老舊的教堂扶手椅上，座墊紋樣是發出八道閃光的寶石，光束尖端飾以百合花；接著，他打開了路易威登畫箱。

《蒙娜麗莎的微笑》平放在夾層裡，他把畫拿出來擱上畫架，湊近從中庭灑進來，雖只有豆大，但卻實實在在的日光，然後凝視著它。是的，儘管他能批評的地方也不少，仍不由自主地驚嘆起來。不只是一點點的驚嘆。他就是情難自禁。這下子《蒙娜麗莎的微笑》在他手上了。諸如「舉世名畫」一類的形容，已經再三重複到讓人耳朵長繭了。

好。但無論如何，這都是實情。

好吧！他必須承認，達文西那個佛羅倫斯人不是傻瓜。瞧那些透明的區塊與細膩的罩染，那

45 Parnasse，法國詩的一種流派，亦稱帕拿斯派，提倡感情節制，形式至上，口號為「為藝術而藝術」。

46 Catharism，中世紀一支基督教派別，活躍於十二、十三世紀的西歐。

47 Renne le Château，此地因索尼耶神父於一八八五年挖到寶藏而聲名大噪。

微光爍爍的明暗處理，不著痕跡地點亮整幅畫作，讓人摸不清光線的來源和方向……這質地，必須以稀釋得極淡的底膠和調配精準的塗料才能達成（打底究竟上了多少層？貝胡還是有點驚詫愕然），他對這一點尤其無話可說。這是大師級的作品。還有這片荒謬的景色，那些畸形的怪山、似乎溺在某片海中的湖或河川，那些無法辨識的樹木……捨透視法不用，橋就架在那裡。還有那條逶迤的S形道路。這些全都大大背離了當時以約定俗成的背景來裝飾肖像畫的時代規則。達文西究竟想表達什麼？

她在笑，沒錯，誰都看得出來。其實她好像在嘲笑世界，望向他處。怎麼樣呢？是情人薩萊（達文西的《施洗者聖約翰》還真的出現了這張同樣的面孔），還是喬孔達夫人？說真的，為何喬孔達夫人的丈夫拒絕取回這幅明明是他下訂的畫呢？

貝胡簡直情不自禁，忍不住嘖嘖讚嘆。那這個笑容呢？身為畫家與藝匠，達文西細究一筆一畫，勾勒出微揚的嘴，創生了這個眼神，那些修改痕跡和下筆猶豫之處，最終造就了這副不可言喻的表情。噢，當然！我們在他處也找得到這副表情，猶如走火入魔。好比他的《施洗者聖約翰》《巖窟中的聖母》和《伊莎貝拉·德斯特》肖像畫！毫無疑問，他的學徒情人薩萊那張被吻過太多次的嘴，就這樣一再回到畫布上來。一而再，再而三。他就是這麼令達文西癡倒。終其一生。

貝胡將自己視為達文西，想像自己也在畫架後方，尋找讓他的蘇菲的嘴巴那麼獨一無二的東西。某個介於哀傷、懼怯和嘲弄之間的東西。某種如少年般年輕，同時又非常古老的東西。某樣似乎歷經百歲千秋，可追溯至古埃及，甚至更久遠以前的東西。某樣轉世重生且永恆的東西。是的，在這諧仿的相似性背後，有某種他必須懂得捕捉的東西。某種像是靈魂的東西。

但話說回來，背後的景色和這幅畫據稱暗藏的密碼……這些秘傳的廢話非他所好，就留給那些神秘學的信徒吧。但是這張臉！對，他同意。他承認。他明白。他幾乎忘了這幅大名鼎鼎的《蒙娜麗莎的微笑》，是他懷著想賣掉的瘋狂希望，從羅浮宮裡給扒出來的。他心無旁騖地看著畫，幾乎要忘了蘇菲。

就這樣，午後時光在盛夏滯悶的熱浪中流逝。貝胡回神看著他的蒙娜麗莎，忍不住試著解讀畫中之謎。他如同文藝復興以來的許多人一樣，掉入了她的陷阱。他終於明白是什麼促使了那麼多人迷戀這幅畫。虧他還像個用功的學生，日復一日地複製它！然而除了複製，他並未多想什麼。這是他不得已而為之的工作。喏，就好比考試！他就像被迫讀文學名著的中學生，還要在不明其意之下默背出來。他對這幅畫幾乎一直是無動於衷，視而不見。

現在，他知道了。這幅畫就像吸血鬼，把他咬至見血。經過數個世紀，達文西或這位帶著令人不安的淫狎微笑的薩萊，有話想對他訴說。他幾乎要發起狂來，腦中轉著這個念頭……要是一切並非偶然呢？要是他注定成為這幅畫暫時的主人呢？這樣某件事才能傳達給他知道？《蒙娜麗莎的微笑》在他手中。這幅畫在呼喚他，就像朗吉努斯之矛或希望鑽石[48]，能改變持有人的生活或命運，哪怕只有一時。他將永遠脫胎換骨了。從此以後，他被標上了記號。

蘇菲找到貝胡時，他就是這副模樣，迷失在思緒中，面對著《蒙娜麗莎的微笑》。他沒有聽見蘇菲進來。畫中又一個細節吸引了貝胡的注意：這對圓睜的瞳仁，我的天，就像那抹笑容同樣

48 朗吉努斯之矛亦稱「命運之矛」，相傳是羅馬士兵為確認耶穌已死而刺進耶穌側腹的武器；希望鑽石為世上現存最大的藍鑽，傳說它受到詛咒。

譏誚，斜眼望著過去與未來之間！達文西是怎麼畫的？這是什麼顏色？竟比茶褐或黑色的眼眸更特別，在少了眉毛的凸起眉弓下放出光輝。這個暗色調難道沒有名字嗎？

「不！我眞不敢相信！你又在看複製畫了？你就那麼愛男人婆嗎？難道你要的是一匹馬？喜歡大屁股、大胸脯？我可憐的朋友啊，你好變態。我已經受不了這個蒙娜麗莎了。你昨日一整天都在瞄那些長得像她的蕩婦，已經大飽眼福了，今天又讓我發現你傻瓜似地賴在畫前。你到底在想什麼啊？」

「蘇菲……」

他話說得很輕。但是大小姐的脾氣說好聽一點是易怒，等她火氣一來，就會在數秒間翻臉，撲過來又抓又咬，撕破他的臉、扯爛他的髮。他只好試著安撫蘇菲，把她當孩子哄。

「不是妳想的那樣。」

「我的天，這句話多可悲！你聽見自己說了什麼嗎？**不是妳想的那樣**。每齣通俗喜劇都會用上這句。對，偏偏就是我想的那樣！我回到家又看見你們面對面！她長得像你的伯爵夫人，是吧？那就回她身邊去啊！既然你那麼喜歡她們，就回你那些棕髮女人身邊啊！我二十歲，還把生命都浪費在你身上。我一毛錢都沒有，成天只能被絆在這裡！等你帶一筆訂單、一點錢回來。可是我要什麼，爸媽都會給我……」

「容我提醒妳，若妳不乖乖聽從妳父母的要求，他們什麼都不會給妳。妳要回外省去埋葬自己，那是妳的自由。」

他理智斷線，立即反擊。而且他錯了，當然錯了。蘇菲的父母是無論如何都不該提起的話題，但是他忍無可忍。單單回想起那些人，蘇菲的家人，他就火冒三丈。

「啊！因爲這裡更好是吧？我們根本不與人來往。」

「妳講得太誇張了，這妳心知肚明。」

「你說什麼？和你這自以爲是藝術家的先生在一起，我眞是虛擲了生命和可能的機會！我受不了了！你把我逼瘋了。」

蒙娜麗莎以嘲諷的微笑看著這愈演愈烈的一幕。儘管蘇菲在房裡走動，蒙娜麗莎的眼光似乎仍追著她不放。

貝胡可憐兮兮地說：「親愛的……」

「住口。你閉嘴！我寧可你閉嘴！」

「可是……」

他顯然安撫不了她。情況一發不可收拾，她的氣焰節節高漲，直到該來的終究來了。

蘇菲揎出小小的拳頭衝向貝胡，而那幅脆弱的畫作正擱在畫架上。蘇菲撲上他，用指甲扯他的皮膚，在他臉上留下了血爪印。貝胡怕她撞翻畫作，只好試圖閃躲，整個人卻被她按在牆上。他束手無策。

他企圖脫困而出，往畫作走去。蘇菲注意到了。

「去跟你那個賤人團聚啊！」

他想遠離畫架，不過蘇菲身手更快，一個反手就打落了《蒙娜麗莎的微笑》。

貝胡趕緊上前收回脆弱的戰利品，但蘇菲短靴的鐵皮鞋跟一踢，刺穿了一隻眼睛。脆弱的楊木板哪裡吃得消？

「妳瘋啦，別這樣！」

「什麼意思，我瘋了？你替你的美人擔心是吧，嗄？好啊，你就給我看著！」

她一心一意地施著辣手，蒙娜麗莎那對傳說中的胸脯被捅了開來，肚破腸流。貝胡愈是慌張，蘇菲就愈窮追猛打。有著數百年歷史的木板應聲破碎，裂痕處處，七零八落了。

貝胡一語不發地撿起碎片，盡可能蒐集起來。他無計可施。這世上再也沒有《蒙娜麗莎的微笑》了。

他起先想把碎片全部鎖進畫箱，然後……

啊，不行！他無法下定決心，可是看看這幅畫成了什麼樣子！也許他最好統統丟棄？畢竟這全是罪行的證據。

然後他又想，不行，他無權這麼做。應該……

結果他只是把碎片全丟進垃圾桶。還能怎麼辦呢？《蒙娜麗莎的微笑》的殘骸混在穢物中，與四散的木片、果皮、垃圾和魚刺摻雜在一起。

蘇菲慢慢調勻呼吸，面對此情此景，貝胡只能擠出這句話：「好啊，眞是太好了！」

「噢！拜託，只是複製畫……你畫了十幾幅有吧！多一幅、少一幅又沒差！老實說……人家不會爲了這點小事大作文章吧？」

「我想妳沒搞清楚，此事非同小可！是——」

接著他收口，在吐實、招供的半途就此打住。不必浪費唇舌了。他沒有勇氣。他會把這件事留在心底。不管從哪個方面看來，這樣都比較好。據實以告會讓蘇菲成爲共犯，他不願把這個重擔擱在她肩上。

此刻《蒙娜麗莎的微笑》骨肉分離，面目全非。不過幾秒鐘，她就到處皮開肉綻，可憐兮兮的。畫中的眼睛、嘴巴變得千瘡百孔，多難堪啊，這位女士彷彿受到褻瀆，僅留下支離破碎的屍體。貝胡會把這幅光景帶進墳墓……他知道。蘇菲用腳跟踢的那最後幾下，讓這場大屠殺圓滿落幕了。

貝胡以專家的眼光迅速評估損害。事實擺在眼前。不行，這輩子別指望能裱褙、修復了。這幅畫報銷了，而且還不只壞了一點點。《蒙娜麗莎的微笑》徹底毀了，永永遠遠毀了。

「噢，眞該死！」

當晚他試著入睡，但是並不容易。八十萬法郎就這麼落空了，他還讓舉世聞名的名畫任人蹂躪。

不過，被種種情緒累得筋疲力盡的他，終於還是睡著了。他決定一天的難處一天當就夠了，而且明天……的確，天還會亮。

但是那一晚，他難以安枕，惡夢連連，是無聲的惡夢。這些夢不只一次讓他醒覺，將他窒息。薩萊、達文西本人都來到他床邊，作勢威脅恐嚇。不然就是他在浪濤澎湃的海上，在看似「梅杜薩之筏」[49]的船上赤身裸體，孱弱不堪。十幾個蒙娜麗莎在水中漂浮，冷笑著，旁觀他在浪頭高聳如《聖經》故事中耶利哥之牆的漆黑汪洋中，那必然的沉沒。在這種清晰的夢境裡，人會意識到自己正在造夢，因此踏入了瘋狂之門。他終將變得如作家莫泊桑一般，被自己筆下神智失常的奧爾拉糾纏不休。他殺了蒙娜麗莎。雖無須爲此斷頭，卻沒有饒恕的可能。只有永恆的懲

49《梅杜薩之筏》（*The Raft of the Medusa*）為法國浪漫派畫家熱里科（Théodore Géricault,1791-1824）之名作，描繪船難的慘狀。

罰，比地獄之火更加恐怖。

他身旁的蘇菲已靜靜安睡。一副天眞無邪的模樣，彷彿有個天使正撫摸她緊閉的眼皮和鬆鬆地挽成髮髻的燦金鬈髮。不，事情就是這樣了：上帝甚或達文西都不會怪罪她。這怪不得她，她只是無意間成了觸發這起悲劇的工具。畢竟，夏娃也只是咬了蘋果罷了。我們不能責怪女人（特別是像她這麼漂亮的女人）引爆上帝的怒斥，是掀起軒然大波的禍水。善惡之外尙有美。看著蘇菲似乎在黑夜裡光耀閃動的蒼白肌膚，這動人心弦的身形……就連達文西都會原諒。他還會提筆畫下來。

一九一一年八月二十三日，星期三

貝胡如常在次晨醒來……然後回想起一切。

他甚至渴望倒頭再睡，好逃避擺在眼前的陰森事實。他終於明白自己的行爲造成了何等嚴重的影響，以及後果。他偷了《蒙娜麗莎的微笑》，怎能以爲不會受罰呢？報案的人是他，人家會提到他的名字！我的天，警察應該四處在找他吧？此刻他懼怕著人類的正義，一如他害怕神的正義。

他讓蘇菲繼續睡，只在枕頭上留下字條告知他回家的時間。現在應該是早上九點，或差不多這個時候。他憂心忡忡地出門，隱約感受到一種無聲的威脅，心情依然處在這起事件與噩夜的震撼之中。他急著離家，開始覺得警察似乎隨時都會抵達。

他之前並沒有想那麼多……只知道名畫失蹤案將喧騰一時。還眞的沒讓他失望！書報亭、送報小販，整個媒體世界只談論一件事。這一早，從《獨立報》《巴黎通訊》《人道報》到《高盧報》，每一頁、每條新聞都唱著同一首老調：「《蒙娜麗莎的微笑》失竊」。貝胡第一時間不敢買下任何報刊，甚至沒膽子站在書報亭翻閱。當然是因爲害怕，害怕自己見報。接著他動搖了，於是衝上去全買下來讀完。一一查閱。

前一天，從下午兩點起就騷亂紛紛。保安局長阿瑪爾和警察局長雷平的六十個手下有如大朵大朵的烏雲，在羅浮宮擴散開來，從底一路翻到頂。到頂？講得好。他們發現頂樓的房間了！他們找到留在那裡的十幾幅複製畫，差點被搞糊塗了，一而再、再而三地誤信挖到了珍貴的眞跡。說到頂樓，可別忘了屋頂！還有偏僻的走廊、不知名的迷宮、棄置的房間、遺忘的雜物間！調查員在博物館邊角發現了令人難以置信的垃圾堆。館長歐莫爾度假去了，聯絡不上……他恐怕料不到自己又要多出一道傷口。他回來的時候，將有一個驚喜等著他，尤其是他的疏忽已成了眾人幾週以來的話題。現在，風暴偃息了。

正如預期，玻璃匣和畫框被尋獲了。

至於貝胡，報上描述他在案發當日早晨抵達羅浮宮，並清楚詳述他通知了警衛朴賈丹，警方也花了許多時間聽取他的證詞，但是無論如何，貝胡都沒有啓人疑竇。事實上，根本無人想到他會有嫌疑。

警方有聽他說話？是嗎？他沒有注意到。其實那天早上，趁著一陣兵荒馬亂，朴賈丹和手下在一間又一間房內奔波，最後終於承認這分明是一樁失竊案之前，他早已離開了現場。說不定別人認爲他在逃？接著，他鎭靜下來尋思。他家中理所當然沒有電話，也未曾規避任何要求。他根本問心無愧，他是指，表面上。他甚至想去羅浮宮和警察總署提出證言。清白的人這樣做不是很正常的嗎？總之，他的處境不足爲慮。他顯然不必擔心。

不管情況如何……他們說不準已經在他家了，正在打擾蘇菲。她應該知道了，或許也聯想到了。毫無疑問！萬一有調查員帶著傳票上門，她可能會在他們面前捅出婁子。

他想像這個小美人與執法人員周旋。好！他們畢竟都是男人……她只要流下幾滴眼淚，他們就會像其他人那樣，臣服於他溫柔多情的心上人的天眞。問題是，蘇菲不會原諒他。她會指責他欺騙、莽撞，給她惹了麻煩。他會很難從這個打擊中恢復過來。

這起事件牽連的範圍之大、在報紙上占據的版面之廣，在在讓貝胡無所適從，動彈不得，就像一個鑄下滔天大錯而無從挽救的孩子。他覺得每個人都在看他，猜他是竊賊。他很確定連街上的人都在他經過時交頭接耳，互訴他可怕的秘密。每分每秒，他都預料保安局的探員會撲上來，替他上手銬。他再也無法光明正大地走在路上。

事態緊急。他得去見亞蒙一面。立刻。亞蒙昨天就看到《蒙娜麗莎的微笑》了……據說《果敢報》開出了兩萬法郎的報酬，《巴黎每日新聞》也會發一筆獎金給提供線索者。事情已經顯而易見了。萬一亞蒙出賣他呢？這對他來說簡單得很！他可以放棄兩人的交易，但是不放棄獎金，直接上警察局招供：「貝胡曾讓我看過《蒙娜麗莎的微笑》。」

事態緊急。他必須去見亞蒙，然後回家跟蘇菲談。說不定沒人來過，她仍在安睡。或許她還不曉得發生了什麼事？她怎麼會知道呢？除非……她醒過來，心血來潮下樓買牛角麵包，那麼風聲就可能傳進她耳裡……貝胡想到這裡不禁打起寒顫。拜託！蘇菲會草率梳洗，不戴帽子就下樓買東西嗎？根本無從想像！她會等別人買給她。負責這種粗活的人是他。蘇菲？她不是那種自己動手的人。

所以，當務之急確實是亞蒙。

他找到了心臟幾乎要麻痺的亞蒙。亞蒙整個人躁動不安，甚至興奮過度。他一看見貝胡迎面而來，忍不住左顧右盼，好像受人懷疑，被人監視著。顯然他不過瞥了《蒙娜麗莎的微笑》一眼，就覺得良心不安了。

亞蒙對畫家簡短一問：「怎麼樣？」

貝胡不假思索，信口就說：「我們等風暴過去再說。交易的事先等一下。等壓力緩和下來，大家對這事的談論少了。這樣比較謹慎，不是嗎？」

「對，我想是。不過您還是過火了一點。」

他用彷彿在密謀什麼事的口氣，湊上去向貝胡咬耳朵。

眞蠢！此舉必然會引人注意的！畫家暗忖。他怎會考慮跟這麼不老實的人做生意？區區一個咖啡廳服務生？不用說也知道他沒有分量。不過，好吧，那個保護者倒是眞有其人。亞蒙有個顧客。那個打算買下此畫的人。這他知道。

貝胡重拾話頭，想說得清楚些：「對，我們等——」

他突然有了主意。蒙娜麗莎？他可以製造一幅呀。眞僞莫辨，還是簽了名的。他可以拿他其中一幅複製畫，用木炭讓它顯老、龜裂，再塗上凡尼斯[50]……

亞蒙什麼都看不出來的。那個俄國買家可能也不會……誰會知道呢？不過，好！他冒這個險。他要賤賣一幅眞的假畫。對，就這麼辦。他知道怎麼做。路易・貝胡這名號可不是徒然得來。他要愚弄所有專家，這是個值得一搏的挑戰。

50 Varnish，樹脂油（或稱光油、凡尼斯保護劑），用以塗在油畫表層隔絕空氣，或提高調色油的光澤度與透明性。

他離開亞蒙，幾乎是心安神寧地回到家。心中有個頭緒總比沒有好。他迫不及待想回到蘇菲身邊，想像著她在熟睡的溫熱氣息中，一絲不掛，小貓兒似地伸著懶腰。

但是鳥兒離巢了。摩洛哥風格的五斗櫃上擺著一封信：

路易，我走了。警察今天下午來過。你什麼都不用擔心，我沒有提起昨天看見的事。我想他們只是想問你幾個問題來補足調查。但是我想，我明白了某些事……而且你料得沒錯。你瘋了，我的可憐蟲！

請別試著再來見我。反正我不會再回來。紀優現在單身。瑪麗離開他了。他拍了電報給我。我到他家去了。我們，已經不可能了。你很清楚。

蘇菲

紀優？是那個詩人紀優．阿波里奈爾嗎？這名字太荒謬了！貝胡心神一愣，想不了別的事。她走了。和紀優在一起。

然後，他決意讓這份痛楚和過分的失落感安息、隱藏起來。他要埋首於尚待完成的工作。怎麼做？明天去羅浮宮拿出他丟在那裡的其中一幅複製畫？不行，太危險了！他寧可用家裡的草稿之一，幸運的話，還是畫在木板而不是畫布上。楊木板。正好。而且夠老舊，只要仔細塗改，看起來就像逾百年的作品。留在家中的十幾幅畫裡頭，這個蒙娜麗莎還勉強過得去。剛好是羅浮宮訂的，而他忘了交還！反正他會全部重畫，從頭來過，這只會拿來當底稿。爲了不去想別的事，特別是蘇菲，他立刻著手工作。慢慢地，按部就班地畫。他的確受到了詛咒，《蒙娜麗莎的微笑》終將成爲他的畢生傑作。一幅完美無瑕的複製畫。完美到注定要愚弄世人。

他昨天已經看夠了，彷彿拍了照般記憶猶新。但是這樣還不夠。他從垃圾桶拿出殘骸，把《蒙娜麗莎的微笑》眞跡四散的碎塊從糟粕、果皮和其他垃圾中清理乾淨，然後埋頭苦幹起來，再次專業地重新檢視畫作的質感、層層疊疊的筆法和塗層之厚度，並評估老化效果。得刮掉幾個地方，才能看透每個秘密。說到技巧……這個，再重申一次，貝胡並不缺。這甚至是他的強項之一。別人已經拿這點消遣他夠多次了！工具方面，他也一應俱全。對！需要的他都有了。油劑、稀釋溶劑、色粉、顏料，甚至是製造老化效果和龜裂的凡尼斯，他會加工、稀釋、塗抹。上個月某個幸運天，奧德翁和雷恩街頭小販的商品都被他搶購一空。他準備好了。

他毫不寬假地批評自己。好！他原始的複製畫確實唬得了外行人，但他勢必得重畫，而且要畫得更好。畫上的顏料殘留過多，他得大刀闊斧地重來。那些色彩就像蹩腳畫家的作品那麼厚重。喏，簡直就像梵谷畫的鬼玩意兒！梵谷的作品近來倒是很搶手。這些熱門的老粗新秀，拿畫刀在畫布上大塗特抹，活像小孩子在麵包上塗果醬似的。

兩天多下來，他本來相信自己是達文西最完美的複製畫家，其實大錯特錯。他這會兒知道了。他刮除乾淨的顏料，稀釋，再來。愼重其事。一層接著一層。他孑然一身，從此不必向誰交代。因爲蘇菲已經離開。

這份空缺形同折磨。這份痛苦在他內心深處沉睡，而且絕對不能去挖掘。是的，他愛過她。這是最保守的說法。

詐騙成功、愚弄全球並終於致富的朦朧希望，在他心底沉眠。之後他會乘著馬車重新征服蘇菲，把她拉出紀優的臂彎。

這個念頭在他心中打轉，但他幾乎無法相信。只是這樣想能讓他心安一點，能幫他捱下去。彷彿仿效大師、模仿大師，把自己抬舉到能與之匹敵的地位，就能生出驕傲之情。那是一種身爲造物主的感受，顚覆而嶄新，他幾乎全然不識。在此之前，畫複製畫只是他的苦差事。

一天就這樣過去。貝胡渾然忘我，不曾從畫中抬起頭。漸漸地，一個令人心神不寧的蒙娜麗莎現身了。比眞跡還眞。她是爬出地獄的修女，臉上的表情似乎爲此而笑。她是五百年來男人夢中的鬼魅，吸血鬼，不死之人。

大功告成了。

明天，他會去埋葬《蒙娜麗莎的微笑》。他是指，屍骸。在路易威登畫箱裡。蒙馬特墓園深處。他會爬上圍牆，像傳奇戀屍癖患者貝爾通中士或「穆伊城的吸血鬼」那樣，深宵在墓園流連。然而，有別於把死者挖出來享樂的人，他要在僻遠區域挖一個洞，埋葬不死之人。這或許是最好的解決之道。至於路易威登畫箱……算了，爲了這個高貴的用途，他會賠上它，犧牲它。這畫箱無法毀壞，幾乎不會腐爛，這麼一來，它就能在未來數百年間保存他的秘密。這起「謀殺」也不會壓在他的良心上了。

一九一一年八月二十四日，星期四

送電報來的郵差吵醒蘇菲，她在匆促中張羅行李。紀優……其實她前一天見過他。她撞見貝胡坐在他的蒙娜麗莎面前時，才剛從紀優家裡離開。虧她回去的時候還於心不安，準備投入貝胡的懷抱呢！噢……她當然什麼都不會對他坦承。但是她很自責，怪自己意志力那麼薄弱。她不討厭紀優，這是事實，只是強烈的感情仍繫在貝胡身上。

強烈?總之那感情是眞實的。幸得有他，她才能離開外省。和他在一起，她成爲女人。應該說，和他一起，她跨到「另一邊」去，拋棄了尊嚴。大家閨秀成了波希米亞情婦、畫家的愛人、蕩婦。她偶爾想著，甚至時常想，跟他在一起，她是在浪費生命。然而，外省恐怖的生活環境、父母的不諒解、母親嚴峻的五官、追了她整個童年的非難指責，這一切冷不防湧上她的喉頭，浮上心頭。她做得從來不夠好！學校的舞蹈課總是同一種老調，害她產生了自卑感。這就是她性格難搞、顧慮重重的關鍵。她從不覺得自己達到了水準，因爲打從出娘胎起，別人就不斷這麼對她呼吼。噢！儘管現實世界吶喊她有多漂亮、多纖細，有如前拉斐爾派筆下嬝嬝婷婷的姑娘家，令詩人神馳，但是在她心中，總是她母親有理。長久以來，母親老是嚷嚷她是個討人嫌的醜小鴨，永遠也達不到她的期盼。事情很清楚了，他們沒留給她任何選擇。他們什麼都不懂。她母親這好管閒事的老太婆三番兩次對她吼：「妳以後當娼妓好了！妳也就這麼幾兩重！」

這下好了，這句話還眞的應驗了。

對！虧她從紀優家回來時，還滿心柔情蜜意的……結果發現她的畫家情人又在和他的棕髮女人纏鬥不休！對她而言，事實就擺在眼前。伯爵夫人、蒙娜麗莎、前任情婦……都是同一種類。她貢獻她的青春和愛情給貝胡，而他，只要她一轉過身，竟開始幻想其他女人？

她就是這麼看待一切的。沒有其他可能。

所以，今早的她已忍無可忍。加上紀優又那麼堅持……他來得正好。就是這樣。她要去投靠他。以後的事，以後再說了……

她收拾了簡單的行李，只帶重要物品。她會派僕人（紀優至少還有僕人）來取回剩下的東西。

她搭了馬車，新情人會在她抵達時支付車資。她要前往十六區的葛侯街，紀優的住處。詩人在那裡獨居，和他的秘書。那個叫傑利．皮瑞的吹牛大王行爲不檢，給詩人惹了許多麻煩。阿波里奈爾（應該說紀優．德．寇斯托維茨基，這才是他的本名）的前一任情婦女畫家瑪麗．羅蘭珊已揚長而去，而他接下來做的第一件事，就是去糾纏蘇菲，告訴她這件事，說他從此是自由身！他甚至暗示情婦是被他逼出愛巢的，因爲他在等著她。她！蘇菲。

蘇菲一聽見他們分手了，馬上想著：「啐！去他娘的！就讓她安慰貝胡好了！他們倆剛好湊成一對。」

雖然她不是認眞的，當然。再說就算她留下貝胡一人，心裡也絲毫不想看到他和瑪麗相互安慰。或是和任何一個女人。

對蘇菲而言，瑪麗只是紀優生命中的一段插曲罷了。反正紀優想離開她已經很久了，蘇菲很確定。但是他懦弱，只好伺機而動。就是這樣！而且瑪麗若是揚長而去，是因爲……因爲……她相信，她非常確定，詩人沒讓她有別的選擇。就是這樣！

貝胡這廂已把他的計畫好好付諸實現。現在是夏天沒錯，但是他運氣不佳，這一晚是天候惡劣的漆黑夜，下著雨。那種令人想起世界末日的橫風暴雨。但還是該往光明面去想。雨水穿透身上那件斗篷外套，他是成了落湯雞沒錯，不過鬆動的泥土更容易挖掘。他爬上圍牆，從另一頭躍下，在墓園僻遠的一角走得舉步維艱，用他特別帶來的鏟子挖出深洞，把他的畫箱埋起來。行了，所有跡證都湮滅了。他們可以來搜他家了。他就跟初生的羔羊一樣無辜。

眼下這隻衣履盡溼的羔羊循原路返家，步行回巴提紐勒。他把鏟子一併留在墳墓裡，只得徒手掩上墳墓，從此玷污了雙手。那心輕鬆了嗎？不，沒有任何一場雨，任何一場夏季暴風雨，可以洗淨他的重罪。他曾是殺害《蒙娜麗莎的微笑》的同謀，他埋了被害者。即使他很清楚蒙娜麗莎……是永遠不會死的。她，或他一手打造出來的她的雙胞胎妹妹，會回來折磨他。就像墓裡那隻盯著該隱的獨眼[51]……蒙娜麗莎鬼魅的眼神從此會是他最恐怖的夢魘。

一九一一年八月二十五日，星期五

說得保守一點，那就是事件無法平息下來，甚至出乎意料地擴大了。羅浮宮開始搜起觀光客的身體。鳥兒都飛了還這麼做，似乎分外愚蠢。

摩洛哥危機事件、斷頭台安置到桑代監獄的磨難，全都在報上退居次要地位。可想而知，關注的焦點全是蒙娜麗莎。好些渴望引起注意或領取獎金的跳梁小丑紛紛現身，特別是打從《早報》答應提供五千法郎給「所有能藉陰間力量找回《蒙娜麗莎的微笑》的神秘學信徒、招魂術士、相士、魔術師、巫師或江湖方士」。

雷平局長不斷大聲哀嗚：「我就說是遊客把畫捲起來帶出去了嘛！」

儘管有人在他耳邊低語（還不只一次）：這幅畫是畫在木板上，捲不起來的。

大家都在竊笑。雷平眞該把嗎啡戒了，這個惡習麻痺了他。

貝胡在一個比眞跡更眞的全新蒙娜麗莎面前甦醒。

此畫和眞跡一樣會讓人惹禍上身。這已經不是複製畫，而是贗品了。這就是差異所在。他再明白不過了。

---

51 大文豪雨果曾形容《聖經》中殺害弟弟的該隱逃不過上帝審視的目光：「那隻眼在墓中望著該隱。」

於是他決定做個了結。他把凡尼斯幾乎才乾的薄木板卡在胸膛和襯衫之間，就這樣出了門。他豈止渾身不舒服，這幅畫幾乎頂到領口，卡著他整塊胸膛。他很怕畫作露出來，害他變得像大道上那些三明治廣告人一樣。不過沒有……行！剛剛好，行得通。他仔細扣上高領背心，穿上外套，接著什麼都看不出來了。

他要把畫帶去給亞蒙。就這樣。再繼續等待時機也無益，雖然他本來是這麼提議的。朝克利希廣場的方向走下大道，途經富爾什和博羅尚兩站的時候，他覺得那珍貴的寶物好像灼燒著自己。他預期隨時會被人攔下來。

他就這樣子來到克利希廣場，大汗涔涔，心底七上八下的。他向一臉訝異的亞蒙點了喝慣的勃克啤酒。

「完成了。」

亞蒙不明其意，用眼神詢問他。

「對。我們可以進行交易了。」語畢，他透過外套指指背心給亞蒙看，讓亞蒙明白他把《蒙娜麗莎的微笑》帶在身上。接著他又向亞蒙指指去廁所的路。又一次，他清楚知道——對！——亞蒙可能會坑他，取走《蒙娜麗莎的微笑》逃逸無蹤。他已經想過這個了。但是……他又能怎麼辦？

一進入這個倒人胃口的狹窄空間，他便解開釦子，拿出他的畫，碰觸它最後一次……顏料和凡尼斯都才剛剛乾呢！最後，他把畫留在緊鄰咖啡廳的廁所旁，然後走出來。亞蒙立刻隨後而入。彼此心照不宣。

亞蒙馬上出來，渾身打顫地告訴貝胡：「明天晚上七點。我會帶錢。」

貝胡循來路走回去。然後從《兩世界評論》的最新刊得知紀優被逮捕了，整個媒體界迅速轉播這條消息，他的秘書皮瑞涉有重嫌。幾週前，皮瑞不是才在同一地點（正是羅浮宮）偷過一些小型埃及雕像嗎？警方認爲紀優是共犯。他們也多此一舉地逮捕了他的好友畢卡索。

紀優這會兒在警察總署接受偵訊，即將被收押。貝胡難以置信，可想而知他同時有多麼心驚膽跳。

蘇菲，我的天！蘇菲什麼都知道！他們會去問她上千個問題。一定的。誰知道她會不會想替新情人昭雪？再說，她生命中的新男人既然不再是自由身，她現在會在哪裡？她還留在他家嗎？他留了錢給她嗎？他來不來得及給？貝胡甚至差一點就去了葛侯街，到紀優家敲門打探消息。

畢竟，這可能是挽回蘇菲的絕佳機會哪。他是指，試著挽回。

然而他很快就放棄了。惟恐自投某個警察的狼口，同時也是因爲，他還有骨氣。

但若是蘇菲現身，向他求救的話……

一九一一年八月二十六日，星期六

七點，亞蒙依約帶了錢來。八十萬法郎現金。隨便裝在一個信封裡。

他把錢留給詫異的貝胡，貝胡默然收下。

一九一一年八月三十日，星期三

紀優自然一問三不知，但他還是下了獄，而他的朋友畢卡索仍舊放心不下。由《費加洛報》打頭陣的媒體只報導這件事。穿著新衣的貝胡自從得知這項消息，就忍不住在葛侯街那兒徘徊。但是蘇菲杳無音信。

他在紀優家對面一座書報亭前的咖啡廳，啜著蘇茲龍膽酒，看見《法國公報》的頭條：「咖啡廳服務生亞蒙．葛內匈知道《蒙娜麗莎的微笑》的下落」。貝胡全身戰慄地買下這份報紙。亞蒙全招了，卻放過了貝胡。上面沒有提到他，倒是說及那個俄國人，以及嫌犯可能是一名逃走的家僕。

警方似乎不把亞蒙的告發當一回事。但，他又怎麼知道呢？貝胡的餘生都將在焦慮中度過了。噢！原來報上有提到他！他現在成了「發現《蒙娜麗莎的微笑》遭竊的畫家」。他猜到了。

至於他的畫，不會……

哪幅畫？

蘇菲站在《蒙娜麗莎的微笑》的玻璃匣前那幅畫，他一直沒有完成。

後記

事情就懸在那裡兩年了。那面空蕩蕩的展示牆引來大批人潮。但是館長歐莫爾知道，若他想保住飯碗，總有一天必須把蒙娜麗莎找回來。他被取笑、侮辱得夠了。醜聞實在鬧得太大了。

直到一幅《蒙娜麗莎的微笑》奇蹟似地冒出來。提香與柯勒喬之間那片光禿禿的展區又重新填滿了。某個名喚溫琴佐・佩魯賈的玻璃師傅出面自首，聲稱在一九一一年八月二十二日那天盜走了畫，如同兒戲一般。他還修復了畫。但是這幅從天而降的《蒙娜麗莎的微笑》是打哪兒來的呢？達文西某個門生的複製畫嗎？比如普拉多美術館地窖裡發現的那幅。又或者，只是複製畫師或學生的作品罷了？

去看了就知道！

貝胡每天都到羅浮宮去看畫。他就是按捺不住。他幾乎不畫了。他靠著利息拮据過活，賣掉他的《蒙娜麗莎的微笑》至少還有這個好處。想作畫的欲望經常燃起，這時他就會隨意打起蘇菲的草稿，匆促完成鉛筆素描，畫在接著必然會扔棄的Canson畫紙上。金髮妙齡女郎的淺笑每每轉變成……蒙娜麗莎的強笑。

參觀羅浮宮就像一場下流的朝聖之行，他總是從齒縫喃喃叨唸：「這簡直像猴子畫的，沒別的形容詞了。畫得眞粗糙！」

然後離開。

偶爾，一名同樣來賞畫的跛行俄國人會與他視線相交。那是個緘默、沉重、盡在不言中的眼色。

兩人未曾交談過。

VIRGINIE DESPENTES

維琴妮・戴朋特

頭等艙

維琴妮·戴朋特

戴朋特喝中國茶，茶香和她的味道融爲一體。她體貼入微，和藹可親。她有著金色長髮，灰色眼眸，嘴唇塗著口紅。她不似自己筆下的女主角那般，能戴著耳機聽重搖滾樂，同時在電視的色情畫面前往男人頭上射出一個窟窿。她也不像她的履歷表給人的感覺，更不若別人口中與筆下的她。

我們託付她描寫一起血腥行李箱的社會案件。此案發生在巴西，牽涉到屍體、客輪和情婦。她用電子郵件傳來故事內文，簡短附上一句話：「告訴我你的看法。」我們的看法？篇名的「頭等」兩字就說明了一切。〈頭等艙〉要在遠離市囂的時候閱讀，小口啜飲，彷彿在陽光下的沙灘椅上喝著雞尾酒，好讓她筆下的影像漸漸在腦海浮現。那些充滿異國情調、春色無邊的影像不知從何處迸發出來，遠離了城市、龐克搖滾或惡名昭彰的郊區，組成了繽紛、神秘而驚心動魄的宇宙，幾乎像是一齣電影。比電影更好，簡直是一部長篇小說。一部黑色，噢不，是如黑檀木般深沉的小說。

HUIT PAGES
LE JOURNAL
F. XAU, Fo
REDACTION-ADMINISTRATION : 100, RUE DE RICHELIEU, PARIS
LES GOOLD FONT ÉCOLE
Un Cadavre dans une Malle
prévenir le commissaire. Bientôt arrivaient, en effet, le commissaire, le second et quelques matelots en armes. Michel Trade se mit en colère, déclarant qu'il était libre de transporter ce qui lui plaisait et de s'en
LENDE
MM.E
vis
Le ministre
au " Jou
réta
CONTES DU "PETIT PARISIEN"
LA MALLE
PAR
JEAN VIGNAUD
orsque Marie Leclaire
Pierre Voisin
e pesante,
serrures, et
pêcher de d
Mais elle va
jeune femme
le son ami et
gards malicie
nous restera
e ferma les
ondeur, cette
à ses lèvres.
Marie, il éprouv
our plus grand
la sentir à ses
comme le bonhe
nt s'étaient-ils
banale de l'amour
Paris.
affaire Trade
Rio de Janeiro
Septembre 1908

故事靈感來源

「黑暗的行李箱藏屍案」

——《日報》，一九〇八年九月二十二日

敘利亞裔會計師米榭．垂德謀殺了他的老闆，把無頭屍體藏入行李箱，搭上名爲**山脈號**的船前往巴西聖保羅，打算在渡海途中棄屍。就在他準備把行李箱從船舷丟入海中的當頭，船上的大副識破了他的陰謀。

頭等艙

戴文

酒精的作用退了。陸地漸行漸遠，他的神智一點一滴清晰了起來，記憶重新浮上水面，是他在港口等船時發生的事：在港口咖啡廳遇見的那個女孩的大腿，痛飲萊姆酒，潮溼與嘔吐感。他租了一個沒有窗戶的房間，在她的陪伴下等船來，被單底下的他感覺很快活。他是個憤世嫉俗的惡棍，也是罪犯。打從他爲了慶賀計畫完成而舉起的第一杯酒開始，他就覺得自己快樂似神仙。他得知客輪遲了一天的時候，正喝得酩酊大醉，絲毫不以爲意。他起床時雙腿簡直站不穩，但依舊快樂無比，繼續爲巴西聖保羅港口的妓女和黑鬼的健康乾杯。那個女孩嚐起來像陶土，是黑白混血兒的味道。他抓住她的肩頭，趴在她背上，覺得自己是世界之王。客輪遲了三天才抵達。他沒有想到味道，沒有想到太陽底下的行李箱。他醉得太厲害。

此刻來到甲板上，他成了獵物。被人從四面八方監視著。三天以來的狂喜如今只顯得荒謬，與現實完全脫了節。船起錨的時候，一股冷冰冰的孤獨感攫住他的腹部。

他寧可在其他狀況下搭頭等艙旅行。他對待腳伕的態度很苛刻，用遠處也聽得見的聲音發號施令，當地人一天到晚都是這麼吼的。他在這個國家住了太久，連日常對話都在咆哮；甚至在篩選客層最嚴格的客輪吸菸室，人人依然像賣鍋子小販那樣大呼小叫。嘶吼成了他的第二天性，這代表他慣於讓人服侍。戴文唾罵著腳伕，榨乾胸腔裡的氣力侮辱他。最後，戴文終於瞞過旁人耳目，成功忽視船員們對他那只行李箱的側目。是氣味的關係。他事先沒想到行李箱裡頭會那麼臭，直到上船時人家問他這麼濃的氣味是哪裡來的？裡頭裝了些什麼？他這段時間都把行李箱忘在太陽底下了。於是他怒斥腳伕的音調又提高了幾度，彷彿他可以要腳伕負起全責，包括這股臭味。因爲他害怕別人暗自嘀咕：他帶了什麼東西那麼重，連黑鬼腳伕的身軀都折成兩半了？腳伕慣於負重的堅韌背脊在重擔下凹陷，而戴文惱羞成怒地謾罵著，好讓其他頭等艙乘客知道他屬於主人階級，沒什麼耐性，又受到差勁的服務。

甲板上的風吹得他精神一爽。他鑽牛角尖地巴著一股執念不放：從現在起，他已經逃逸無門了。海浪翻攪著他的五臟六腑，彷彿要他記住發生過的事。他苦苦逼自己不去想此刻所冒的險。他爲什麼要上船？酒精擊垮了他的直覺。他應該留在陸地上才對，那裡可以躲藏，掉頭，放棄。他的雙手在顫抖，在口袋裡緊握成拳。因爲別無選擇，他只能堅持到底。他心頭縈繞的全是菲德莉卡，想著她說起連分內之事都做不到的男人時，那不屑的笑容。她高高揚起鼻端，眼神變得冷酷，下巴線條閃現不可察覺的變化。她提起丈夫時會說「老闆」，她表達鄙夷之情的那種姿態，有時眞讓他想宰了她。菲德莉卡在等他，她仰賴他，信任他。他沒有派人通知她船遲到了。能夠暫時忘掉她、擺脫她的力量，這樣也好。他等了三天兩夜客輪才靠岸。他原本可以湊合另一個計畫，到樹林深處去問問菲德莉卡的意見，但他卻租了一間房，請情婦喝萊姆酒。他感覺很好，比過去幾天要來得好多了。

一隻海鷗飛過船上方，劃出幾個巨大圓圈。菲德莉卡的黑影漸漸遠離，海平線彼端的陸地成了一連串簡單的線條。戴文深吸一口氣，試著保持冷靜，並說服自己安心。大局尙在未定之天，凡事都還有可能。他上船時搞的小把戲已經成功，吸菸室的男人都禮貌地向他致意，女人則斜睇著眼睛瞧他。他聲稱自己是要去里約熱內盧參加國際博覽會的富商，無人起疑。當他見識到客輪上通往各交誼廳的大廳之堂皇富麗，並未雀躍過頭而見笑他人。蕾絲、繁複的裙裝、擦拭得錚亮的錶鍊和光采奪目的金箔如洪水襲來，他也沒有流露出不自在。他嗓門很大，談吐粗俗，沾沾自喜。他和人共享一根雪茄，一邊聊著里約熱內盧，說有人在那兒等他，他怕趕不上約會。一名水手來問他行李箱的事，他朝對方上下打量，此人的大膽惹得他心煩，只好三言兩句就把人打發掉。船員不願讓他把行李箱放進艙房，他也沒有過度抗議。汗水濡溼他的背，血液拍打著他的太陽穴，他依然未置一詞。他讓船員把那只行李箱和其他行李一起置於甲板上。其他乘客在他看來都很懂得同舟共濟——這是頭等艙乘客之間的善意，畢竟他們對惹麻煩又不體貼的船員已經習以為常了。他雖然驚恐萬分，依然沉住了氣。

船身起伏顛簸，他抓住欄杆，冰冷的金屬貼著手掌，傳來令人安心的觸感，將他與眞實世界連結起來。他身後的甲板上，幾名優雅男士散著步，身旁女伴大多像是穿了裙子的警察。他們將戴文蒼白的臉色歸咎於暈船，禮貌地不去看他的臉。在這個文盲、蠢蛋和野蠻人都表現出受過教育之氣質的國家，他們屬於上流階級，憑著對文明的隱約記憶，重建出一種荒腔走板的姿態。戴文強迫自己把注意力集中在熟悉的念頭上。但是他的本性，這份在他年輕時看似堅定不移的特質，竟因時而異，被切割成片片段段。他集中精神，不去想行李箱的位置，不去數鐘面上的時間，不去想何時能到甲板上處理後續。他強迫自己把心思抽離這些令他冷汗直冒的算計。

很快就要結束了。他會踏上里約熱內盧，在陸地上過一夜，然後從陸路離開。菲德莉卡在等他。他對她提過波爾多和法國，承諾他們會一同前往。等一切都結束之後。菲德莉卡就像黑鬼和紅番所崇拜的女神，荒淫、挑釁且傷風敗俗。他們在她的塑像前點起蠟燭，舉行黑彌撒敬拜彭芭吉拉[52]。

認識菲德莉卡之前，她的俗豔簡直令他反胃。那個義大利乞婆和這裡所有野蠻人一樣是基督徒。她諧仿著宗教儀式，倒不是出於虔誠。

恐懼進駐齒間。若菲德莉卡察覺他此刻的感受，她會很失望。他還以爲一旦得到她、擁有她，就能成爲一個雄壯威武的男人。他感覺自己很有男子氣概。工作的時候，他感覺自己是個男子漢；穿越市集廣場的時候，他感覺自己是個男子漢；走進棚屋以清晰嘹亮的嗓音點餐時，他感覺自己是個男子漢。無論他去哪裡，菲德莉卡那發情的雌性動物氣味都如影隨形，讓他走路抬頭挺胸，舉步如飛。全天下沒有他得不到的女人。他在菲德莉卡的笑聲裡，在菲德莉卡骨盆間，在菲德莉卡腹部上。他跨坐在上頭，俯瞰世界。在他必須展現男子漢的行事態度時，他採取了應該採取的作爲。但是，他感到體內的力量正在流失。他的勇氣可不比他的野心——他感覺到體力衰退了。恐懼比他想擊敗命運的欲望更加強烈。但是他人在這裡，現在。就算情況不盡理想，他還是辦到了。

遠方的陸地很快就會消失。自從戴文坐船到聖保羅之後，就不曾再搭過船。恐懼還摻雜了其他東西。吞沒他的不只是一個想法，而是一種感覺。是他離開的那天。他早已忘了那一天。地平線彼端的海岸線變得愈來愈細薄，那頭是他的祖國，他不回去了。他買的是單程票，就像上千個在他之前的同胞一樣。熟悉的臉孔，母語的音調，他的城市的喧譁聲，早晨的氣味，他學步的土地。這一刻，他熟悉的一切只剩下幾條線，即將被海水吞沒，他卻不曉得自己失去了什麼。他常常在聖保羅的太陽下，想著敘利亞的天空。沒有什麼比占據異地天空的雲朵更不像祖國的雲了。他忘了另一次的海渡，當時他姨媽莊嚴而僵硬地站在碼頭上，滿心驕傲。是她送他到異鄉加入他的同胞。他們寄錢回家，成了全村敬重的男人。他勉強開口，反覆對自己說，很高興終於輪到他成爲那樣的人了。他並不知道這是什麼意思，但是在他的腹部深處，某樣東西已經在輕搔，呻吟。他什麼都不知道，但已經有了預感。他內在的小男孩想抗議，想拒絕離開，但是成人的他臉上仍掛著笑容。前往有工作機會的彼岸去賺錢自力更生吧，像他這種有學問、受過教育的男人，到了那裡就能有所成就。他不會是販賣日常用品的貨郎，好比那個粗俗的敘利亞人，坐船來只爲了在巴西沿岸兜售鐵器。他會在辦公室裡工作。他對於等著他的未來一無所知，想像力全被他平靜的童年給壓抑了。聖保羅，他對那座污穢的叢林毫無心理準備。畸形的動物，讓人暈眩的氣味，窒人的雨。聖保羅令人呼吸困難，吸入霧氣會腐壞人的五臟六腑。人在這裡沒辦法吃飯，會中毒，還得休養數月才能進食而不瀉肚子。在這被詛咒的國家，什麼都淫氣沖天。青草過度蔓生，土壤軟趴趴，宗教儀式都走上邪路。人民奇裝異服，衣料顏色醒目，小孩幾乎都光溜溜的，長著一口過白的牙齒，膚色則彷彿地中海人。這個種族因濫交而敗壞，成天就睡在吊床上。沒有人想來聖保羅定居，但這座城市仍然日益肥大，因爲每週都有一艘艘船隻吐出飢餓的移民。蓋工廠的速度比蓋房子和道路還快，通往工廠的路都還是泥巴路。這是個上下顛倒的世界，裡頭的人都失去理智。這城市髒亂又嘈鬧，戴文腳才剛踏進港口，就覺得自己好悲慘。主人粗鄙如土著，一個個散發惡臭的微宇宙給自己塗上文明的外漆，卻麇集了疾病、黑魔法和濫交。剛抵達時，最令他失望的是聯絡自己的同胞。那些貨郎自以爲保存了祖國的價值觀，僞裝出可悲的外表。他們都成了強壯的大老粗，與黑鬼和紅番廝混，朽壞了靈魂；他們的舌頭缺乏彈性，心智愈來愈糊

52 Pomba Gira，巴西民間信仰所崇拜的偶像。

塗；他們惡搞了祖國的和諧，還當成文化傳承下去。

戴文漸漸克服了他的嫌惡和虛弱的體力。同胞依約負起照顧他的責任，在一棟頹圮的建築裡發給他一張草蓆，他成爲亞德農先生的員工。這老頭勤奮又樂天，而且比誰都更早明白，四處兜售五金用品很難滿足他的野心。他寧願跟各行各業的外國人接洽，某處一蓋了工廠，亞德農就去提供會計服務。工廠全都欣欣向榮，事務所也跟著蒸蒸日上。亞德農的財富和城裡的工業活動成正比——日進斗金。他得到一棟豪宅，十幾個下人忙著爲他服務。在戴文住的貧窟，無人敢公然批評老闆，因爲老闆事業做大是所有人的驕傲，但人人心中都曉得該對他的婚姻作何感想。亞德農娶了個義大利女人，聖保羅就是會准許這種事發生。因爲氣候而發神經的可不只一個人。他不但帶了一個餓鬼回到屋簷下，還娶了她。義大利人塞滿了船底的貨艙，像動物般擠成一團，一窩窩地從歐洲這塊舊大陸竄出來，然後讓工廠吞下去。這些人的國家什麼都沒有，因此肯爲了微薄的薪資工作。他們不比黑鬼有教養，又愛造反，得綁在身邊才行。城裡到處都聽得見義大利語——代表悲慘的語言。一口爛牙、口腔奇臭又舉止粗野的老亞德農被他們其中一個給迷住了。他和義大利人雜處一事，並未激怒眾人（比起其他地方，人在聖保羅這兒特別難保持靈魂的完整），但是無人容許他把她安頓在家裡。還娶了她。

幾個星期下來，戴文都沒有見到菲德莉卡。亞德農這可憐的老頭哀嘆自己孤獨寂寞，所以很喜愛戴文。他擔心這名員工老是無精打采，堅持請他到家裡吃頓眞正的晚餐。戴文遲疑不決，害怕老闆的偏心會讓事務所其他員工疏遠他。他沒必要一下船就吸引眾人的關注，更不想招來羨慕和隨之而來的陷阱，但是又不可能無禮地拒絕，再說，他也漸漸習慣這些晚餐邀約了。他很想把亞德農的住處形容爲巴洛克式的奢華，也就是風格怪誕。戴文在那裡吃得太好，打從第一次拜訪，菲德莉卡渾身散發的慵懶和無恥就讓他受不了。亞德農先生察覺此事，於是要妻子在員工來晚餐時保持距離。他們一同聊這個國家，提起一些熟悉的名字，批評巴西對西方世界的開放，抱怨聖保羅的昆蟲有多麼折騰人。戴文被當成年輕的表弟對待，並漸漸習以為常。他在事務所青雲直上，成了紅人、親信。他們習慣在晚上一同處理遲了或分外困難的文件。亞德農先生既喜歡聽他的意見，也喜歡藉由每件個案來教導他工作的要領。菲德莉卡避開他們。數月後，戴文忘了她的存在，忘了她的紅裙、她淫猥的胸脯和她身上令人暈眩的椰子油氣味。

一個暴風雨夜，年輕會計師戴文前來拜訪，聽說亞德農先生病重，無法接待他。佣人在主人的命令下，建議他放下文件，獨自用餐，等風雨平息再返家。戴文在吸菸室坐定，佣人端來萊姆酒。他在沉思。菲德莉卡進入房裡，說是來為一個生病的黑鬼找酒。她發現戴文在裡頭，於是垂下視線，急忙溜走。戴文可沒被她的小把戲騙過。這女巫趁著主人不在就違規。發怒有什麼用？他暗忖，一邊往杯子裡斟滿萊姆酒。寧折不彎有什麼用？在聖保羅，尊嚴都拐了一個荒唐的彎。他抱持著原則抵達此地，並且清楚感覺到，他若拋棄原則來適應這座城市，就會遺失所有構成他性格的特質。但是讓自己一直沉浸在悲痛裡，又是應當的嗎？

一段時日下來，他覺得自己讓了步，就跟他身邊每個男人一樣。他漸漸懂得了初抵此地時嚴厲評論過的放浪形骸。每個人為了生存，都會做必須做的事。女性肉體大舉攻陷，濃密如叢林的髮絲，輕薄至近乎透明的布料下的腹部，裸裎肌膚上的汗水，飽受豔陽曝曬的豐唇。女孩在十三歲左右達到美麗的巔峰，她們很清楚自己的魅力，於是拿身體來交易，隨便得令人厭惡。戴文偶爾會臣服於誘惑，在一名迷人少女的陪伴下度過幾個小時。他隔天就不再回想，也沒有向誰說起——這不過就像前晚絆了一跤。但他為了此事與其他的一切而怪罪這座城市，怪它害他蹚進了這灘渾水。

雨仍舊霈霈而下，他決定不等了，直接回家。一起身，他就曉得自己醉了，腳步踉蹌。他停在門前，讓腦袋清醒清醒。菲德莉卡赤足坐在暴風雨濺溼的地板上，正抽著菸。她紋絲不動，後仰著頭，佯裝沒聽見戴文過來。戴文回過頭凝神看她。她已經喪失青春的恩典，在此地不饒人的氣候下，女人到了二十歲就會如此。她的腰枝並不粗，但是那對胸脯發育得很淫穢，比例上毫無魅力。她臉上的表情太露骨。她是個被磨損的女人，一如這城市的花，一旦開得太久，氣味就令人暈眩，芳香不再。戴文清清嗓子，巴不得菲德莉卡停止用那種貴婦的舉止勾引他——想到他必須回草蓆上睡覺，她卻可以滑進乾淨的被窩，他就痛恨。他好希望她逃跑。她假裝沒聽見戴文的動靜，讓他覺得被人給瞧不起了。他本來應該聳聳肩，逕自走入濃黑的夜色，而菲德莉卡沒有回盼，只露出壞心眼的笑容。她用義大利語說了些什麼，戴文聽不出個所以然。這是他首度聽見她的聲音，沙啞而語帶嘲弄。菲德莉卡總是塗著口紅。此刻他體內升起一股前所未有的陰森怒氣，他沒料到自己的情緒竟是那麼激烈，來不及想到要克制，便一把抓住菲德莉卡的頭髮。一大束厚重油膩的髮絲接觸到他的手掌，燃起一把無聲的熊熊怒火。戴文渾身充滿了他不知道自己擁有的威力，他用空出來的手摀住她的嘴，把她拽進花園。菲德莉卡死命掙扎，企圖用膝蓋傷害他，用指甲抓傷他；她努力大叫，還扯下戴文一把頭髮。痛楚加劇了戴文的興奮，他把菲德莉卡的臉壓進土裡，用全身的重量和這股超乎常人的憤怒制伏她，逼她噤口，讓她變回原樣。她是什麼料自己該心裡有數：卑賤的婊子，臭烘烘的移民，應該尊敬他的母狗，這些全在他腦中混成一片——菲德莉卡成了聖保羅這座難以忍受的城市，他在這裡必須委曲求全，閉上嘴巴。不能再這樣下去了。在一片動作、悶喊與難以描述的混亂中，他分開她的大腿，撩起她的裙子。他讓菲德莉卡腹部貼地，像動物交配似地占有了她。

他起身時全身覆滿泥巴。他懷著噁心的感覺走開，一語不發，在雨中回到他的房間。這段路上，一個念頭都沒有閃過他的腦際。腦中空蕩蕩的，卻毫不輕盈。

翌日，他留在床上，連稱病都不必了，因爲他高燒得厲害，神智不清。他知道那是菲德莉卡自找的，是她活該，他唯一的錯處就是忍不住回應她的挑釁。這卑鄙下流的生物，是她觸發了一切，用自己的無恥濺污工人、瘋子和離鄉背井的遊子，還感到津津有味。大雨和溼熱沖昏了他的頭，他屈服了。他墮落了，落到她的層次。他側躺著，身邊包圍著惹人厭的肥大蟑螂，等著樓下有誰來到他那擠了八個工人和一個煮飯兼整理家務的女性的貧窟，等著誰過來通知他被開除了。

接著，他退燒了。沒有人來過。他穿上西裝前往事務所，就算滿肚子冤屈，他也準備引頸就戮——亞德農會把他召進辦公室，罵他個狗血淋頭。他因爲踏錯這一步，只得換座城市，找個地方重新接受考驗，偏偏聖保羅的工作環境最好。都是這義大利賤人害他墮落。

不過，他來到事務所的時候，沒發生什麼特殊狀況。看來那臭女人承認事情是她的責任了。他推三宕四，連續多次謝絕亞德農家的晚餐邀約。後來藉口罄盡，他只得再度來到那座豪宅。菲德莉卡刻意保持距離，走廊盡頭完全看不到紅色裙角，但即便如此，她仍無法贖罪。她造成了他此生最慘重的失敗，他寧願她已經離開這個國家。

時日一久，戴文幾乎忘了那件事。男人盡力行得正、坐得端，但是人生之路太崎嶇，不能老是遂心如意。行爲總有出軌的時候，他對此束手無策。他不再去想，也不再留心。直至一晚，他走近老闆家時，半路遇見菜籃貼在骨盆上的菲德莉卡。他朝她輕輕點了點頭，打招呼，但旋即爲此舉感到後悔，因爲她一定會解讀爲勾引的暗示。她的眼睛直盯著地面不放，走她的路，假裝沒看見戴文。那一刻，戴文的反應只能歸罪於她對他強烈的挑釁欲望：他超前她幾步，怒火攻心，喉間好似卡了一塊燒紅的鐵，下腹彷彿有一根鐵鎚咆哮出他的如癲似狂。菲德莉卡這次又對他來陰的了。他掉過頭，跑過去迎上她。菲德莉卡一聽見他的聲音就要跑。太遲了。他在光天化日之下，在主屋旁的田地占有了她。她不怎麼抵抗，只是眼睛睜得大大的，瞄準旁邊的一個點。完事後，戴文把她遺棄在她躺著的地方。他那一晚倒是沒有食欲不振。菲德莉卡什麼都沒說，他這次早就料到了。但他沒有料到的是，這女子即將蠱惑他的心。在她那具大人的成熟肉體中，有某樣可能令他敬而遠之的東西，但是他把它看得太清楚，或是在性交過程中仍有餘裕去感受，致使他的心境再也無法平息。菲德莉卡讓他不得安寧，就連他的睡夢也被污染了。戴文必須擁有她，再一次。這天起，戴文在屋子周圍徘徊不去。屋主亞德農眼見有人陪他，高興都來不及，全然無視在他眼皮子底下進行的事，直接爲他的天才員工保持家門大敞，但這份好意卻令員工感到受辱。

起初，菲德莉卡一瞥見他就作勢逃跑。標準雌性動物的狡猾。她知道自己在做什麼，她早就懂得盤據他所有心思。最後戴文總是抓得住她，一次又一次在最奇怪的地方占有她，這本來應能滿足他的飢渴，誰知癡迷卻日漸坐大。他每天都得找她，揪她出來。她反倒不再抵抗了。她一聽見戴文的聲音就會獨處，給他方便。她聽任擺布。在洗衣間、織布廠的牆上、一堆工具之間的地板上。接著戴文養成習慣，正式踏進大門之前，先從後門溜進屋子。佣人們目睹了一切，卻噤聲不語。他在廚房角落占有她，女佣就在一旁幹活。他在她的床上占有她，在她所在的任何地方占有她，有時一連好幾次。他用愛撫來延長纏綿。他們很少交談。他永遠無法終結這股熱情。早上他承諾自己，要結束這不理性的行爲，訂個未婚妻，去找妓女，找個年輕女孩。但是什麼都緩解不了他的欲望，就是非菲德莉卡不可。然後他和老闆共進晚餐。

幸虧戴文懂法語，因此迅速學會了義大利語。菲德莉卡話少，卻很專心聽他說。她成了他的情人，兩人都擁有四分五裂的靈魂。在她必須離開祖國的那一天，她活生生的一部分瞬息間破碎了，截成片片段段。

戴文不曉得菲德莉卡用了什麼手法操弄他的心，讓他嫉妒難忍。晚上把她還給她合法的主人時，他眞是百般不願意。戴文氣自己得離開主人的房子，回到他那個貧窟，她卻上樓和老鬼睡覺。當戴文要菲德莉卡跟他聊聊他不在時的生活，他確信自己見到她露出了微笑。她在嘲笑戴文力微勢薄，她在消遣他的身分地位，想起他睡在潮溼的草蓆上面她就要皺鼻，她在背後取笑他，老闆不要的東西就夠讓他沾沾自足了。欲望呑噬了他。爲什麼這個女人，他的女人，要裝出和那個自命不凡的老鬼親密的樣子，還裝得那麼可笑呢？此後，每當戴文和老闆在事務所共處一室，那條老豬嘴裡的惡臭就會直侵他的五臟六腑。

首次提起要除掉老頭的時候，他們正在庭院深處獨處，躺在廢棄磨坊陰影下的草地。他被自己方才說出口的話嚇壞了。菲德莉卡不置可否，重新扣上她的胸衣，彷彿是想表示她不在乎。這個問題像磁鐵般吸住了戴文——他需要聽見菲德莉卡說她好想完全屬於他，說擺脫那老頭會讓她鬆一口氣。但菲德莉卡沒有答腔。

他就這樣在心底謀畫。他先是把計畫當成一張空頭支票那樣陳述，彷彿哼著歌來忘卻每天的悲慘，接著再三複述。就這樣在念不絕口之下，他說服了自己他會履行計畫。菲德莉卡反對。她認爲他倆的現況不算太倒楣，因爲老頭不只沒長眼，人還慷慨。但她愈是抗議，戴文就愈是頑固。

然而，到了那一夜，他想退縮，倒是菲德莉卡的眼神阻止了他。隔日在港口的咖啡廳，他避免去想發生過的事。菲德莉卡展現的勇氣和決心令他渾身不自在，她的鎮靜尤其給人一種冷冰冰的錯覺。他喝了萊姆酒，邂逅了一名女孩，客輪遲了，他痛快地玩了一場，讓自己毫無生氣的肉體再度血液沸騰。經歷這麼一道衝擊的難關，他感覺自己生出了雙翼。

他背後的甲板漸漸空蕩了起來。晚餐時間已近，乘客紛紛回艙房梳洗，準備去餐室。日頭甩西，戴文憑倚欄杆，看著耀得他眼盲的餘暉沉入水中。他覺得船員都在斜眼監視他。他決定到吸菸室一趟，喝杯威士忌，他們可沒辦法跟著他到那兒。來到下面，他搵了搵額頭，聲音大到周圍的人都聽得見：「我這個樣子，今晚恐怕是吃不下飯了！」說完他又給自己倒了一杯，沉沉坐入大扶手椅，舒服得平靜下來。船員那些俗人，能對他這個頭等艙客人有什麼不滿？他只要鎮定行事就夠了，然後一切就會照計畫進行。

菲德莉卡

她的膝蓋陷進柔軟的泥土。她在雨中弓著身子，徒手挖洞，洞愈來愈深。大如孩童拳頭的雨滴搥打她的背，她吐著痰，哭泣，尖叫，手肘擦破了皮，她低聲呻吟。那個飯桶，那個蠢材，而她是個人盡可夫的笨蛋。「就缺了頭。」今天早上在市集廣場聽到這幾個字，她就懂了，因此才來得及逃跑。那個飯桶，那個廢物。另一個呢，瞪著兩眼的老山羊，鼻孔已經鑽了蟲子進去。她眞是白癡，竟相信了這個計畫。早上她不動聲色地站在一個攤子前，翻動人家在賣的內臟，把對話直聽到最後——天都還沒黑，那個窩囊廢就被逮住了。他想必說出了被害人的身分，今晚還會供出共犯的名字，明天則會控告她謀畫了一切。

她逃進森林。她早已預備了一袋東西，以防事情有變。袋子就埋在她的樹下，裡頭有些黃金和銀器、幾件珠寶，所有她扛得上肩的東西。包在白布裡的人頭就放在袋子上。菲德莉卡爬上她的尤加利樹，等待夜晚降臨。她抵達此地以來，曾在這棵樹上度過許多時光。光滑的木頭溫柔地貼著她的背，這裡是她的藏身處。她四平八穩地坐在她的凹室，這裡彷彿堅硬的吊床，從地面上是看不見她的。她知道她再也不會往回走了。生命始終朝著同一個方向前進，離開，遺留，放棄。窮緊張也沒有用，我們落腳的每一處都只是旅程上的一刻——最後總是要移動。她倒不煩惱這個，因爲落地生根不是她的本性，樹就是爲此存在，永遠待在被我們留在身後的地方。

那個孬種，那個窩囊廢。她聽說船遲到了，想著戴文會另闢蹊徑處理，但她仍準備了袋子。若是情況很糟，她會等他帶著行李箱回來，再另尋他法。這給她添了麻煩，她會寧願一切都依計畫進行。她想在他回來取他應得的那份時，當著他的面甩上門，這念頭一如想像獨享這棟大房子那般甜美。她把自己困進什麼處境了？好男人明明到處都是，爲什麼繞著她打轉的，非得是些沒骨頭的咖？

暮色四合，等到沒有人會走上這條通往森林中心的路，她才爬下來。她拿著袋子往黑暗中邁進。她曾獨自去那裡休息過十來次，早已認得路了。

她從床單裡拿出包好的人頭。她向來嫌惡亞德農，這會兒倒覺得被砍了頭的他也不比活著的時候更噁心。她雙手捧著人頭，朝那張臉上啐了一口口水。她的指甲長到指尖都彎曲了，像極了黃色爪子，指頭上沾滿墨水。他像個大老爺在她身上爬上爬下——簡直和陪死人睡覺差不多。打從一開始，她就爲此噁心。但是又能如何？當男人一意孤行，若是逃跑不及，除了等他完事，又有什麼別的法子來安撫？那個愛唉聲嘆氣的老頭當場向她求婚。菲德莉卡已經二十歲了，她的雙親二話也不說一句。他有房子，而她讓他身邊的人都留下了好印象。菲德莉卡喜歡無所事事，但是亞德農不以爲然。游手好閒是萬惡之母。他一進門，菲德莉卡就上樓睡覺。佣人彼此監督，省得她親臨督陣。她不必做什麼就能吃得很好，床單乾乾淨淨，地板也擦洗過。她負責進城採買一週所需的用品。除了亞德農，誰都知道她只是想去市集廣場見那些她從前認識的男孩。她喜歡和她同齡的男孩，他們的肩膀擠出只屬於年輕人的肌肉形狀。她突如其來的發富發貴讓她變得大受歡迎，大家爲了接近她而大打出手。其餘時間她就待在床上，藉口頭疼得厲害，但沒人相信。她成天只知道伸懶腰，百葉窗關得緊緊的，遣人送檸檬水或咖啡來。多愉快。

接下來就是戴文。女佣都知道他的事。她們私下任意使眼色、偷窺。同是天涯淪落人，總要找個比自己更受辱的人。菲德莉卡第一次見到戴文，就明白他是什麼樣的人，知道他準會破壞她的太平日子。枉費她東躲西跑，鑽天入地，甚至想染上牆壁的顏色。這下她沒有退路了，她的好日子結束了。

她還能怎麼辦？誰叫她遇人不淑。若她把事情洩露一個字給亞德農知道，包準他休妻。誰都知道被玷污的妻子會有什麼下場。男人不會把別人用過的女人留在床上的。當戴文第二次故技重施，她就知道這件事會如此結束。戴文已經等得不耐煩了。擺脫老闆，取代他。得了吧。但最糟的是，她也有一點點相信了。她忍不住想像這件事會成功：在她這個年紀成爲寡婦，住在這棟大房子，躺在床上度過一生，有足夠的錢安然撐下去，飽食終日，直到生命的盡頭。她想像過這樣的夜晚：經過無所事事的美好一天，上樓睡覺，什麼都不做。沒人在被單下擋著她伸展雙腿，沒人不讓她半夜點蠟燭，最要緊的是什麼都不做，不必跟誰說話。

是她把一切準備就緒。她在丈夫耳邊灌輸去里約熱內盧參觀博覽會的主意，還確保他會跟周圍的人吹噓此事，然後和他一起打點行囊。她空出最大的行李箱，準備隨時能派上用場。那天的晚餐，她在女佣的食物和水裡灑了草藥，確保每個人都生病，隔天一早起不了床，無法目擊老爺並未如原先規畫般出門遠行。所有她該做的事都依計畫進行。

她應該留在家裡，等到回程那天才開始擔心。別人會發現亞德農根本沒有上船。他就是秀逗得夠厲害才會娶她。別人會放出風聲，說他一時衝動爲了別的女人拋棄她。無論在什麼地方，男人全都一個樣，都是僞君子。他們就是喜歡清新的肌膚，一旦被迷住，就沒什麼攔得了他們。她會爲此傷神，把自己關在房裡好幾天。戴文回來的時候，她會拒絕見他。不然他還能怎樣？種什麼因，得什麼果。人會漸漸習慣，習慣少了她先生，她形單影隻，住在幾乎空蕩蕩的屋子裡。她總會找到另一個人來讓事務所繼續運轉。

那些孬種，那些窩囊廢，滿嘴承諾卻全是謊言，只會神氣活現地巴著大雪茄不放，聲稱他們要做這個、做那個，到頭來一個人在烏天黑地的森林裡踏步，口袋沒半毛錢，沒有落腳處，也沒有同黨在某處等候。菲德莉卡雙手捧著這顆被割下的人頭——她那個老白癡的頭。他眞是有眼無珠，事情就發生在他的鼻子底下，他卻沒興趣。他太忙著藐視身旁的一切。這些小人物只會拿自己卑賤的標準來看待周遭的人事物。

他聞起來總是這麼臭，就像個老頭——餿掉了。這個老惡魔。他在她雙腿間尖聲急叫，同時爲自己的淫猥道歉。她發出欲求的呻吟——她想扯下他的頭，拆他的骨，把他的眼珠從眼眶擠出來，割下他的舌頭，用滾燙的油剝下他的皮，把他的筋拉到應聲而裂，就像一張紙。

到了晚餐尾聲，他就像布袋似地往前栽，一頭先落進盤子裡。菲德莉卡看見戴文腳都軟了。這個懦夫、飯桶，毒藥一倒進去，他就嚇得魂不附體。她取出剔骨刀，把床單鋪在椅腳下，開始動手。她向來討厭殺害動物，也不愛將牠們大卸八塊，但人的一生並不能總是隨心所欲，有時必須勉強自己。她細心地把他切塊——她顧不得良知，她不像戴文那樣只能搵搵額頭，整個人掛在門前的井邊。她做了該做之事，支解人體和支解一頭豬差不多。每一次刀割，她就回想起與亞德農的生活——這下他的部分結束了。反正他總有一天得死。她忙著把丈夫塞進行李箱，沒有餘裕意亂心慌，畢竟每天都有人在割小羊的喉嚨。這個地球上有多少死人啊——有多少死人才使得地球成爲這樣的煉獄，多一個又有何差別！至少這對她有好處。她一生不是勞碌，就是躺著任人宰割，但總是緊咬牙關。道德？那是人家拿來在草芥之人鼻子底下揮舞，用來說服他們逆來順受、永遠別打直腰桿的東西。她已經受夠了道德。現在她想要的是平靜和富足，就像一個出身良好的人。她只不過想扭轉乾坤。

分屍這檔事終究沒有搞得多髒。菲德莉卡把人頭往旁一擱，心想海裡的行李箱就算被人找到了，也認不出這老傢伙是何方神聖。但是戴文沒能把屍體丟進大海。他沒有走到那一步。就連這件事，都讓那個廢物，那個窩囊廢給砸鍋了。他正在貨艙某處呻吟——亞德農的無頭屍體擱在一張桌上，旁邊包圍著警察、精明的警探和幹勁十足的醫生。

她雙手抓住頭顱，將之轉過去面貼地上。她雙掌平放在人頭的後腦勺，奮力把那張臉壓入潮溼的泥土。滿月在厚重的雨簾後射下一道白光，照亮她的一舉一動。她把擦破皮的人頭滾進挖好的洞，冷靜地把洞草草掩上。明天，野豬就會來終結這件工作。或是蚯蚓。只要這顆人頭消失就行了。她召喚力量，感覺那股力量升至她的手腕，沿著肩膀放射出去，從肋骨注入電流。她挺起腰板，舒展疼痛的背部。再過幾個小時，太陽就會曬乾泥土和她的頭髮。到了那個時候，她早已來到樹林深處；她將穿越幾座村莊，再決定要在何處度過餘生。他們找不到她的。菲德莉卡受到庇護。一顆吉星正在此幕的上空，閃閃發亮。戴文老是對波爾多念不絕口，但巴西才是她想繼續生活下去的地方，此地的神明對她很有好感。她會脫身的。她還年輕，可以好好看看這個國度。某個東西在她體內擴散，某個未曾經歷過的東西，或許她會說那是喜悅。

PHILIPPE JAENADA

菲利浦·傑納達

紐約，巴黎，埃爾伯夫

菲利浦·傑納達

傑納達從不離開巴黎。他甚至不離開他住的街坊。有時，他幾乎在公寓足不出戶，只在每週的某一天晚上，偷偷跑去爲法國最具爭議性的大報社之一寫故事。他每年會帶妻子安妮—卡特琳和兒子恩尼斯特去度假兩週。就這樣。其他時間他永遠都在，在巴黎，在他家樓下。春天的時候，偶爾會見到他從一間咖啡廳閒逛到另一間，可見他在溜達。他隨身斜背著一個小袋子，裡頭放著他的零錢包、一本書和身分證件，很好認。史上第一位飛越大西洋的飛行員查爾斯·林白[53]與全法國最「宅」的作家，性情應該所差無幾。他不可能抵抗得了這個誘惑。我們提供了當年報導林白的新聞資料，以及他飛抵巴黎時和嘉士頓·威登碰面的細節，以郵件寄出寫作邀約，等待傑納達的回應。「寫林白的故事一直是我的夢想。」隔天他就以電郵回覆（他補充說明自己沒有手機，但是能上網）。不到一個月，他就把寫好的故事傳來了。

---

53 Charles Lindbergh（1902-1974），著名美國飛行員，於一九二七年從紐約飛抵巴黎勒布爾熱機場，成為史上首位完成單人不著陸飛行橫渡大西洋的人。

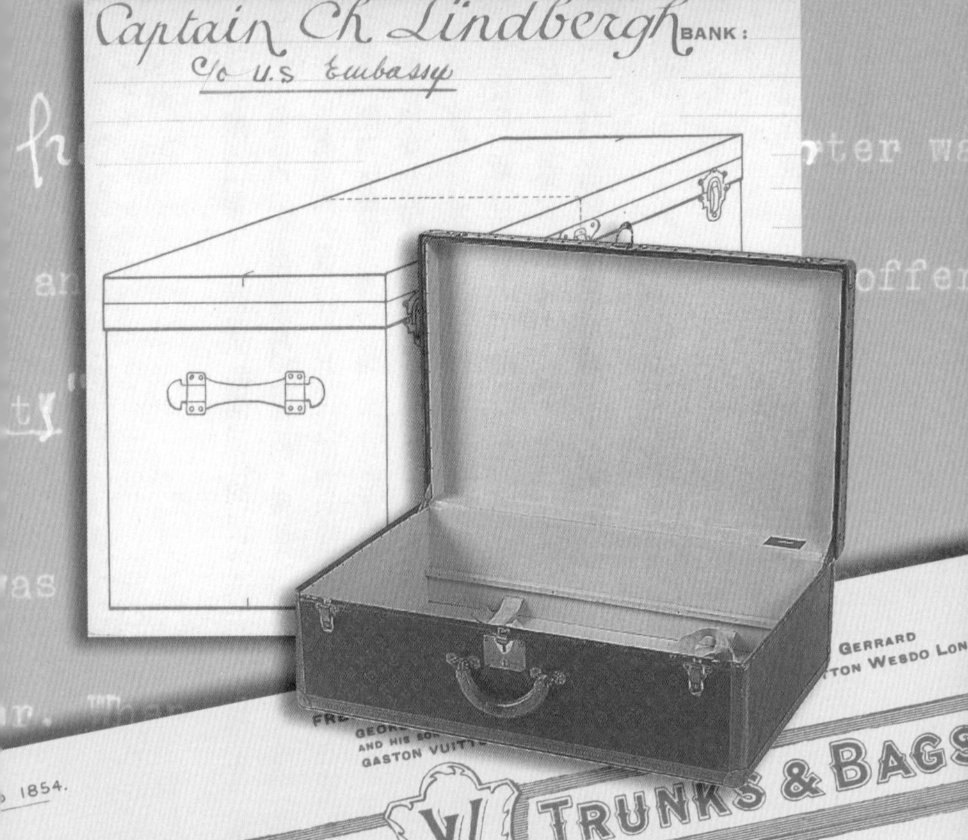
gh was kidnapped, to go away trough th
DAILY NEWS
NEW YORK'S PICTURE NEWSPAPER
Entered as 2nd class matter. Post Office, New York, N. Y.
New York, Friday, May 13, 1932
771500-177
d in the daily paper.
Captain Ch Lindbergh
BANK:
C/o U.S Embassy
GERRARD
TON WESDO LON
GASTON VUITTON
1854.
TRUNKS & BAGS
NIERES, SEINE
UIS VUITTON'S
TROUVILLE: RUE DE
NICE: JARDIN PUBLIC.
LILLE: RUE FAIDHERBE.
149, NEW BOND STREET,
AND AT
S. 1, RUE SCRIBE
LONDON, W. 1
CHAMPS ELYSEES
American Agencies.
JOHN WANAMAKER.
JORDAN MARSH Cº
MARSHALL FIELD & Cº
BOOS BROS

故事靈感來源

「不可思議的林白飛越大西洋記」

——《紐約每日新聞》，一九三二年五月十三日

一九二七年五月二十一日，查爾斯．林白駕著聖路易精神號，花了三十三小時橫渡大西洋之後，在巴黎北部的勒布爾熱機場接受英雄式歡迎。嘉士頓．威登在那裡靜候著他，還充當保鏢。林白乘船離去時帶著兩只塞滿禮物的路易威登衣箱，載譽歸國。

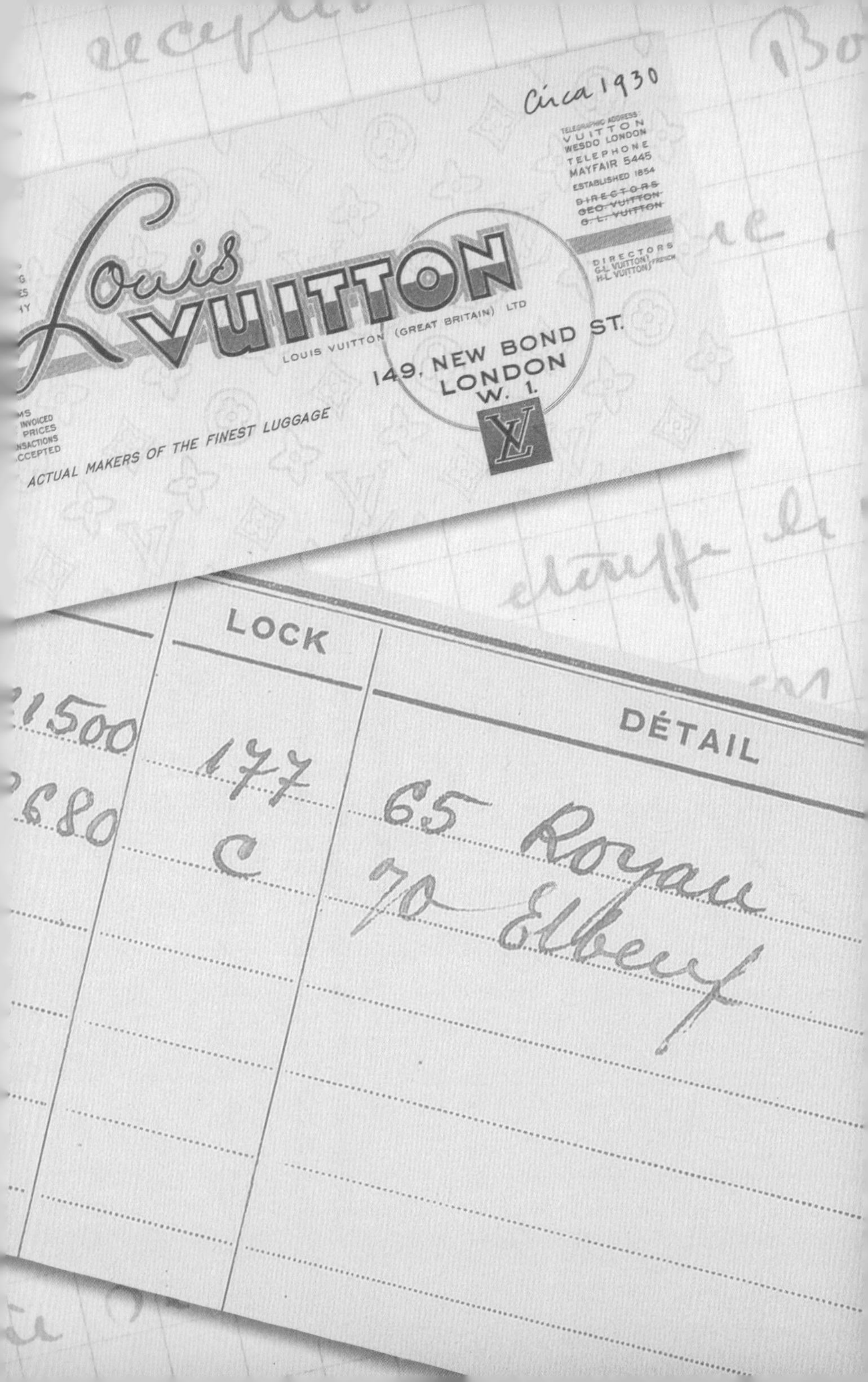

Circa 1930

TELEGRAPHIC ADDRESS:
VUITTON
WESDO LONDON
TELEPHONE
MAYFAIR 5445
ESTABLISHED 1854
~~DIRECTORS~~
~~GEO. VUITTON~~
~~G. L. VUITTON~~

DIRECTORS
G-L. VUITTON }
H-L. VUITTON } FRENCH

Louis VUITTON

LOUIS VUITTON (GREAT BRITAIN) LTD

149, NEW BOND ST.
LONDON
W. 1.

ACTUAL MAKERS OF THE FINEST LUGGAGE

	LOCK	DÉTAIL
1500	177	65 Royau
680	C	70 Elbeuf

Lindbergh when received by the french Minister of Commerce, was pressed in the crowd. Vuitton personal friend of Bokanowski the minister owing to his tallness had the mission to protect him against the crowd.

When baby Lindbergh was kidnapped, to go away trough the window, the thieves, needing a foot-step used an LV. case as shown in the pictures published in the daily papers.

J.D. Patterson, from the National Cash Register was a great supporter of Vuitton and when in Paris, he generally offers to his most important "adjcinty" a set of Vuitton.

Mrs Ph. Hearst was a charming old woman always dressed in black in a very simple manner. When she arrives in the shop, no salesman was ready to answer that woman which according to her appearence does not seem able to pay for an LV lugage.

Anna Gould - Duchesse de Talleyrand the owner of the Palais Rose in Paris is a customer of V, whilst the Duke who was a great connoisseur of Champagne had a discussion with GLV about the best mark. This ended in a very intimate dinner Ave. Malakof at

紐約，巴黎，埃爾伯夫[54]

林白橫越大西洋的事蹟爲他永遠贏得了人類歷史上與哥倫布或聖女貞德（差不多）同等級的英雄地位（至少從我們的角度來看，這麼推測並沒錯），緊接著，全球報紙揭露了這樁豐功偉績背後的許多小故事。

當其他人在聖地牙哥爲他的飛機做最後調整之際，林白規律地持續徒步四小時來訓練自己保持清醒、專注與健壯的體能。一九二七年五月二十日，他離開紐約，留下了妻子、家庭和許多哀哀哭泣的情人。登上聖路易精神號那一刻，他鄭重宣布：「我抱著彷彿踏進墳墓的心情進入機艙。」他帶了一隻小貓上飛機作爲吉祥物，還有一根雞骨頭作爲幸運符（他稱之爲「叉子」）。飛抵勒布爾熱機場時，他先是大喊：「好，我辦到了！」緊接著爲免衍生誤會，又補充道：「我是查爾斯．林白。」最後再謹慎地詢問旁人，他是否眞的來到巴黎了（以防萬一嘛）。放下心後，他要了一根雪茄（提倡健康的人士認爲他要的是一杯牛奶），接手的一組法國醫生抵達停機坪，帶他到機棚按摩雙腿，並把巧克力往他嘴裡塞。

以上全是子虛烏有。

因身材不甚壯碩而有「竹竿」綽號的林白，在一九二六年九月構思了異想天開的計畫，想碰

54 Elbeuf，位於法國西北部濱海塞納省（Seine-Maritime）。

碰運氣，爭逐這份榮耀與兩萬五千美金。法國旅館大亨雷蒙·奧泰格承諾頒發這筆獎金給第一位（或第一組）從紐約駕駛飛機穿越大西洋抵達巴黎的人，反方向亦可（前幾年曾有人駕駛水上飛機成功過，但中途著陸多次，或只從北大西洋的紐芬蘭島飛到愛爾蘭克利夫登，總計三千六百公里；這次卻得航行五千八百公里才能名利雙收）。榮耀，毋寧說是個人滿足感，遠比金錢更令他感興趣；若能成功，獎金也只是剛好抵銷他將試著借來建造飛機的債務而已。許多團隊已競爭了好一陣子，其中一些經驗老到的飛行員擁有大企業或激情過度、興奮莫名的贊助者金援，為他們準備了大而有力的飛機。但是「竹竿」只有二十四歲，經驗短缺，名不見經傳，勢單力薄，而且囊空如洗。他還有很長的路要走。

一日，小男孩林白在明尼蘇達的農舍樓上玩，在樓梯上挑揀稍早在鄰近溪流撿來的石頭。他想找出可能比上週撿到的心形瑪瑙更好的石頭，卻沒找著。一陣引擎聲從洞開的窗戶傳進耳中，他起先沒有特別留意，但在接著檢視第二或第三顆石頭之後，才發現轟隆聲接近得太快，不可能是汽車。他站起來，看著窗外的景象愣了神：是一架固定翼飛機，就在不到兩百公尺之外！他從未見過這種飛機，趕緊回過神，跳上屋簷，像小山羊般爬上屋頂，只為了清楚看著它飛過。那架纖弱精巧的雙翼機從低於樹頂的高度低空掠過，林白趴在柏油屋頂上，看見駕駛員超人戴著飛行皮帽的頭。飛機漸行漸遠。

自從這架飛機出現，自從這上天恩賜的一刻開始，他每天花大把時間躺在屋前的草地上觀察雲朵。他對溪流裡的石頭再也提不起興趣，管它是不是心形瑪瑙，他淨想著天空、飛行、遨遊天際。直到他生命的最後一天，再也不會有任何事比飛行更重要。

初中到高中，他眼中只有飛行，但有朝一日能開飛機似乎是個不可及的美夢。儘管如此，就讀威斯康辛大學二年級時，他卻毅然決然（唯有如此才能達成不可及的目標）放棄工程師的學業，投身學習開飛機。好友紛紛言明此舉的風險（以那個時代的情況看來，說「風險」還算客氣了），想勸他打退堂鼓：「你知道飛行員的壽命多長嗎？只有幾小時的飛行時間。」但林白的夢想絲毫不存在「危險」的概念，連半點陰影都沒有。他不聽勸告，來到Kelly & Brooks航空公司實習，擺脫了陸地，翱翔天際，夢想於是有了高度。他想像自己戴著飛官徽章，雖然目標看似可望而不可及，但歷經兩百小時的飛行時數後，他成爲密蘇里自衛隊第一百一十偵察中隊隊長。接著他夢想開郵政飛機（這就是他最大的野心），這個目標也達成了。他不捨晝夜，風雨無阻，載著郵包航行數百公里；他曾數次墜機，摔得很慘重，卻三度奇蹟似地死裡逃生（因此得到另一個綽號「幸運林弟」），仍安然無恙地準時送達郵件。他實現了所有看似無法實現的夢想。於是乎，五年後，在空中飛了兩千小時之後，他首度坐上機長位置，活得遠比那些膽小朋友預言的壽命更久。若凡事都有可能，他爲何要在新的夢想之前退縮呢？就算落後所有人，就算幾乎毫無致勝之道，他都要第一個飛越大西洋。眼前最要緊的，就是好好規畫整件事。

起初，他考慮買一架配有「旋風」引擎的萊特—貝蘭卡飛機。沒人能反對這個好主意，不過這機型實在太貴，粗估約十萬美金，比他瞄準的獎金高出三倍。他手邊只剩不到三百美金，但這還不足以打碎幸運林弟的夢想。若能讓萊特航空的老闆相信他必然的成功將是公司絕佳的宣傳，說動對方「出借」飛機，那麼他只需試飛幾趟，趕在其他佼佼者之前向前衝就成了。不過他最好加快動作，因爲有些優秀競爭者是不會等他的。當「竹竿」還在自忖該如何約萊特航空的人見面，法國飛行員何奈．馮克[55]已駕著堅固的西科爾斯基雙翼機，宣布他即時會動身。他已完成多次決定性的試飛，滿懷自信，眼下只需在滿載狀態下嘗試短程試飛，就能上路了！最後這一趟試飛其實只是形式。他自紐約一座飛行場起飛，卻在跑道盡頭墜落，機身著了火，試飛宣告結束。機上有四個人，其中兩死。馮克一定是帶了太多燃油，尤其那架西科爾斯基設有豪華紅色皮製座艙（甚至還有一張床）、水上著陸專用救生袋、許許多多無線電，還被許多送給飛行員法國親友的禮物、在大西洋上方享用的豐盛晚餐、幾塊爲抵達巴黎而準備的可頌麵包給拖累了。這起意外發生後，竹竿決定獨自在機艙裡飛行，不多載非必要的任何一公克物品。

在密蘇里州的聖路易市，林白致電紐約的萊特航空，打算敲定約會。他想出一個天才點子：打電話。這招非常經典，尤其是從那麼遠的地方打來，對方想必會認爲他是個有頭有臉的人物。他向總機要求與「負責人之一」說話。總機幫他轉接的人對這通來自數百公里外的電話印象深刻，同意隨時接見他。太好了。這下他得好好打扮，給人家留個好印象。竹竿不喜歡把錢花在衣服這類無關緊要的東西上，但爲了這次約會，服裝至關重要。哪怕得捨棄微薄的存款，他也不能放過任何機會。他爲這趟紐約之行擬定了必備物品清單：

一件藍色大衣
一頂灰色毛氈寬簷帽
一雙毛料內裡的手套
一條絲質圍巾
兩雙羊毛襪
一條絲質領帶
一只皮箱

不得了，這就已經接近一百大洋了，他另外還需要一套西裝、一件襯衫和幾雙鞋子呢。也罷，不是花錢，就是立刻放棄飛越大西洋的念頭。再說他總還能穿平常搭配制服的襯衫跟鞋子，質感也算不差。

他生平第一次到紐約，雖然靦腆，但是終究克服了。他的藍大衣也許讓萊特航空的幾位負責人眼睛一亮（襯衫藏在裡面沒被看見，正合他意），但是僅止於此，他仍得不到一心想要的漂亮飛機。萊特航空的龍頭老大清楚表示，要飛抵大西洋彼端得用上三具引擎才可能成功，因爲沒人知道一具引擎實際上能續航多久而無須維修。然而，林白恰因重量問題，執意讓萊特—貝蘭卡飛機只靠單一引擎驅動——他認爲重量是成功之鑰，這是他個人的感覺，而且他非常堅持。但是對萊文和貝蘭卡[56]那些大人物而言，這麼做太冒險了。萬一失敗，原先絕佳的廣告效果反而會毀了公司形象，他們冒不起這個險。一九二六年十二月十三日，竹竿正式得知他可以向心目中的飛機說再見了。沒有飛機，事情就難辦了。

別太斤斤計較的話，近似萊特—貝蘭卡的就是福克飛機。福克很堅固，但竹竿知道他會面對同樣的恐懼和拒絕，因此連問都懶得問。他的藍大衣和灰毛氈寬簷帽可以束之高閣了。

這段期間，各方都在活躍著。第一位飛越北極的海軍中校李查．柏德成功聚資十萬美金

55 René Fonck（1894-1953），第一次世界大戰的英雄。

56 美國富商 Charles Levine（1897-1991）與美籍義大利飛機設計師 Giuseppe Bellanca（1886-1961），兩人是萊特—貝蘭卡飛機的幕後推手，曾合創飛行器製造公司。

（「是飛越北極的那個傢伙耶，成交！」），並獲贈一架單翼機，是三引擎的福克（還眞巧）。而西科爾斯基公司憂心被人超越，已著手爲法國的馮克打造另一架三引擎機型。馮克雖然在九月墜過機，但他不是那種會因爲幾朵火星和兩名死者就放棄的男人，畢竟法文裡沒有「不可能」一詞。海軍少校諾埃爾．戴維斯說服空軍出借一架赫夫—達蘭飛行器公司製造的三引擎轟炸機（這些頑固傢伙就是不肯放棄三引擎啊）。我們對法國方面的狀況所知較少，但傳言許多團隊正準備從另一個方向橫渡大西洋，試飛愈來愈多，令人擔憂。擁有在空中飛行最久之紀錄的涂安預備駕駛法爾芒雙翼機；一次大戰飛行員塔拉斯孔搭配貝納—瑪利—雨貝（標準的法國飛機）；曾創下最長飛行里程紀錄的寇斯特將駕駛布雷蓋飛機。然而，根據傳到美洲新大陸的消息，最令人聞風喪膽的對手，是一次大戰的法國頂尖飛行員南傑瑟，他有意駕駛單一引擎勒瓦瑟飛機來挑戰這趟長程飛行。[57]

在另一個星球，渺小的竹竿重新披上他的日常服裝，沒有絲質領帶。他聯絡「遨遊航空」的負責人，這家公司雖不比萊特或福克那麼享譽天下，但或許比較有犯難精神，不那麼裝腔作勢。才怪。根本沒人把他當一回事，對方只是拍拍他的肩頭，把他送回房間去作白日夢。但這年輕人可不會輕言放棄，否則他現在還躺在草地上看雲呢。既然沒人肯借他飛機，他買一架不就得了？既然要買，只要找到錢就行了，這方法簡單又實際（這是實踐夢想的好態度）。於是他前往聖路易國家銀行，這回運氣好，碰上一個有點瘋癲的敏感男人，正是銀行經理哈洛．比克斯比，綽號比克斯。比克斯聽到這滑稽的小伙子胸有成竹地宣稱能超越眾多好手，對他很有好感（況且若是運氣好，這將成爲宣傳聖路易市，也是間接宣傳他的銀行的絕佳機會——他想說的話竟被竹竿捷足先登了）。幾天後，他同意借給林白一萬五千美金，部分金額來自聖路易的共濟會。這筆錢只夠支付福克飛機的一個機輪，但好歹也是錢，甚至已經超出林白想像的金額了。比克斯仍要他當心點，拿出夠水準的表現，畢竟這不是鬧著玩的，他可不能悽慘地沉入大西洋，辜負銀行的信任，「您只有一條命可以輸，竹竿，別忘了我是拿自己的信譽作賭注。」除此之外，比克斯和共濟會僅有一個小小的苛求：希望飛機命名為**聖路易精神號**，紀念這座城市。沒問題，好的，他們開心就好。林白顧著瞧辦公桌上那張一萬五千美金的支票，心不在焉地答道：「**聖路易精神號**？好啊，很不錯。」

「英雄見習生」竹竿恢復了幹勁（其實那個時代的人不說「幹勁」這個詞），立刻滿懷希望地尋找開價不會讓他荷包大失血的飛機製造商。經過幾次令人失望的嘗試（大企業的人都很吝嗇），他最後寫信給一家在他名單上吊車尾的小公司：萊恩航空。對方才剛在加州的聖地牙哥成立公司，規模非常小，幾乎沒沒無聞，卻在一九二七年二月四日以電報回覆他：同意以六千美金為他打造飛機，但不含引擎和配件，一萬美金則全包，三個月內可完成。太好了。但可能兩個月完成嗎？也行。

二月二十三日，幸運林弟情緒激昂又有點焦慮地前往聖地牙哥，不太確定會碰上什麼狀況。那座機棚由舊罐頭工廠改裝而成，積疊厚塵，聞起來還有魚腥味，說環境簡陋已經算客氣了。公司的總工程師來接待他，是個淡色眼珠、眼神犀利、寬額頭的高大年輕人，名叫唐諾·霍爾，將負責打造飛機。那是一架單翼機，採用單一引擎（萊特公司的「旋風」引擎，不變的選擇），沒

57 柏德、戴維斯、涂安、塔拉斯孔、寇斯特與南傑瑟皆為歷史上知名的飛行員，原名依序為Richard E. Byrd、Noel Davis、Maurice Drouhin、Paul Tarascon、Dieudonné Costes與Charles Nungesser。

問題。他還建議提高機翼，並且對這個計畫十分雀躍，承諾將全力以赴，但他無法理解的是，林白那瘋子竟深信自己能緊握操縱桿不放，獨自航行五千八百公里。那麼誰來留意航線，誰要負責六分儀呢？萬一他昏厥過去，有人能替補嗎？林白是個腦筋清楚的人，對此他不得不承認，若是孤身上路，當然沒有人能幫他；但他仍拒絕放下對重量的執念。他不帶感情地扼要說明自己的飛行哲學：「寧可多帶點燃油，也不要多個旅伴。」對他而言，對於風險的考量絕不能凌駕於純粹的飛航技術需求，爲了讓新朋友認同他的見解，他表明自己也不會攜帶降落傘，因爲據他計算，多出九公斤等於少了二十分鐘的飛行時間。若只是爲了預防措施而必須在距離巴黎五十公里處緊急著陸，豈不是太笨了？再說，什麼預防措施？到了大西洋上，降落傘又有何用？一個人在茫茫大海中載浮載沉，看起來很蠢吧？反之最謹慎的作法，就是無論如何都留在機艙裡，哪怕他必須在水上著陸。竹竿這瘋子之所以能擊敗所有人，靠的除了他不可動搖的毅力，就是基本的邏輯觀念了。

二月二十五日，事情就這麼敲定了。被說服的霍爾帶著熱忱動工，林白則回到聖路易，重新思考整個計畫。沒有旅伴該如何留意航線？霍爾提出這一點還算不笨嘛。既然飛機的建造已經起步，他於是空下心思來推敲其他問題，比如，他記起自己在飛航方面毫無數學知識。他在地圖上測量距離：五千七百九十公里整。在毫無指標之下，如何讓飛行路線始終遵循確切的航向？打從一開始飛行，他總是循著陸地上的道路、河流、湖泊、城鎮、鐵路等定點，才未曾迷航，夜晚則依靠這裡或那裡的光線，但海上只有海浪（不管專家怎麼說，各處的海浪看起來總是很相像）。他勢必得像船長駛船那樣開飛機，帶著六分儀，同時觀察太陽和星星——這點他得再深入想想。某次去霍爾的工坊打聽進度，他猶豫著是否要順道去請教駐紮聖地牙哥的海軍軍官。不過，他絕對會被當成神經病。當他自信滿滿地宣布將坐上廉價飛機直衝巴黎，大家早已用嘲諷兼同情的眼光斜睨他這個小鬼，要是人家知道他去問海軍怎麼往正確方向飛行，應該會笑到在整座城的人行道上打滾吧。反正他很清楚，要拿穩六分儀而不鬆開操縱桿是不可能的，沒有領航員不行，但是既然他不要旅伴，就忘了六分儀吧。說不定可以帶無線電？每艘船上都有無線電，但是對他而言太重了。這麼一來只剩下羅盤了，雖然羅盤不夠精準。他偷偷前往港口一家商店，買了各種指南和地圖。回到聖路易後，他整合了麥卡托投影地圖和大圓航線地圖[58]，畫出一條五千八百零八公里的多角形路線，每一百六十公里一個定點，標示出應該遵循的磁航向，直到下一個定點。這樣就行了。不過他還得注意風，因爲風會趁人毫無察覺之際大幅改變航道。但他既然已犧牲了六分儀、無線電和旅伴，就可以帶更多燃油，所以萬一出點差池，不幸飛到法國西南的波爾多，他還能設法修正方向。重點是別飛到非洲就行了。

三月十四日，戴維斯少校對媒體表示他那架由赫夫—達蘭公司打造的Keystone Pathfinder雙翼機配有三個萊特旋風引擎，能飛行五十四小時，航行七千四百公里，命名爲美國軍團號。戴維斯是當時最出色的飛行員之一，他將與數一數二的領航員史丹頓．伍斯特搭檔，兩人打算仰賴自己發明的特製六分儀導航。聽了眞令人害怕。

但竹竿不會因此驚慌失措，他得好好規畫。他在運動用品店買了小型黑色橡皮筏，也許派得上用場，沒有了槳，橡皮筏只有四點五公斤，因此他決定別管槳了，只要浮得起來就好。不過，

58 以麥卡托投影法繪製的地圖，經緯線於任何位置皆垂直相交，可顯示任兩點間的正確方位；大圓航線指北美洲到亞洲，或歐洲到亞洲的最短直線距離，沿著地球圓周而行。

在小筏上架一張帆來防風浪，也許倒不是多此一舉？不必，等飛機擱淺，再剪下機翼上的帆布就好。這麼一來他會需要一把刀，記得寫進清單。

三月二十六日，法國飛行員南傑瑟宣布將在夏天之前出發，計畫已定。他的副駕駛是另一名第一次世界大戰的好手，大名赫赫的獨眼飛行員方斯華．柯利上尉（他在一九一七年那場墜機中失去右眼）。兩週後，戴維斯的**美國軍團號**第一次試飛，強而有力的高速飛行嚇得對手全目瞪口呆。霍爾在聖地牙哥盡全力加快完成**聖路易精神號**，但進度卻相當勉強。海軍中校柏德的福克飛機**美國號**也幾乎準備好了。四月十四日，兩年前由法國人涂安和龍德利在巴黎南部締造的最長飛行時間紀錄，被美國飛行員張伯林和搭檔阿科斯塔打破了，兩人駕著貝蘭卡單翼機飛行了五十一小時又十一分二十五秒，多撐了六小時。結果他們彷彿嫌競爭的人不夠多似的，竟也萌生飛越大西洋的念頭。當初迫不及待攆走小竹竿的飛機設計師貝蘭卡，這會兒倒是很祝福他們，因爲這王八蛋一心想讓自己的飛機踏入歷史殿堂。林白意識到一件痛苦但無可置辯的事：眼前唯一的成功之道，就是確保他的每個對手都失敗，無一例外。但無論如何，他只能繼續列出必備物品清單，並爲接下來幾週擬定計畫。在「抵達巴黎」這一欄下方，他記下：「幫飛機找家修理廠。解決衣服問題。找個地方住。」

四月十六日，柏德等三人的**美國號**由設計者安東尼．福克[59]親自試飛，第一次飛行後折返降落，過程中只有人員受傷，總算是好消息了。幸運林弟因此心中大快，毫無顧忌。但是到了十九日，各方都加緊腳步。南傑瑟和搭檔柯利比預計時間更早準備就緒，宣布他們的勒瓦瑟**白鳥號**或許將於下週日在巴黎起飛。美國這頭的貝蘭卡飛機仍有機會搶先他們，但大老闆貝蘭卡欽點的飛行員竟不是兩名新的持久紀錄保持者，而是美國東岸的最佳晚間郵政飛行員博托[60]，跌破眾人眼鏡。博托將與張伯林或阿科斯塔搭檔，人選抽籤決定。無論如何，這只是日子早晚的問題了。但在紐約四千公里之外的聖地牙哥（距離起飛線的紐約，飛行時間是兩天），**聖路易精神號**的機翼尚未和機身組裝起來，只有飛機已取得牌照：N-X-211。不過事情總算有所進展，人家會覺得他是來眞的，是個正式的候選人了。

四月二十四日，張伯林爲了副駕駛員一職，打算讓天平往他這邊倒。他讓兩名九歲、十五歲的女孩以啤酒爲他的貝蘭卡飛機**哥倫比亞號**受洗，並請她們陪他第一次試飛。整套機輪因爲重量過高而在起飛時脫落，所幸無人受傷。兩天後，戴維斯的**美國軍團號**出發前最後一次試飛，同樣因爲太重而墜毀在沼澤。當時最優秀的飛行員戴維斯和最優秀的領航員伍斯特雙雙喪生。

西科爾斯基、福克、貝蘭卡、Keystone，這些大型三引擎飛機全都發生意外。

竹竿繼續採買。他買了超級輕盈的布靴（天冷也只能認了）和一支迷你手電筒（他請霍爾移除照亮儀表板的巨大電池，好歹減輕一點重量），並修剪航程中攜帶的地圖，裁去與這趟飛行無直接關聯的部分。又省了幾公克！

四月二十九日，**聖路易精神號**終於離開機棚，林白連一分鐘都不肯浪費，立刻試飛。霍爾的成品令人驚嘆（工人和技師一天工作十小時，還找來女人幫忙縫機翼上的帆布），飛機性能卓越矯健，飛行速度也相當快。雖然穩定性有待加強，需要更大的機翼，但時間已不許他吹毛求疵，

59 Anthony Fokker（1890-1939），知名飛機設計、製造及飛行專家，曾創立自己的飛機製造公司。

60 Lloyd W. Bertaud。

況且機身晃動還能助他保持清醒。基於同樣理由（他不信任舒適的裝備），他也要求把傳統座椅換成較輕的藤製座椅，儀表板盡可能配備最精良的儀器，設有地磁感應羅盤。

五月八日，儘管幾乎無人曾聽聞這位特立獨行、獲勝機會渺茫的選手，他仍執行了所有必要的試飛，現在只要駕著飛機從聖地牙哥出發，在聖路易停留一站後飛往紐約，就能朝巴黎出發了。這是竹竿首次相信自己勝券在握。可惜好景不長，當日，南傑瑟和柯利從巴黎勒布爾熱機場出發，但**白鳥號**搞砸了第一次起飛，因爲過重而沒能離開跑道，第二次嘗試，才在最後一刻沉重而緩慢地飛了起來。**白鳥號**隨即拋棄整組機輪，更輕盈地飛行，飛行場的巴黎群眾看著機身消失在天際，沒入雲中。明天，紐約等著這架飛機抵達。

林白崩潰了，他連聖地牙哥也離不開，因爲天候惡劣，不太可能安全返回一千八百公里外的聖路易。次日，他得知一艘驅逐艦在加拿大紐芬蘭島的瑞斯角外海瞥見**白鳥號**，但他依舊被釘在地上，一籌莫展。**白鳥號**穿越大西洋了。他們就要贏得獎金，成爲傳奇了！加拿大新斯科舍省的居民看見飛機掠過頭頂，接著有人說它在波士頓現蹤，距離紐約不到三百公里了。上萬人聚集在曼哈頓南方的砲台公園，看著**白鳥號**在水上降落，許多法國報紙早已驕傲地以一戰英雄南傑瑟和柯利的獲勝爲報導標題，但他們最後並沒有抵達。風聲傳了出來，據說一艘英國船在海中接住他們，但流言的眞實性迅速被否認。我們再也見不到他們，再也見不到**白鳥號**了。

根據某些人的說法，他們失蹤的悲劇或許肇因於南傑瑟想單獨操控整段航程。加拿大皇家空軍的席爾少校表示：「一個人在大西洋上空連續四十小時獨自駕駛飛機，實際上就是不可能。」然而事實上，當然沒有人知道發生了什麼事。

五月十日下午三點五十五分，林白終於從聖地牙哥起飛，生平首次開了一整夜，早上在熱悉的聖路易蘭伯特飛行場降落。朋友和郵局同事前來迎接他。他允諾銀行經理比克斯要留下來兩天，參加幾場宣傳活動，但他已沒有餘裕了，因爲柏德的**美國**號和博托的**哥倫比亞**號皆已來到紐約羅斯福飛行場，霧一散就會隨時動身。林白除了加緊腳步，什麼也不能做，他只飛了七小時就抵達紐約，在五月十二日加入競爭者的行列。

他訝異地發現許多記者圍繞著他的銀色單翼機，讚賞機身現代化的漂亮線條。他在短短時間內從聖地牙哥飛抵紐約，更令記者們瞠目結舌。不過兩天的時間，他就成了另一個人，一個角逐者，人家突然當他是一回事了。他不情願地開始回答第一批問題，這時柏德駕著龐大的福克**美國**號飛過他上方，頗有示威之意。竹竿很想逃離騷動和壓力，但爲了不得罪媒體，他仍答應站在**聖路易精神**號旁邊擺些姿勢，讓興奮過度的攝影師拍照。他因爲不曉得該怎麼站，忍不住覺得自己笨拙又可笑。

此刻他和對手面臨同樣的情況，必須等天空放晴。不只紐約，濃霧可能籠罩了整片大西洋。這樣也沒什麼不好，剛好給他時間仔細檢查飛機。但是壞天氣始終盤桓不去，反而造成他的不便。他目瞪口呆地看著自己出現在所有報紙頭條（人家稱他「飛行瘋子」或「飛行小子」），他必須回答採訪、開記者會，可是他一點也不喜歡鎂光燈下的生活，這種繁忙又古怪的處境讓他離飛機好遠。有幾名記者想趁機寫出煽情如連續劇的報導，刻意刊出了讓他母親擔心的內容。五月十五日，林白的母親從底特律過來和他共度一天，弄清楚林白確實曉得自己在幹什麼、衡量過風險，並且是心甘情願地做出這麼瘋狂的事，她才放下心來。攝影師圍在一旁要求母親獻吻（「這也許是您最後一次看見他了，女士！」），但他們尷尬地拒絕了。竹竿的母親這一生從來沒有吻過他。

依舊濃霧蔽空，一場細雨落在整片海岸，但氣象學家保證壞天氣不會持續太久。柏德在他的**美國號**儲滿糧食，那架貝蘭卡**哥倫比亞號**則是亂糟糟，因爲博托的副駕駛（張伯林或阿科斯塔）人選依然未定，而且博托竟遭航空公司老闆之一的萊文解雇，於是怒不可遏，立刻採司法途徑攻擊萊文（徹底亂糟糟）。五月十九日，竹竿爲稍微逃離緊張氣氛，決定和朋友一起到四十二街觀賞音樂劇《里奧麗塔》[61]。人行道溼漉漉的，摩天大樓的高處都籠罩在霧氣裡。爲了在表演開始前平靜心情，林白走進一間郵局撥給氣象臺，對方宣布大西洋上方的天氣會好轉，因爲有反氣旋正在接近，但仍需等上一、兩天。不行。別管什麼表演了，他拋下《里奧麗塔》，直接衝向飛行場。他發現其他兩組人員並沒有在準備，忍不住大吃一驚；原來他們寧願等到天氣確定好轉。對林白而言，現在就是冒險的時候。他的腦袋向來清楚，心思也不複雜，何況他明白這甚至算不上風險，若是飛了幾小時發現天氣依然霧茫茫，他只要半途折返就行了。這道理連小孩都懂。他決意在翌晨出發。

他在飛行場附近與朋友晚餐，亢奮難抑，神采奕奕，接著在午夜前回到旅館，試著入眠，卻在床上輾轉反側。凌晨一點十五分，他在心裡重新計算燃油和航行距離；凌晨一點四十分，他想像自己獨自在大西洋上空；凌晨兩點十分，他估計航程時間是四十小時。他不會再睡了，不必白費力氣，該起床穿衣服了，反正他精神很好。在四十小時的體力競賽前一晚徹夜未眠當然不理想（而且誰都認同即便有充分的休息，這仍是一場超乎人類極限的硬仗），但他自認精神抖擻。他在接近凌晨三點時抵達飛行場，對手的兩架飛機各自在機棚裡睡覺，四下沒有半點生命跡象。他的團隊陸陸續續來了，接著是粉絲，還有許多好奇的圍觀者。

結果到頭來，他無疑是第一個出發的。他在五個油箱中注滿燃油：中央一個、兩側機翼各一個、機身一個，加上機首那個完全擋住他視線的特大油箱。在他的建議下，霍爾安裝了一組精巧的操縱桿系統，讓他在航程中輪流操作，維持機身脆弱的平衡。

他在駕駛座坐定，那只是個四面鋪了帆布的小箱，他一打開雙肘就會碰觸到兩側。座艙是量身訂做的，就像一件衣服，艙頂甚至預備了讓他放飛行皮帽的槽口。機首的油箱讓他看不見儀表板之外的東西，爲了確認航向，他會使用特製小型望遠鏡或直接從機窗探出頭。

現在是七點五十分，一九二七年五月二十日，羅斯福飛行場的每個人都望向他，暗忖他敢不敢出發。他知道，若他在最後一刻放棄，也沒有誰會責怪他，這些人少說都見過一架飛機墜毀，也曾有朋友因而喪命。起飛尤其是個難題，天空下著毛毛雨，跑道泥濘，裝滿燃油的飛機非常重。但他知道唯有拋開恐懼，才有機會超越那些強力且準備充分的雙人大型飛機。這時柏德現身，很有運動家精神地來到窗邊握他的手。竹竿在七點五十二分發動。

開了一百公尺，機輪在泥濘裡留下凹陷的車轍，兩噸半的重量壓在起落架上，勁風壓著機翼，把飛機拉進泥土。令人焦慮的是林白什麼也看不見，彷彿陷入一團漆黑。他頭一偏，從舷窗望出去，看見跑道盡頭那不容半點失誤或差池的電報線。但是不起飛不行呀！三百公尺之後，機輪才離開地面半晌，又落在一窪水中，機身倏地偏離，傾斜地顫擺著，離電報線僅十多公尺。竹竿死命抓住操縱桿，再次起飛，終於飛越電報線五公尺的上方。

他出發了，搶先其他人離開地面。他的未來濃縮爲接下來的四十小時，他只能自求多福了。不管席爾少校怎麼說，飛離紐約途中，他慶幸自己選擇了孤身飛行。他因此節省了時間，得以隨

61 *Rio Rita*，於一九二七年在紐約市齊格飛戲院首演，曾改編為同名電影。

機調整準備工作，並減輕重量，形同縮短飛行距離，尤其還贏得了自由，因爲他決定冒這個險，是無須向誰請教，也無須保護誰的。此刻他賭的是自己的命，一如銀行經理比克斯所言。

飛行進入第二個小時，他飛越了羅德島。時速一百六十四公里，高度一百八十公尺。一切都好。飛到大西洋上空時，他下降到距離水面五公尺處，接著又降得更低，純粹因爲好玩。機輪與浪峰之間幾乎只有一個成人的高度。他謙恭地拜訪大西洋，請海洋准許他在這片王國上方飛翔。他覺得自己有如一隻被風吹向大海的蝴蝶。但是不能玩得太過火，浪沫拍打著機身，萬一機輪稍微接觸到更大一點的浪頭，一切就玩完了。那樣就太傻了。於是他又升高到四十公尺左右。

四小時後，他的腿抽筋了。他知道眼前束手無策，而且經驗告訴他，抽筋只能漸漸緩解。但更令他擔憂的是，在最初的興奮過後，他開始體會到熬夜引發的昏沉。尚未抵達加拿大上空，他就睏了。

第五個小時。他抵達加拿大新斯科舍省，飛經時注意到方位只偏離了兩度，他非常滿意，儘管使人失去方向的風即將吹得愈來愈猛。他飛得那樣低，低到看得見村裡商店的招牌，觀察晾在外面的衣服就數得出燈塔守衛有幾個孩子，還能看鳥兒從樹上振翅飛起，並透過舷窗對抬頭看他的小孩子揮揮手。

現在是紐約的下午一點，但是他不餓。他只喝了一口水，剩下的省起來（他只帶了一公升以防萬一。他把水壺掛回背後，稍微移動了一旁的地圖（標記了飛到巴黎途中的所有地標參考點），此時風灌進舷窗，揚起地圖，幸好他用指尖及時抓住。地圖一旦飛走，他除了折返別無他法。單單一場風吹就可能改寫航空史，若是如此，今日就沒有人知道誰是查爾斯．林白了。

雖然這不在他的飛行計畫中，他仍決定稍微繞道，飛越加拿大紐芬蘭島和聖約翰城。就這麼一次，他跟著感覺行事，往碼頭俯衝，碼頭工人中斷工作看著他飛過，小船上的男人擎起槳指向他，這是他們首次看見飛機朝這個方向離開，飛往遼闊的海洋，這想必是駕駛聖路易精神號的林白了。消息迅速傳回紐約，他藉這個方式捎信給母親和朋友。爲了讓自己問心無愧（因爲他無法不感到微微自責），他告訴自己此舉對他的安全也並非無用，要是飛機在接下來的兩小時內墜海，人家大概知道該上哪兒找他的充氣艇。

北美洲和沿海的小島群已落在他後方。他穿越了無法回頭的界線，在抵達三千兩百公里外的愛爾蘭之前，前方只剩下海水了。反正他不可能掉頭，不可能反悔，但接下來會不會失誤或故障就難以逆料了。他不會再有第二次機會，從現在起，除了成功或幾乎必死無疑之外，沒有其他選擇了。

他已經開了九小時，襲捲而來的睡意在海上比陸上更強烈。他無法驅逐腦中的床鋪，拋不開睡在床上的影像。眼皮愈來愈重，他感覺自己用力強睜著眼睛，也同樣努力往前伸直雙手。他聚精會神。他不要退讓。他必須撐住。他認爲自己辦得到。但是在睫毛眨動的瞬間，他忽然發現手錶的指針以反常的速度往前走，羅盤移動了，飛機也偏離了。他正放任自己被打敗！太陽下山了。他聽見體內某處傳來清晰的聲音對他說：「生命所能給你的，就屬睡眠最令人渴望了。」爲了忽視、抵抗這個聲音，他開始喃喃自語：「如果有六分儀，你就會飛到雲上，輕易靠星星來辨別方向。沒帶一個來眞是失算。」又接著自答：「不對，那樣一來我就沒辦法好好開飛機了。」他覺得沒什麼力氣再自問自答下去了，他會迅速和自己達成共識，問題是，內心的和諧會讓人昏昏欲睡。

但就在此刻，他察覺黑茫茫的下方幾乎只有冰塊。冰山如同北極的哨兵，現在四面八方都是這些龐然巨物。突如其來的光芒和平靜海面的奇異美感喚醒了他。他提升高度，好確定即便眼睛閉上太久，也不怕撞上任何白色怪物，接著他仰頭飛行了將近一小時，看著星星，只是偶爾埋頭確認羅盤保持在正確航向。

飛行進入第十四個小時，他陷入一片稠密的濃霧，升高到三千兩百公尺打算脫身，卻闖入一塊冰凍巨雲。機身劇烈搖晃，這下無論是上方或下方，他都失去了指標，既看不見星星也看不見大海，只能在黑暗中前進。除了駕駛艙鋪了帆布的壁板，他的周圍似乎不存在任何事物。他試著冷靜下來，慢慢呼吸，卻驚覺他再也掌控不了飛機，它似乎癱瘓了。他失速，高度愈來愈低。他在墜落。是霜。他束手無策。這是他首次考慮掉頭。不行。他又開始自言自語：「加速，得離開這裡才行，是霜，不是，我說是，唯一的可能就是霜。」雲宛如天空中的山，他被鎖在裡頭，羅盤大發神經，指針往四面八方轉動。這是磁風暴嗎？他什麼也看不見，無法再依賴羅盤。他無所憑依。說不定他在打旋。他在墜落，就要撞上冰山了！他暈頭轉向，在下墜中穿出了雲朵，及時挺起機身，終於飛越風暴。羅盤鎮靜下來，他也重新修正航向，再度升高。

有驚無險。但是恐慌一過，強烈的解脫感讓他徹底鬆懈，一陣按捺不住的渴睡再度來襲。不會吧。他把一隻手伸出窗外，想撈點清涼的風到臉上。沒有用。他抵抗得累了，暫閉眼睛五秒鐘，微微讓步給睡意，卻再也睜不開眼，彷彿臉上的肌肉已投了降。他必須用手指掀開眼皮，必須撐到破曉。他朝東方飛去，若有光線幫忙，肯定比較容易捱下去。然而睡意就像毒品，完全剝奪了他的自主能力。他潛入夢鄉，被帶回了童年，在回憶裡看見自己在父親身旁騎腳踏車。

被天使喚醒的時候，竹竿才發覺他在大西洋上方穿著燈籠褲踩踏板實屬反常，連忙脫掉飛行帽，使勁揉自己的頭，狠狠搧自己耳光。他暗忖若是吃一塊身上帶的三明治，會不會好過一點？

不會。自從出發前匆匆吃過早餐（那是很久之前的事了），他就沒有再進食，但消化過程可能會讓他更難保持清醒，就連勉強醒著都難。唯有走路能防止他睡著。他揉揉眼睛，搖搖頭，生死全靠他的眼皮。他又睡著了。有一些人在跟他說話。待他驚醒，機首已經傾斜，右翼變低，他正在旋轉、俯衝；他往左轉，奮力拉操縱桿拔高機身，但是用力過猛，聖路易精神號升力頓失，不聽使喚，他失去控制了！但恐懼反而讓他又有了力氣，他終於止墜，恢復過來，卻失去了平衡感，不辨方向，分不清飛機的所在位置。他必須專心操作儀器，信賴它們，而不去理會自己原本信以爲眞的事物。他感覺自己瀕臨生死邊緣，在睡夢中對他說話的人仍繼續說著，但他明明醒著呀。鬼魂的聲音正在評論他的飛行。他在視線範圍裡依稀看見一些朦朧、透明的移動魅影。他使盡吃奶的力氣掌摑自己，但影子還在，靠在他肩頭，往他耳裡細訴些什麼，說了好多好多。他又撲打自己的臉，但是徒勞無功，他已經沒了感覺。人聲漸多，聽起來平靜且友善，彷彿大西洋中央的機艙正舉辦一場聚會，身旁都是他的朋友。他死了嗎？

最後，他就像塞甘先生的山羊[62]，捱到破曉，太陽在飛行的第二十個小時升起。但是鬆懈與希望只維持了一時半刻，少了星星領航，他再度往海面下降，鑽入霧中。他留意著海浪的動靜，但終於看到浪頭時幾乎已太遲，他離海浪只有十五公尺，何況遇上那怪物般的浪濤，就連大型郵輪也會顛簸震盪。故事結局，狼總是贏家。面對這片怒濤洶湧的海，他意識到自己的飛機簡直脆

62 *La Chèvre de Monsieur Seguin*，法國作家都德的短篇故事，敘述塞甘先生養的山羊一隻隻跑到山上，最後全被狼吃掉。有一天，他的第七隻羊也想到山上去玩，塞甘不准，還把牠關起來，羊卻逃到了山上享受自由，後來遇上狼隻，拚鬥了一夜終於不支，仍舊入了狼口。

弱得可憐。若是引擎故障，在此地降落會是一場惡夢。就算他成功把小筏灌飽了氣，身在水中地獄的他，下場會如何？他能存活多久？他不會游泳。當然，就算會也沒有差別，但是因爲他不會游，更覺得自己不堪一擊。

我在夜晚的巨大A三八〇空中巴士裡寫著這篇故事。我們正要從紐約返家，兒子坐在我右手邊的靠窗座位，用前方的小螢幕玩著類似經典電玩「小精靈」的遊戲，太太在我左手邊看一部非洲電影（而且開始打盹了）。我花了將近三小時試著成眠，可想而知我失敗了。我滿腦子想著林白，這下明天一整天肯定累得半死——生命眞是不公平啊。我牢牢闔上微顫的眼皮，緩緩呼吸，想像自己騎著腳踏車。還是不行。最後我打開兒子的蘋果筆電，向空姐要了一杯啤酒。我們想必和林白的旅程來到了相近的時間點，同樣即將看見朝旭初升。前方椅背上的小螢幕顯示出機首攝影機拍到的畫面，我看見黑暗的天際出現一道弧線。

林白睡著了好幾次，再也分不清自己身在何方，是否差不多維持了航向？他也許會抵達離愛爾蘭很遠、太南邊的地方，必須再飛一夜才能抵達巴黎。在這種狀態下，他是不可能辦到的。他的引擎已撐了超過二十六小時沒有歇息，眞了不起啊。不過竹竿就沒有那麼堅固了，他在鼻子底下打開一顆阿摩尼亞膠囊（在兩局賽事之間用來喚醒拳擊手用的），卻什麼也嗅不到。他的身體已不聽使喚，只得再次下降到離水面不到三公尺處，好讓自己打起精神。偶爾，他的機輪的確拂過了海浪，他得使盡吃奶的力氣，才能抵抗心中想碰觸海浪、打破難以忍受的單調飛行的瘋狂渴望。但是不需要了，因爲他瞥見前方三、四公里的海上有個黑點。他不是作夢。那是一艘船。他飛近，看見甲板空蕩蕩的。他緊緊靠著船盤旋了一圈，確信在某扇舷窗後看見了一個人頭，對方正目不轉睛地看著他。他減速，下降直到離甲板數公尺處，再繞了一圈，又減速，傾身喊道：

「愛爾蘭在哪個方向？」沒有回答，毫無動靜。船似乎停佇不前，那顆蒼白的人頭仍紋絲不動，有如夢幻泡影。他可能產生如此鮮明、如此歷歷可辨的幻覺嗎？他不懂這是怎麼一回事，只能憂心忡忡地飛離。

半小時過後，他認出遠方全藍的天空下，有一塊像陸地的東西。又是海市蜃樓嗎？若非他瘋了，就代表他比計畫中提早了兩個多小時，不太可能。然而眼前所見不可能出自他的想像：犬牙交錯的海岸線，背後是綿延起伏的山景……他把地圖放在膝上，比對著飛經那個不可能出自想像的地景上方時，他依序透過潛望鏡和舷窗所看到的景象：鋸齒狀的沿海地帶，綠油油的牧場，古老的圓山丘，石造小農莊，泥土路。這裡必是愛爾蘭的極南端無誤。儘管強風吹襲，他一度失去意識，卻依然是幾乎準確地待在原本劃定的航路上！他欣喜若狂，迷了心竅，朝第一座村莊俯衝，飛過停泊在港口的船隻與路上的車輛，這裡應該是下午四點，有人在街上奔跑，一邊翹首看他，一邊用力揮手。是人類啊。他有種感覺，好像從未見過如此感人的畫面。他在陸地上過了二十五載，卻不曾環顧自己的周圍，總之他沒有去理解，沒有看見生命的美麗。他這才懂得死人若能復生會有什麼感受，他拉高機身時這麼告訴自己。

他飛離的時候，心臟倏地停了。在他前方，幾秒鐘前還攤展著愛爾蘭的地方，只有浩淼無邊的海水，原本的藍天成了低壓壓的大灰雲，看似暴風雨欲來的天候。他在作夢嗎？羅盤的指針雖然仍在位置上，但他放眼望去，全是跟昨天同樣單調的景色：大海。他感到力氣棄他而去，然後他笑了。原來是他繞著村莊盤旋，樂得昏了頭，竟往反方向，也就是來時的方向飛離。幸好他發現得早，否則再飛三十小時就會回到紐約了。

第三十個小時將盡，他已經飛過在他看來好袖珍的英國，不太習慣在歐洲這塊舊大陸上，各國的距離竟如此之短，但他也了解到從今以後，他將能駕著他神奇的飛機，前往地球上任何想去的地方。埃及，印度，中國。「地球上沒有我到不了的地方。」他心想。

經過三十二小時的飛行，航遍自紐約起的五千六百三十公里，他進入法國領空，打破了世界紀錄。在海濱小城多維爾，他掠過屋頂時，可能有好幾百人放下了晚餐（這畢竟是值得一看的盛事），從屋裡跑出來。林白在他們上方，吃起身上的三明治，這是他將近一天半以來頭一次進食。他正要把包裝紙丟出窗外，卻在最後一刻改變主意——他可不希望自己和法國土地的初次接觸是一張油膩膩的紙。

待他看見前方巴黎的萬家燈火，在空中的第三十三個小時也結束了。稍後，他抵抗不了玩心，在當地時間晚上八點五十分，繞著艾菲爾鐵塔轉了一圈，接著朝勒布爾熱飛去。勒布爾熱不在他的地圖上（眞笨），他只知道這座飛行場位在法國首都的東北方。他費了一番工夫才找到，他先是以爲認出一條被數千盞燈光照亮的寬廣降落跑道（人家跟他說過勒布爾熱「很大」，但那些人完全搞錯了，這根本是地球人蓋過最大的飛行場），下降途中才發現亮光原來全是龜速前進的汽車，卡在漫漫無盡的塞車長龍中。他很訝異法國人也擁有那麼多汽車，而且全都在今晚開到了同一條路上。他沿著應該是勒布爾熱所在的區域飛行，自忖既然都飛越了大西洋，結果在巴黎郊區上方迷航，實在有點可惜。唯一看起來像飛行場的是一塊深色大點，被幾盞幽幽小光點包圍著，但他躊躇不決，不敢下降太多，唯恐在黑暗中撞上電報線。他一再來回盤旋，實在不敢確信。但反正也只能是這裡了。他並不預期凱旋式的歡迎，畢竟他不是爲此才來挑戰，但還是有點失望。總該有幾個人知道他會來吧！可是那地方看起來幾乎是廢棄的，溶入昏黑之中，總之有些荒涼就是了。眞的是這裡嗎？他必須試上一試。重點是在巴黎降落。

他開始降落，但是很困難，他看不清機身飛往何方，深怕撞上什麼，待他發現跑道亮起燈的部分很短，已經太遲了。他不能中斷動作，只好死命抓緊操縱桿，重重著陸，幾乎立刻超出了亮起的跑道範圍，在一團漆黑中繼續高速滑行。他嚇壞了，下巴顫個不停，意識到隨時可能撞上機棚、房屋或任何東西。但**聖路易精神號**在一九二七年五月二十一日，星期六的晚間十點二十分，安然無事地煞住。

緊張解除了，竹竿瞠目結舌，慢呑呑地掉頭轉向照亮的跑道，但是沒有開得太遠。一群歇斯底里的人潮跑向他，共有一萬多人。還有更多。他連火也還沒熄，跑最快的一群人已撲向他的飛機，接著四面八方傳出撕裂聲，有人正撕下帆布作紀念。他驚訝又害怕，簡直動彈不得，人頭從各方冒出來，但他完全聽不懂人家對他喊的話。「有人會說英語嗎？」這是他說的第一句話。他打開機門，腳還來不及踏到地上，就被十幾隻手抓住，把他當包裹似地橫著扛走，他驚慌地漂浮在一片人海上，被帶往機棚，途中有人偷了他的飛行帽。他怕摔下去就永遠站不起來，最後會不良於行，畢竟在機艙坐了三十三小時，肌肉早已麻木；但是他清楚人家不會放開他，他是英雄。整個巴黎從今天一早開始，談論的都是他，自從有人宣稱**聖路易精神號**抵達法國外海，城市就陷入一片瘋狂的激動。超過二十萬人來到勒布爾熱迎接他，在遠離跑道的暗處等他，然後衝破了所有障礙物。

經過六十三小時的通宵達旦，那一晚，他在凌晨四點十五分就寢。接下來的日子他在喧囂和閃個不停的燈光中度過，在駐巴黎美國大使的帶領下，接受各方人士的邀請；他和授予他騎士勳章的法國總統加斯東·杜梅格見面，飛越英吉利海峽的第一人路易·布萊里奧也來親吻他，讓他露出罕見的笑容，而南傑瑟的母親對他說：「我相信我一定會找到我兒子。」這陣騷動令他驚慌失措，但他仍乖乖參與社交活動，從巴黎的波旁宮到師範學院，宴會一場接一場。他現在是成年人了，還贏得一個直到死去都跟著他的貼切綽號：「孤鷹」。

在商業貿易部舉辦的花園派對上，他差點給圍擠在身邊的人潮悶死、夾扁。瘦巴巴的守門保全幫不上什麼忙，部長波卡諾斯基（隔年他在一場飛機意外中喪生）正巧看見一名彪形大漢友人，心想他健壯的身材應該能拯救飛行英雄。他示意朋友過來幫忙，於是嘉士頓·威登走了過來，擋開瘋狂的粉絲，幫飛行員解了圍，讓他進入商業貿易部。

幾天後，林白到了威登家族位於阿涅爾的「家裡」（如嘉士頓所說）一趟，買了兩只路易威登大衣箱，放置他在著陸隔天得到的衣服和許許多多禮物。他選了華揚[63]（商品編號771500）與埃爾伯夫（商品編號772680）兩個型號。嘉士頓把顧客資料保存在阿涅爾的檔案裡，藏在眾多寶藏之中。購買日期是一九二七年六月三日，標記的名字是「Ch·林白上尉」，今日還找得到。

孤鷹去了布魯塞爾（市長對他說：「當今世上，您所做的事最能拉近人與人之間的距離。」）、倫敦，接著搭乘USS巡洋艦**曼菲斯號**回紐約，艦上也載著拆解的**聖路易精神號**與兩只路易威登衣箱。更黑暗、更悲哀的變故在前方等著他，其中有一件事，將使他對人性永遠灰心（即便他抵達愛爾蘭沿海時曾深深感受過人性的溫暖）：林白寫下傳奇事蹟的兩年後，迎娶了安·莫洛，兩人的長子小查爾斯在一九三二年三月一日，於紐澤西的家中遭人綁架。小查爾斯才二十個月大，儘管付了贖金，他仍在五月十二日被發現死在離家幾公里遠的道路旁。為了抱著寶寶從窗口逃出房子，即將成為殺人凶手的綁架犯臨時起意，把埃爾伯夫衣箱拿來墊高——那只箱子是查爾斯·林白生命中最後的美好時光之紀念。

63 Royan，位於法國西南濱海夏朗德省的市鎮，為知名度假勝地。

BRUNO DE STABENRATH

布魯諾・德・史塔本赫

L.V.

H H

195 L. V.

布魯諾·德·史塔本赫

史塔本赫就像名導維斯康堤[64]片中的神秘演員，也曾「年輕俊俏，又有名氣」，而且他至今依然如此。當然不是在全世界，而是在他自己的世界裡，在巴黎聖傑曼區的華宅、十六區的別墅、福煦大街的公寓，蔚藍海岸或西法邊境的巴斯克地區。他不愧爲史塔本赫家族的子孫，能夠身兼演員、替身、小說家與專欄作家。他來自爲法國皇室長久而戰的普魯士軍人家族，卻是家族裡首位不持武器的人，青少年時期就嘗過了酒醉與功名的滋味，並在暢銷書《人生列隊》中描述了那場使他雙腿失去作用的車禍，而當時的他，只有三十多歲。他迅速接受寫作邀約，化身爲故事中那名當代最俊美的男子。他筆下的時光旅行始於一段簡單的回憶，以寥寥幾個字道盡了青春的耀眼光華。那正是他的青春。

---

64 Luchino Visconti di Modrone（1906-1976），電影史上舉足輕重的義大利導演，出身米蘭貴族，鉅作《浩氣蓋山河》曾勇奪坎城金棕櫚獎，《洛可兄弟》則將「世界第一美男子」亞蘭·德倫帶向生涯顛峰。

LE FIGARO
UNKS & BAGS
Made exclusively by
LOUIS VUITTON
1, Rue Scribe, 1
PARIS
New Bond Street, 149
LONDON
LEPHONE GERRARD 2587
NKERS: LONDON & COUNTY BANK
MUNROE & Co
LOUIS VUITTON
PARIS
LONDON
Visconti a guidé ma vie »

故事靈感來源

「初次與維斯康堤導演見面的妙聞」

——《費加洛報》，二〇一〇年五月十六日

羅馬，一九五九年。維斯康堤正爲電影尋找新面孔，在自家宅邸的巴洛克風格客廳接見了多位當代最有潛力的演員。維斯康堤準備出門時，他的行李箱成排放在試鏡首批年輕演員的客廳。有個姓名不詳的演員愛極了這一整套塗層帆布行李箱，著迷地看著「LV」兩個交織的字母，耽溺於他的白日夢中。他在想什麼？必然是這些印有路易威登品牌縮寫的行李箱所代表的榮耀吧。後來，大師爲新片選中的演員正是他……

L. V.

1　一九五九年六月，蒙梭公園，巴黎

電話鈴鈴鈴響著。無人接聽。

客廳的窗帘攏上，狼藉一片，整個房間瀰漫菸的餘味，混合著灰塵。

茶几上並排著幾個滿滿的菸灰缸、髒杯子和空瓶，地上散落紅藍相間的天鵝絨椅墊，一路延伸到花紋褪了色的波斯地毯上。古典釘鈕皮沙發凹凸不平的表面透露了塡充物的老舊，以及仍舊溫熱的戰場遺痕……

現在是下午。春日照暖了建築物正面及二樓的窗，整棟屋子唯有這兩處關上了護窗板。

年輕人正蒙頭大睡。他的身子蜷曲在淺藍被單裡，臉埋在長枕頭下，遮擋從清晨就穿透半開的護窗板、不請自來的閃爍光線。日光輕啄眼皮，在他想延長的睡眠中插上一腳。

他的腦袋產生了一個奇異現象，夢境開始補償現實中的不滿足：此刻他身在耀得人眼盲的聚光燈下，面對一部攝影機，耳中聽見導演喊道：「開麥拉！」

同一時間，狗仔隊的閃光燈喀嚓喀嚓，他必須避開他們，愈快愈好，愈遠愈好。

這個一再回籠的夢境造成了生理刺激，年輕人不願醒來，一把抓起枕頭，把頭埋了進去。這反應還眞矛盾，畢竟他可是從第一部片《紅天》擔綱男主角就一炮而紅，陶醉在名氣中，也喜歡

讓眾人目光和祿來相機都聚焦在他身上呀。

他繼續作夢：他對著一群人發表演說，其中有知名藝術家、政治人物、他的家人和成群對他心醉神迷的女性。

然後他張開雙臂，用響亮的聲音向群眾自我介紹……

我叫路易．德巴日，今年二十三歲……我很快就會成為最偉大的法國演員……

樓下，在單調如牢騷的電話鈴聲中，傳來了鑰匙在鎖孔內轉圈的愉快叮叮聲。

「好好好，來了！」

掃地阿姨亞黛推開門，在玄關逗留一會兒。

她爬上樓梯，來到主要樓層，從走廊視察到起居室，再從圖書室視察到客廳，嘆了一口氣說：「路易先生和他那些朋友又在城堡裡狂歡了！眞是太過分了！」

自從蘿拉小姐離開後就每況愈下。

「就像野獸被放出來了啊……可憐的丫頭！」

她到廚房穿上圍裙。閉上眼睛也於事無補，她已經預感到災難波及的範圍是多麼廣了。髒盤子和髒餐具在水槽裡漂浮，到處四散著油膩膩的湯鍋、煎鍋和盤子。

「喲！」亞黛說，「這群壞蛋從上到下一路大吃大喝，他們那些小姐也不清理一下！」

冰箱上方的時鐘指著下午四點。

鄰近餐具櫥，那具嵌在白牆裡的電話依然鈴鈴鈴作響……

亞黛拿起話筒：「喂？」

「亞黛！我是伊莉絲．波樂科夫！路易在家嗎？我一定得跟他說說話！能不能好心去他房間看看？叫醒他……拜託！」

「好的，太太！」

藝術經紀人的急迫口氣讓亞黛壓力大了起來，她又鍥而不捨地說：「亞黛？事態嚴重，能不能——」

但亞黛已經鞋跟一轉，準備開溜。她可不是負責打小報告的，要是伊莉絲太太想知道旗下新人的消息，只要跳上計程車，自己跑一趟不就得了？

亞黛忍俊不禁。

家裡那個藍眼睛的前飛行員是個可愛的小惡魔。人家付錢請他拍電影，讓他尋釁幹架，扮演英雄。怪不得他老是堅持要保持神爽體健，雖然拍片總有受傷的風險……

從屋內雜亂的程度看來，他們昨晚一定玩到非常晚，那位年輕的神祇想必還在他的巨床上睡大頭覺……

從早上起，伊莉絲打了不下五十通電話到薩拉札大道這幢雅致的華邸，但是沒人接聽。她知道亞黛會在下午四點左右過來，這是路易強行要求的時間，而他總是在午餐時間過後才起床。

這年輕人自從和蘿拉．柏格曼吵了最後一次架，就過著波希米亞式的生活，而且毫不打算適可而止。他與安東尼．康斯彤、尚皮耶．佛爾兩個形影不離的演員朋友跑去夜總會、滑稽歌舞劇場和酒吧續攤，在凌晨帶著舞者、模特兒、大學生、初出茅廬的女演員等年輕小姐回家。模式千篇一律。這群愛吵鬧的人一回到蒙梭公園的別墅就攻上二樓，在他們氣氛歡欣、窸窸窣窣的新後宮裡，路易打開好幾瓶唐培里儂香檳王，尚皮耶負責音樂和燈光，安東尼到廚房熱鍋子，菜單是諾曼第牛小排佐蘑菇醬，配上灑了新鮮香芹的香煎馬鈴薯。

「該死的鬼東西！」安東尼朝外頭大叫，「我需要一個人來廚房幫忙啦！」接著又改變主意，「嗄？兩個好了……三個也行！這樣最好！有沒有人要應徵呀？」

他穿著主廚圍裙走到客廳，面對一群像小學生到羅浮宮校外教學一樣心不在焉的人，開始打聽有無自願者。

「媽呀！這屋裡沒有人肚子餓嗎？」安東尼揮舞著銀製大湯勺咆哮，彷彿那是騎士的復仇寶劍。

「有有有！」整群人異口同聲。

「小姐們，去幫幫他，」路易一聲令下，「我可是有獠牙的噢！」

男孩們玩回來都飢腸轆轆，個個狼吞虎嚥，急著想重振雄風，對女客們善盡光榮騎士的義務。

就算是蘿拉還在的日子，她和路易兩個蜜裡調油的情侶也從未遠離這群人。但是她已經膩了。對一個缺乏耐性、野心勃勃又渴望歷練的年輕女孩來說，這樣不分晝夜、隨時不間斷的突來拜訪，教人如何保有隱私呢？

亞黛評估著災情，身手有如一陣白色龍捲風。她甩著抹布視察廣闊的單身漢窩，找到一件皺巴巴的襯衫和一條忘在椅背上的領帶，地上扔了一條口紅，少了雙生姊妹的單腳黑絲襪浮在分枝吊燈上，像一面淫穢、渴望而撩人欲念的勝利旗幟。

「路易先生？」亞黛叩著年輕演員睡房的門，提高音量。無人回應。

她敲得更用力一點。想唱歌的欲望讓她心癢癢：「醒醒，士兵，醒醒，士兵……動作快一點！不想起床，就給我請病假……」

她其實很喜歡小路易那迷死人、不屈不撓又火爆的性格。

「跟我兒子同年。」她深情地想著。

不過她的兒子正在阿爾及利亞從軍。沒錯，在這個病態的世界，戰爭依然存在。

這點路易倒是不必擔心。

他像個嬰兒，睡在美麗的阿根廷女友蘿拉送的絲質床單上。這小倆口彼此傷害，一會兒演演家庭鬧劇，一會兒又重修舊好。

「路易先生，伊莉絲太太打電話來！」

她鍥而不捨地轉著房門把手。「我進來囉！」她聲音打顫，進入菸味衝鼻的幽暗房內。

終於，被子下的身體蠕動起來，一個沙啞的嗓音嘆道：「我親愛的老媽亞黛，現在幾點了？」

「快五點了……」

「早上？」

「很好笑。」語畢，拿著雞毛撢子的亞黛拉開窗帘，打開窗戶。

「幫我放洗澡水，公主，」路易貧嘴道，同時伸起懶腰，上半身赤裸。「啊！我好餓！幫我做蛋捲……」

「您要是忘記伊莉絲太太我就不幫，她等著跟您講電話呢！」

「媽的！那個惡婆娘又要罵我了……」

路易跳下床，圍上浴巾，點燃一根高盧牌香菸，離開房間。

「伊莉絲！妳好嗎？我剛好要打給妳呢！」他打趣道，接著沉沉坐進沙發。

「路易？終於逮到你了……我們麻煩大了！」

經紀人不太高興。話筒裡傳來一連串劈里啪啦的責備。

路易錯過了飛往羅馬的班機。司機預計六點在羅馬的菲烏米奇諾航廈等他，這下子接不到人了。芬迪宮的房間也早已訂妥，因爲他今晚受邀到導演維斯康堤家，和一些重要人物晚餐。

「一定有什麼辦法的，」伊莉絲繼續說，「……喂？你笑什麼？我說了什麼嗎？」

路易在電話線另一端噗哧笑了出來。

原來是半裸的安東尼站在他面前，一頭亂髮、滿臉堆歡，像個身穿白罩衫的羅馬百夫長。他腰間綁著被單、肩上斜掛一條毛巾，揉著眼皮竊笑道：「該死的鬼東西，兄弟！我在浴缸裡睡著了……我們昨晚是幹什麼去了？」

路易一隻手指貼在唇上，耳朵緊黏話筒，要他安靜：「噓……是伊莉絲……」

剎那間，安東尼從昏迷中復甦，搓搓額頭，瞪大雙眼說：「我的天！你去羅馬的飛機！你約好的……」

他像個伊斯蘭托缽僧繞著地毯轉圈，低語道：「該死的鬼東西！我們睡死了……」

路易看著他喃喃自語，接著感到頭痛欲裂，爲躲避午後刺眼的陽光，來到偏廳陰暗處找了個避難所。他看著安東尼在黑暗中，在蘿拉充當書桌和化妝台的櫃子前不知磨蹭些什麼。接著安東尼忽然從天鵝絨窗帘後方的黑暗中伸出十指，像個木偶般招呼路易過去。

趁著對談中的停頓，路易輕巧地把話筒擱在座墊上，放任伊莉絲自言自語，沒察覺電話線上只剩她獨自一人。

安東尼已經打開偏廳的小燈，欣喜異常地看著他發現的寶藏：「路易，快看！我在這裡找到一個天使……」

角落的沙發床上，一名比照維納斯雕琢出來的女孩正自沉睡。是個巧克力膚色、一頭鬈曲蓬髮的迷人混血兒。

她睡得很香，路易有點不好意思地取來被毯，幫她蓋住肩膀以下的身子。「她是誰？你認識嗎？」

安東尼掀起被子，重新鑑定：「等一下，飛行員，我正在確認！對，我認得她這雙不可思議的腿、纖細的腳踝——」

「行了，」路易打斷他。「就是那個舞者嘛，你知道？麗都夜總會那個……」

「對，名字很有趣……小梅……蜜緹兒？還是……卡奈兒、凡妮拉或米拉貝兒[65]……是異國水果的名字吧？」

路易倏然彈了起來說：「伊莉絲！」

「不對啦，不是伊莉絲，這我可以保證！」安東尼否認。

路易早已轉過鞋跟，準備離去。

而他的經紀人正在另一個房間呼救：「路易，路易？你在嗎？」

---

65 法文的蜜緹兒（myrtille）意為藍莓，卡奈兒（canelle）是肉桂，凡妮拉（vanille）是香草，米拉貝兒（mirabelle）則為黃香李。

2 維斯康堤宮[66]，薩拉利亞大道，羅馬

同一時刻，五十三歲、有著白色蓬髮和鷹鉤鼻的維斯康堤放下貝殼筆，整理好他的信件，按下服務鈴。在他那張東印度公司的珍貴木頭書桌上，置於香奈兒的相片前，《僞幣製造者》《魂斷威尼斯》[67]《追憶似水年華》三本紅皮精裝書正耐心等待下一次啓程。

穿著黃黑背心制服的總管蓋塔端著銀盤子過來，上頭擺著一壺熱巧克力和一籃維也納甜麵包。

「大師，請用。」戴著白手套的僕役欠身，把點心擺在維斯康堤伯爵伸手可及的圓桌上。電唱機傳來威爾第歌劇《茶花女》既威嚴又悲情的旋律。主人什麼都瞧在眼裡，對什麼都有意見，而且不輕易寬宥，所以蓋塔不只要留心動作的平衡、把巧克力倒入碗中那看似不經意的手法，還得努力配合歌劇協調又靜微的變化，簡直像在跳一場令人摸不著門的舞。

他不是說可憐的蓋塔太俊美、太陰柔，所以命令他剪頭髮嗎？從此以後，附近街頭巷尾的小鬼都喊他「蛋頭」。

維斯康堤站起來，扣上晨袍說：「你和露易莎一起在偏廳幫今天的晚餐擺桌。客人有六位，要確認銀器完美無瑕，替每位來客準備三只杯子和一只香檳高腳杯，就用那一套水晶杯。六點幫我傳喚主廚和侍酒師過來，八點我們會在圖書室喝開胃酒……」

「說到圖書室，大師……您的行李？要我們收起來嗎？」

「可憐的孩子，你難道從來不聽我說話嗎？我星期三要出發去伊斯基亞島，所以什麼都別

碰，懂了沒？」

寬敞的圖書室裝潢成佛羅倫斯風格，露易莎每天會一一在花瓶裡插上新鮮花束，牆上掛滿了版畫和照片作裝飾，房裡還依尺寸、體積依序放著相同圖案的行李箱、手提箱和旅行袋，上頭各有編號標籤。這是維斯康堤的癮頭。物品各就其位，各有所歸：冬季用品和夏季服裝，無論是在寒冷國家拍攝，還是待在攝影棚裡，穿的、工作用的、閱讀用的、睡覺用的、刮鬍子用的，甚至進食用的……各種收納物件皆已事先設想好，再一一打造。

掛了紅布的屏風前方，行李箱全擱在厚地毯上，整體精緻優雅，屬於摩登世界的探險家。除了長途旅行跑車專用的 Auto Excelsior Grand Tourisme 款式，另有兩個稍小的實用款，是他的手提式書桌和衣櫃式行李箱；更小的手提箱則裝他的配件，像是能收納保溫瓶的野餐箱。

印著米色與咖啡色圖樣的高級行李箱就是他的家，跟著他跑遍大江南北，上山下海，讓他得以在心愛物品包圍下，繼續在外頭追逐他的熱情和職業。

對維斯康堤而言，行李箱除了實用，也代表兩個矛盾但讓人幸福的樂趣：「我不是出門旅行，就是回家。」

肚子填飽了，維斯康堤站起來，下樓到花園去問候花兒，撫摸松樹樹皮，享受照亮這片寬廣家園的橘色陽光。他在戰前從父親那兒繼承了這座十七世紀的產業，那些藏畫、狩獵戰利品、花瓶、壁氈和樂器（包含兩把價值不菲的曼陀林，與天才義大利醫學家雷迪在一六八五年使用的

---

66 Palazzo Visconti di Modrone，米蘭市中心的古蹟建築，曾屬於當地望族之一的維斯康堤家族。

67 維斯康堤曾將德國作家托馬斯．曼的《魂斷威尼斯》改編為電影。

拿坡里款式相同〉，此後全都屬於他。身為熱愛古典樂及歌劇的行家，維斯康堤對〈我的太陽〉〈歸來吧！蘇連多〉〈登山纜車〉〈忘恩負義的心〉〈桑塔露琪亞〉等拿坡里民謠也特別情有獨鍾。

他喜歡在卡布利島或他位於伊斯基亞島的別墅中，和朋友用完晚餐，打開幾瓶瓦爾波利塞拉紅酒，請一群樂師過來唱小夜曲。男高音聒耳的聲音哄著維斯康堤，讓他想起媽媽，他的母親卡拉·厄巴，還有他在南部熱氣中度過的童年與夏日時光。正因如此，無論度假或拍戲，他身上永遠帶著一把曼陀林，彷彿是他的定心丸。在義大利，曼陀林樂手大多可以一人自彈自唱，自羅馬帝國以來，小夜曲的藝術早已烙印在人民的基因裡。

他燃起一根菸，徜徉在中央步道，一顆心等不及晚餐時間到來，好看看即將詮釋新片《不耐煩的男孩》的路易的笑容。他死心塌地、曠日費時才找到他的演員。他在義大利、德國和法國試鏡了數百名演員，差一點就要放棄了。唉，他夢想中的**男孩**不存在，他不接受事實也不行了。

然後多虧一九五九年底在維也納那頓午餐。他當時在維也納國家歌劇院執導威爾第的歌劇《卡洛王子》，友人伊莉絲·波樂科夫來參觀排演。她在巴黎當藝術經紀人，為了戲劇和電影跑遍歐洲各國首都，試鏡受歡迎的新面孔。

「親愛的，我們去吃午餐吧，」維斯康堤提議，「我需要休息一下。」

「可是現在才五點！」伊莉絲應道，「喝下午茶還差不多吧？」

維斯康堤擺出挖苦的表情，以動作示意「對不起，我真是腦袋不清楚了」。

「大師，你工作過度了。」經紀人有同感。

「不然就是我老得太快。」導演補了一句。

用完奶油雞、藍梅派和浮著泡沫的濃縮咖啡，他精神又來了，開始向伊莉絲陳述他沮喪的原因。他有劇本、資金、布景和劇組，卻遲遲找不到擔任主角的演員。

「我剛好有個好消息！」經紀人說，「親愛的導演，我想我找到你的**男孩**了……」

「眞的嗎？」大師顫聲問道，不太信服。

伊莉絲很篤定地附和。

「我可以看照片嗎？」維斯康堤如坐針氈，猴急地問。

「本人比照片更好看，你今晚就可以在旅館見到他，他現在在維也納……」

「來見我？」

「老實說，不是。他來見準備開拍《阿拉伯的勞倫斯》的英國導演大衛．連……」

「那太遲了……」維斯康堤的臉登時沉了下來。

「但他拒絕了那個角色！」伊莉絲繼續說。「很不可思議吧？而且這男孩只有二十三歲……」

愛要產生結晶，主要取決於第一眼的魔法，**il fulmine prima**，正是義大利人說的**一見鍾情**，對維斯康堤而言尤其如此。只不過在維也納科堡宮共進了一次晚餐，大師向出主意的好友說了些悄悄話，合約就簽訂了。

路易起身走向電話亭時，維斯康堤在伊莉絲耳邊細語：「我想我總算找到我的**男孩**了……感激不盡，伊莉絲。」

他向服務生點了香檳，接著說：「請讓我向他宣布這個好消息。」

他已經幹了三十年的導演，與法國名導尚．雷諾瓦長年合作，並在全歐洲創造最經典的歌劇，像是女高音卡拉絲在米蘭史卡拉歌劇院演出的《茶花女》。他從來不為任何角色或聲音讓步，一旦作出選擇，就是她或他，此外誰都不要……否則他寧可放棄全盤計畫。

襲自米蘭名公爵世家的龐大祖產給了他很大的自由，因此能在他製作的戲劇中擔任唯一決策者。但絕佳的獨立自主也讓他率性而為，異想天開，因此為了一些說「不」的時刻付出極大代價。好比，他拒絕試鏡一九五六年大膽裸露演出《上帝創造女人》而成為國際巨星的碧姬・芭杜那一天。

「我的片子不需要洗頭小妹，也不用美甲師……」

他對女性的偏好非常古典，要求很多，他討厭女演員把性表現在臉上。不過他對漂亮、野性，有一點無賴的男孩子就沒那麼嚴厲。

路易？他幾乎是第一眼就愛上這個男孩……

這個角色根本是為他而設。

那一晚，維斯康堤這頭老獅子雙眼霧濛濛，心臟跳得飛快，簡直像個小女孩。

「這就是路易效應。」伊莉絲指出。她對旗下新人無法抵擋的魅力早已司空見慣了。

這場歷險可以開始了。

薩拉利亞大道距離羅馬市中心有點偏遠，不過花園占地寬廣，是個安靜的區域。維斯康堤一邊沉思，一邊抽完他的菸。他菸抽得太兇，一天要抽上八十根駱駝牌，還要灌上好幾公升的濃咖啡。

再過幾個月，《不耐煩的男孩》就要開拍了。其他演員有義大利的蘇菲亞・羅蘭和維多利歐・卡斯曼、英國影星狄・保加第和法國性感女星蜜雪兒・梅茜。尼諾・羅塔[68]的配樂為導演想像的藍圖中每一幕場景，營造出磅礴的氣勢。

他正要丟掉菸蒂時，看見「蛋頭」僕役蓋塔像個惡兆似地在門口台階現身，大驚失色地說：「大師！大師！伊莉絲．波樂科夫太太剛從巴黎打電話來，通知您路易先生明天才會到，他錯過班機了……」

太陽隱沒在地平線之後，導演微微一揮手，命僕役下去。

面對令人洩氣的事，只能去習慣……

一股悲傷淹沒了他，彷彿靈魂被一張半透明紗帳給掩住。暮色落在別墅上，土壤漫起溼氣，樹木在幽暗中擺動，維斯康堤不禁打起哆嗦，忽然害怕噩運降臨，於是腳跟一轉，加快了步伐。他進入空蕩的玄關，記起法國浪漫主義詩人拉馬丁筆下的句子：「獨缺一人，竟似荒無人煙。」

幾個小時之前，他還爲了路易要來到他金碧輝煌的家而開心不已，以爲晚會將如想像般完美，無論是菜單、酒、音樂、花、燭台上的蠟燭，或是他爲嘉賓準備的禮物，沒一樣含糊。他給路易買了黑色漆盒裝的杜邦限量黃金打火機，搭配刻上他名字縮寫L. D.的紫色鯊魚皮套。

現在他想取消一切。

---

68 Nino Rota（1911-1979），義大利作曲家，曾為費里尼、維斯康堤等知名導演配樂，代表作為《教父》系列電影音樂。

鈴聲在遠處響起。

是電話在響。佣人接起電話之前，他先拿起了僕役專用玄關的話筒。

一個熟悉的聲音重新給他帶來了希望。

「Pronto（喂），導演嗎？」對方說義大利文。

是路易。

他罵自己是白癡、遲到大王，並保證明天會準時赴午餐約會，而且很高興能在最優秀的導遊陪同下，參觀羅馬帝國首都。

掛上話筒時，維斯康堤的憂鬱一掃而空。

數千公里外，**那個男孩**察覺了他的慌亂。

他究竟是怎麼猜到的？

3 蒙梭公園，巴黎

路易將絲質白襯衫塞進藍色棉質條紋長褲，接著扣上皮帶。他套上奶油色莫卡辛鞋，從衣櫃挑了一件麂皮外套。他確認護照、皮夾和腕錶都帶上了，然後繞到浴室去噴一點法瑞納的招牌古龍水[69]。

「安東尼，」他喊道，「你那火車幾點出發？」

安東尼從門外探進頭來，淒涼地「喔」了一聲，接著大笑道：「別擔心啦，大明星詹姆士・狄恩，火車晚上十一點十八分才會開，我們還有很多時間可以去『藍色火車』大吃一頓。至少我們人會在車站裡，等我把你固定在前往羅馬的帕拉提諾特快車臥鋪，伊莉絲就會放心了……」

「那我明天幾點會到？」

「十點前，你還有時間到旅館好好洗個澡，然後……」

「再睡個好覺，」路易哈哈大笑。「我在火車上從來睡不著！」

「嘿！別傻了。維斯康堤先生只等著你耶……你已經簽了約，別忘記！」

安東尼看見朋友的眼睛蒙上一抹悲色。

路易想著他的公主，他的小蘿拉。她跑回阿根廷的門多薩，躲到她母親伊娃．柏格曼身邊。伊娃是阿根廷女演員，會照顧蘿拉的演藝生涯，但她對法國演員總是提防，彷彿把他們當作瘟疫。

「妳跟他在一起總是會受苦，我已經警告過妳了！」伊娃會憂心地這麼說。

路易嘆了一口氣，拍拍安東尼的肩膀說：「我就要去羅馬了，再也見不到她了。」

「別擔心啦，等你回來後，你那個探戈女神就會在了……」

接著安東尼扮了個鬼臉，彷彿被拋棄的孩子般重申：「我們會懷念單身漢派對的。」

兩個男孩走向玄關。忠貞不二的亞黛一手拿雞毛撢子，一手拿拖把，繼續大掃除。

安東尼抓住他的安全帽，拋給路易一個輕便的帆布袋說：「你什麼都沒忘吧？走囉？」

「只是一趟三天的旅行而已……」路易答道，並吻了亞黛一下。她身上散發強烈的清潔用品

69 調香師 Giovanni Maria Farina（1685-1766）由義大利移居德國科隆後，在一七〇九年推出史上第一支古龍水，以法文取名為「科隆之水」（Eau de Cologne），即為今日的古龍水。

味道，衝著他微笑。

「路易先生？我在地上找到這條手鍊，是您的。」

一個鑽了孔的鋼製名牌在她手上晃了晃，上面刻著編號：L234D456。那是他在突尼西亞上空飛行時的飛行員手鍊，從未離開過他的手腕。

「留著吧，親愛的亞黛，手鍊會帶來好運。」

他跑下樓梯，一邊大喊大叫：「再會了，amore ciao（拜拜我的愛）……」

到了樓下，他抓住一串鑰匙後關上大門。

安東尼跨坐在門前的英國凱旋牌5TA機車，發動引擎，劃破薩拉札大道這富裕地區的寧靜，路易坐在他身後。

「司機，跟蹤那輛車！」他模仿演技派男星米榭爾．西蒙[70]的聲音說。

這輛有五百CC量汽缸引擎的胭脂紅機車在路燈光暈的幽暗中發亮，安東尼手腕一轉，催起油門加速而去，兩人雙雙被吸入巴黎的聖歐諾黑路。

當一輛計程車停在他們出發的地點時，他們早已走遠了。

戴著帽子的大漢走出駕駛座，繞到他那輛標緻汽車的後車廂，拿出一只皮箱。一名身穿香奈兒套裝、挽著髮髻的年輕美女遞了一張鈔票給司機，帶著輕微的口音說：「不必找了，親愛的先生，謝謝您載我一程。」

「很高興爲您服務，小姐……」

蘿拉並不知道自己剛剛錯過了她的情人。

她舉目望著二樓，注意到燈光亮著。

「路易在家。」她輕輕打了一個哆嗦。

她的心跳得有如六角形手風琴的風箱，血液飆上太陽穴。*再五分鐘我就會在他懷裡了……*

她在距離門口最後幾公尺處跑了起來，氣喘吁吁，卻忍不住放開喉嚨大叫：「路易！querido mio（親愛的）……」

計程車司機看著她拉高裙子想跑快一些，穿著細跟高跟鞋也不怕跌倒，不禁暗自嘲笑，「戀愛中的小姑娘啊。」

他慢慢駛離之際，從後照鏡看見蘿拉正要打開大門，一名混血兒剛巧從屋內走出來，繫了腰帶的雨衣緊緊貼在身上。巴黎麗都秀舞者凡妮拉稍一停步，把香菸拿到嘴邊，蘿拉幫她點火。接著兩個女人分道揚鑣，既未交談，也沒有打招呼……

蘿拉可不笨。

既然挑了一瓶美味的蜂蜜，招來蜜蜂飛舞就不該訝異。

4 里昂車站

夜間車次即將出發，「藍色火車」餐廳樓上擠滿了準備離開的旅客。

兩名演員坐在有點偏僻的包廂。路易沉默地挑揀一碟花生米，安東尼高聲評論菜色和甜點：

70 Michel Simon（1895-1975），活躍於一九三〇年代的瑞士男星，曾演出法國導演尚・雷諾瓦的《母狗》。另有《亞特蘭大號》《霧港碼頭》等代表作。

甜麵包裹杏仁果肉腸、香烤小牛肋排、醬燉尅肉、塞特港的鰑魚佐香草束、冰奶泡夾心蛋糕、皇家琥珀「聖詹姆士」萊姆酒圓蛋糕……

他以雙眼尋找餐廳領班之際，視線與鄰桌認出他們的客人交會了。

一個金髮小男孩過來攀談：「叔叔們晚安，我叫嘉士頓，今年十一歲，我沒看過您的電影《粉紅天》，因爲我還太小，可是爸爸媽媽都好喜歡，所以派我來跟您要簽、簽……」

「簽名啊，」路易滿臉堆笑地說，「可是我的電影叫《紅天》喔！你有筆嗎，小傢伙？」

「我不是小傢伙，我叫嘉士頓。」小男孩糾正道，接著遞給他一枝鉛筆和印有「藍色火車」箋頭的紙。

「安東尼，你來寫！」路易下令，「我唸給你聽：『給我們的大朋友嘉士頓，祝他有一天能夠駕駛火車，並擁有一輛知名的東方快車……最好的兩個朋友，路易和安東尼！』然後你簽『安東尼』。」

「又不是我要的，」小男孩吃了一驚，「是給我爸爸媽媽的，拉烏爾和索蘭吉·德·拉普利索耶……」

路易草草簽下名字，謝過小男孩，並順手拂亂他的頭髮。

侍酒師就在附近，安東尼招他過來點餐：「一瓶羅曼尼康帝紅酒。」

「這是支好酒，先生。」

餐廳裡忽然座無虛席，桌子一空出來，便有新的旅客坐下。

鐘聲在九點半響起時，一直在東張西望的安東尼注意到她。

「路易？快看，你右手邊！跟你賭五百元她是義大利人……」

美豔動人的年輕女子剛剛入座，單身一人。她解下絲巾，放下一頭棕色鬈髮，秀髮輕撫她的肩膀。在兩個男孩注視下，年輕女子改變坐姿，交叉雙腿時正好展現出她的身材。她脫下外套，擱在椅子上。

「她一個人旅行。」安東尼眨著眼悄聲說，並指指細跟高跟鞋前方的皮箱。她輕踢漆皮鞋頭確認行李還在。

義大利美女在菜單上尋找靈感，嘴巴微微噘起，猶豫不決。她對著化妝鏡檢視臉上比當季櫻桃更油亮的唇彩。那雙彷彿暹羅貓的斜長藍眼塗著眼影和眼線，顴骨高聳如斯拉夫人。她身穿有腰身的雪白短袖襯衫，胸口露出古銅色肌膚。她坐得很挺，呈現自然的弓形弧線；鉛筆裙底下，下背到大腿中心形成的半S形曲線簡直無法忽視。

這位不知名女子把一支美國香菸擱在細菸斗上，動作小心翼翼。她正要找火，於是安東尼遞出他的Zippo打火機，用義大利文說：「Pronto, Signora（嘿，小姐）！」

「Grazie mille（多謝）。」

「不客氣……小姐？」

「請稱女士。」

「義大利人吧？」

「你們呢？我猜是法國人吧。」

「這麼明顯嗎？」安東尼語帶嘲諷。

路易旁觀兩人緊張的對答，看來美女保持距離，想縮短這場對話。

「安東尼？你的菜要涼了……而且你是不是打擾到人家啦？」

路易與年輕女子目光交會，這才發覺她那雙藍色眼眸有多麼淺淡，黑色長睫毛下藏著一抹憂鬱。

「夠了，只是一個得天獨厚的美女罷了。」他想跟安東尼講道理。

他想起不久前在英文家教課學到的一個單字（這是爲了往後到美國發展），聽起來就像水果，彷彿香甜多汁的葡萄柚……gorgeous（嬌豔欲滴）。

像她這樣的女人，打從青春期就讓男人回盼。即便他身爲女性的夢中情人，也抗拒不了這份誘惑。他幻想和她在一起，就像在費里尼執導的《生活的甜蜜》或奧黛莉・赫本主演的《羅馬假期》中，騎著偉士牌機車，在七月窒悶的溼氣中遊遍羅馬競技場後方寥無人煙的老街。她身穿奶油色貼身麻質洋裝側坐在機車上，雙腳懸空，雙手環抱騎士的腰——騎士時而改變速度，時而煞車，只爲感受乘客胸部壓在背上的歡愉。

一陣清脆的叮咚聲將他拉回現實。快點！來兩杯咖啡然後買單！

最後一班夜車將在十分鐘內離開巴黎，前往義大利。

離開餐廳時，安東尼踏著緊張卻堅決的步伐跟著路易，不時轉身回望「藍色火車」的陌生女子。

她盯著安東尼的諷刺神情意謂著：「可憐的男人，你就像一本打開的書，全被我讀透了。」

路易筆直往前疾走。走向未來。前往羅馬這座催眠他的城市。

對他而言，一切都將從那裡開始……

5 夜車臥鋪

旅客在月台上奔波，由站務員一一指引到車廂。小販推著推車賣三明治、冷飲和最新晚報，但路易看不見安東尼。他飛奔的步伐讓安東尼氣喘吁吁，只得任兩人的距離逐漸拉遠。路易找到車廂和臥鋪號碼，給了站務員一點小費，表示想獨自待在個人車室，等到試躺吊床的時候，才發現少了行李。

「安東尼忘記拿行李給我了！」

路易轉動手柄，搖下面對月台的車窗，探頭想找核桃鉗（安東尼惹他生氣時的綽號），卻大吃一驚：眼前提著**兩只行李**抬頭挺胸走向他的人，不就是死黨安東尼嗎？他正陪著義大利美女，滔滔不絕地請法國鐵路局員工找出年輕女士的車室。她踩著細跟高跟鞋婀娜扭擺，身後的男人全盯著看。路易不禁放聲大笑，因爲這一幕令他想起比利．懷德的喜劇《熱情如火》，瑪麗蓮．夢露在片中穿著銀色貂皮大衣，豔光四射地來到月台，懷裡緊抱著她的烏克麗麗。

安東尼從路易窗下經過，壓根沒注意到他。兩人在二十多公尺外掉頭，由戴帽的站務員引領，來到列車的三層階梯前。

「喂，安東尼！我的東西啦，你這骯髒的叛徒！我在這裡……」

你這幸運的王八蛋，她跟你搭同一班車，安東尼以嫉妒的眼神告訴路易。

巴黎往羅馬的帕拉提諾夜車即將駛離月台，離開里昂車站之前，安東尼趕緊在哥兒們耳邊悄聲說：「她叫茱莉亞，二十四歲，要去羅馬和她老公什麼某某醫生會合……你有一整晚的時間讓她暈頭轉向，別讓我失望，懂了沒？」

路易忍著不去批評或附和，於是安東尼又補充：「特別是不用謝我了，老雜種！」

火車消失在夜色中。路易休息了一個小時，雙手交疊在後腦勺，躺在床上放鬆，一邊抽著菸。他一直想起蘿拉。他已經開始思念她了。他怪自己對她太嚴厲，說他把事業擺第一，傷透了她的心。還有維斯康提。他一唸出這個名字，蘿拉就會漲紅著臉以西班牙文開罵。她在好萊塢闖不出名堂，在巴黎又一直找不到事業第二春，只好把怒火轉向路易。路易無往不利，背後引來的情敵和大人物一樣多。這些人無視她的存在，待她如等閒人物，路易的痛苦和內疚卻從未持續太久。

他在盥洗室打著赤膊，清洗臉龐、上半身和腋窩，梳理頭髮，然後翻找著外套。關上車室之際，他瞥見車廂盡頭的茱莉亞正面對敞開的窗戶，在她十二號車室前方的昏暗中吞雲吐霧，若有所思。餐車在哪一邊？問人最快，不是嗎？查票員指路給他。路易提高音量道謝。茱莉亞不可能不曉得他要走向哪兒。他在走道上前進，來到茱莉亞附近時，火車突地一顫一跳，他失去平衡，險些撞上她，只得用一隻手拂過她肩膀，這才重新站穩。

「Scusami, signora（對不起，小姐）……」他用義大利文說。

她輕拂臉龐，報以微笑。路易挺起肩膀，迎上她那雙暹羅貓眼眸的藍光，然後繼續走他的路。他在臥鋪車廂專屬的酒吧點了加冰塊的紅色馬丁尼，訂好一張桌子，興之所至，抓來一張圓紙片，在白色紙面寫下：「小姐，女士，我討厭一個人喝酒，有榮幸請您接受我的邀請嗎？……安東尼（那個親切又粗魯的傢伙）的朋友路易。」

路易從口袋拿出千元法郎紙鈔遞給服務生，說明了他交付的任務（十二號車室的茱莉亞小姐），然後等人來帶位。三十分鐘後，茱莉亞出現在餐車車廂門前，直直往他走來。

「這是我第一次鼓起勇氣和陌生人攀談，也是我第一次去羅馬。要是我有點笨拙，請別見怪，因爲我不久前還在非洲當飛行員，回來以後很難適應市民生活。而且，我每個星期都會想起在那兒失去的同袍……」

茱莉亞沉默不語地抽菸，一隻手撐在手肘上，觀察這名年輕人。她覺得對方看起來對自己太有自信，再說她可是已婚婦女。路易開始說些令人安心的話，幫她倒了一杯白酒。他很好奇茱莉亞知不知道他是「誰」？要是她聽過他的名號，他就能在這場對話占上風，因爲她不可能不認識維斯康提導演。何況她一副千金小姐的樣子，舉止高雅，顯然受過良好教育。對於連水電工執照都拿不到的路易而言，與上流社會的美女交往有如強力春藥。茱莉亞話很少，但她很喜歡托斯卡尼的酒，特別是奇安地酒莊出產的。路易倒給她的每一杯酒，她都喝個精光。她坦承她很少喝酒，因爲葡萄酒會讓她脆弱到失去招架之力。茱莉亞用美妙的口音把「脆弱」說成「吹落」。她是藝術系學生，原本立志成爲美術館館長，夢想定居巴黎，卻遇上了知名外科醫師隆巴迪教授。她先生儘管工作繁忙，經常不在家，卻仍希望她能「女主內」，而她也順從了。

「親愛的，妳這是犧牲自己！」路易下了結論。「茱莉亞，妳告訴我，一個口口聲聲說愛妳的男人，怎麼會願意把妳關進牢籠？」

茱莉亞嘆了口氣。「他需要我……你曉得，這很難理解，我們不是同一個世代的人。他四十八歲，對世事自有看法，而且人家教我要聽話……」

「噢，這我很清楚，妳嫁了一個自私的老渾球！原諒我這麼說，不過我們幾乎同齡，所以我們可以理解對方並實話實說，不是嗎？」

茱莉亞喝完她的酒，臉紅道：「他又非常愛吃醋。要是讓他猜到我在夜車上跟陌生人晚餐、喝酒，更糟的是我還玩得很愉快……」

茱莉亞披上開襟外套，蓋住肩膀。路易示意服務生送甜點和咖啡過來。茱莉亞很放心。跟同齡的男孩聊天讓她感到很快活，畢竟她一直住在象牙塔裡。後來路易點了一瓶香檳，伸出手邀她繼續這個良夜，她遵從了。

「妳開過火車嗎？」路易問。

於是他們走遍整輛列車來到駕駛室。特快車在夜色中疾馳，駕駛員三言兩語就把他們給打發掉。駕駛室不對乘客開放，他也無意違反規定。路易把香檳藏在外套下，忽地摟住茱莉亞的腰說：「讓這位先生工作吧，不然我們可能會害火車出軌。尤其是妳……」

「路易，你太誇張了。來吧，回我們的車室去，而且你還沒告訴我……你做什麼工作？」

「我是星座型客機的駕駛員。」

「你穿制服一定很帥，機長先生。」

「而妳，茱莉亞，穿著空服員制服。嗯……」

他們在車室裡靜靜抽菸，輪流就著酒瓶喝。路易躺在茱莉亞的床上，茱莉亞站著，臉蛋貼著車窗凝視夜色。她轉身關掉天花板的燈，讓車室沉入昏暗。茱莉亞把僅剩的香檳遞給路易，然後走近他。位在下方的路易剛好在她腹部的高度，他的臉輕輕壓上去，感覺到她身上的熱氣、襯衫下的柔軟體溫。茱莉亞哼唱著西西里歌謠〈害怕過度墜入情網〉，聲音因爲葡萄酒和香檳而打顫，身體輕輕搖擺，跳著即興的舞蹈。路易觀察她的纖指和粉紅色指甲解放了上衣。變幻莫測、稍縱即逝的反射光線點亮茱莉亞的臉龐、頸子、雙肩，肌膚色澤與她白色的蕾絲內衣形成對比。她氣喘吁吁，飽滿的橢圓胸脯隨呼吸挺立。茱莉亞往天花板舒展身體，伸直了雙臂，擱在上層床上。下方的路易視野只見到一部分的她。無頭的年輕女郎把臉藏在上面，像是不願看見接下來應該發生的事，也不想允許。裙子落在地上。茱莉亞脫掉最後罩住她身體的內衣，像個神秘、意外的獻禮。

在路易身邊躺下的時候，她把一隻手壓在他唇上。千萬什麼都別說……就讓夜晚屬於夜晚。

火車進入羅馬車站的幾分鐘前，路易睜開眼睛，被查票員叫醒。他獨自一人，已不見茱莉亞的蹤影。就連她的車室都是空的。他慢條斯理地穿上衣服，若有所思。茱莉亞的香水味仍在他皮膚上。除了茱莉亞這個名字，他對她所知甚少。還會再見到她嗎？

「畢竟，羅馬是戀人的城市……」

月台上一名穿著司機制服的男人叫住他：「路易．德巴日先生？」

路易朝他莞爾一笑，點了點頭。他訝然發現自己想看穿車站行色匆匆的人潮中隱藏的秘密。他在找茱莉亞。

6　縮寫字母 L. V.

「羅馬握有鑰匙，米蘭是在吞嬰蛇的獠牙間悲喊的孩童……」

這是維斯康堤家族紋章上的銘言。不但出現在繡有火焰旗幟、裝飾薩拉利亞大道那幢別墅的玄關牆面壁氈上，還刻印在塞爾瓦宮的石頭、古老教堂和修道院的彩繪玻璃窗、家族繪畫、銀器和刺繡餐巾上，也嵌在家具裡，在米蘭、格拉札諾、米蘭主教座堂、斯福爾札城堡或伊斯基亞島的別墅都清楚可見。如今我們只能欣賞象徵那個朝代的紋章和其中謎語：「爲盤繞的蔚藍色吞嬰蛇添上銀彩」……

一如博基亞、梅第奇、博蓋塞等義大利望族，每個名門大家的紋章都曾在歷史的曲折離奇中，在顯貴的焰形裝飾旗之褶紋裡，掩藏了暗殺、密謀、屠戮、殘暴的傭兵、政變、聖職授任禮和教皇的赦罪權。維斯康堤家族在十三世紀奪占米蘭城，為其白色旗幟選中了張著血盆大口廝殺的蛇作為標記：「吞嬰蛇之牙」。

吞嬰蛇，就是蝰蛇。在征戰不斷與十字軍東征的昔時年代，家族旌麾上的蛇被描繪成獠牙尖利的惡獸，下顎大張，吞下半個絕望呼救的活嬰兒。這個象徵隨歲月流轉而柔和了一些，刪除了恐怖的特徵。就算在兵連禍結、法西斯黨猖狂那段最暗無天日的時期，維斯康堤家族都不再有宿敵，也沒有熱血需要灑了。然而，繼承了這段過去的維斯康堤導演並不隱藏他多疑易怒的性格。溫水從來不是他的那杯茶。他為愛而活，沒有時間去憎恨。人生首要之務就是完成他的作品。若他對電影用情太深，那是因為他無法把創作從灌溉想像力的現實中抽離出來。歌手、演員、音樂家、裝潢師、服裝師……這些騎士都會在他身為藝術家及導演的生命歷程中，長久追隨他。

宮殿裡的排鐘噹噹響著。總管匆匆趕到主玄關的屋簷下，下方停著一輛轟轟隆隆的計程車，是一九五六年的飛雅特Multipla 600。總管付錢給司機，為路易打開車門說：「歡迎來到羅馬，路易．德巴日先生！我叫蓋塔……」

路易注意到這名年紀不比他大多少的年輕人那光禿禿的頭顱，心想這個總管該不會在當兵吧？蓋塔領他到圖書室，裡頭早已備妥開胃自助餐，有多種義大利火腿、橄欖小麵包、披薩和方形紅椒蛋捲。

「維斯康堤先生在等很多人嗎？」路易驚訝地問。

「噢不，但是他常告訴我年輕人應該多吃，所以請自便吧！不必擔心，午餐很豐盛……」

「義大利麵！我愛義大利麵！」路易搓著手歡呼。

他向總管敘述他第一次到義大利旅遊的上當經驗。當時他餓得要命又滿心好奇，沒搞懂這個古老靴子國度的飲食習俗，就在一張桌子前坐定。人家端來前菜的青醬義大利麵，他卻當作是套餐的重頭戲，一連吃了兩盤。按理講，接著應該是沙拉和乳酪，結果大錯特錯。送上來的第二道義大利麵是蛤蜊細麵，吃得他齒頰留香，於是又點了第二盤。然後就在他酒足飯飽，準備喝咖啡之際……maledetto（可惡）！接下來登場的是魚料理、鰨魚和焗烤茄子，然後是烤小牛肉和絞肉馬鈴薯泥。

「我以爲胃要爆炸了！後來禁食了兩天……」路易回想道。

接著主人駕到。維斯康堤導演把路易緊緊攬在懷裡說：「等我一下，我得拿《不耐煩的男孩》的劇本給你。我的秘書才剛打好最終版本呢！我想你會喜歡這個劇本，今晚我們一起來讀……」

接著維斯康堤對總管說：「蓋塔，別煩我的朋友，capito（知道沒）？我稍後就回來。」

被單獨留下的路易覽遍圖書室和一排又一排的精裝古書。在毗連的偏廳裡，他注意到紅地毯上爲數眾多的皮箱和行李箱。箱子是成套的，還鐫刻著主人名字盧奇諾．維斯康堤的縮寫字母：L. V.。

路易撫摸著印有圖樣的帆布和皮革、金屬和木頭，呢喃私語：「這就叫格調，帶這麼美的行李箱去拍戲，抵達豪華旅館時，侍者急忙趕上來……」

他做起了以前從未有過的盤算，心想既然要長久保存，最好還是砸大錢購置一套高級行李箱。旅行方式透露了你是個什麼樣的人！身爲演員的他用得上行李箱，甚至是那些從未想過的款式，好比這個文件夾，拿來放信件和劇本就很理想，或是那個軟皮書包，需要馬上出門時可以裝些東西，又或是這個帽箱。他凝視這些奢華又精緻的皮件，指尖拂過行李箱的鎖具和帆布上的細紋，看著交纏的L和V兩個字母而讚嘆不已。他開始想像自己的姓名縮寫L. D.印在漂亮的衣櫃式行李箱上。

年輕的男孩眉頭一結，打開軟皮書包，不由得臉紅過耳地逐字唸出：「……路易威登，註冊商標，巴黎。」

FABIENNE BERTHAUD

法賓娜・貝爾多

旅人

法賓娜・貝爾多

我們在花神咖啡館與身兼作家與獨立製片導演的貝爾多見了面。在二樓靠裡邊的位置，可以隱密地看著人來人往。意思是隱密得恰到好處，不會太引人注意。我們不得不承認這是一項艱難的任務，寫作主題十分棘手：華裔美籍建築師貝聿銘把羅浮宮金字塔設計平面圖鎖在路易威登手提箱裡，卻遺失了鑰匙，一直到我們見面的這一天，亦即事發的三十多年後，遺失鑰匙的原因仍不得而知。不過貝爾多很懂得應付挑戰，也慣於面對困難的事，而且她因爲最近得了獎（前一天剛以小說《肚腹花園》拿下莎崗獎）而沖昏頭，二話不說收下裝有路易威登檔案部門所蒐集的事件始末的信封，便走得不見人影。我們從窗戶瞥見她走進又走出韻恩書店[71]，穿越聖傑曼大道，來到雙叟咖啡館前，走向利普啤酒屋，然後取道龍街。三個月後，她交出了研究成果。她說這個故事就從巴黎奧利機場開始，海關都知情。但是我們不會再多透露一個字。

---

71 巴黎知名老書店La Hune，位於花神咖啡館隔壁。

.M. PEI

42 ave Bugeaud - Paris - 16e

I.M. PEI Associates

BANK :

I.M. PEI 15 m/m jaune

N°	LOCK	DÉTAIL	DATE	N°	LOCK
909023	134125H	65 BrakenLoziné			
919862	145204	60 Braken Loziné			

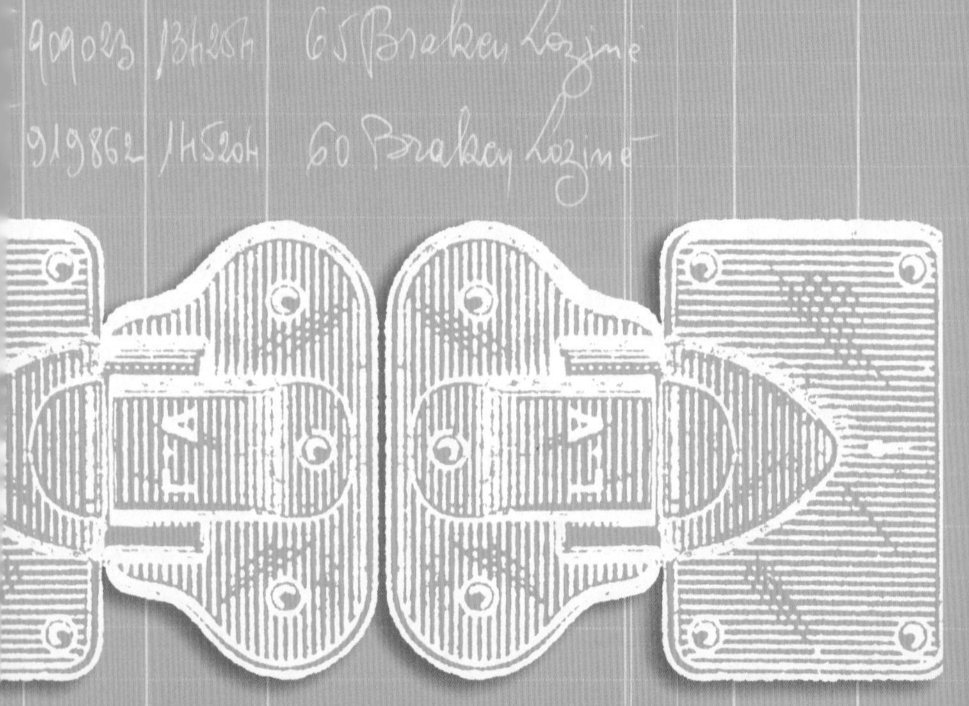

故事靈感來源

「手提箱與建築師的意外事件」

——路易威登資料庫，藝匠的回憶，一九八三年

一九八〇年代，名建築師貝聿銘到巴黎向法國總統密特朗介紹他計畫為羅浮宮設計的金字塔，平面圖、設計圖和其他細節全鎖在他的路易威登手提皮箱裡。他剛下飛機就察覺鑰匙不見了，而他必須在數小時內到愛麗榭宮的總統府邸赴約。他致電馬叟大道的路易威登商店，所幸鎖的序號刻在皮箱上，還能從商品紀錄中找出正確的鑰匙規格，並以破紀錄的時間重新打一把鎖，好讓建築師依約展示他的作品。

旅人

一九九一年二月，巴黎奧利機場

兩晚中有一晚妳會睡在旅館。妳是個旅人。妳名叫艾絲勒。幾年前，妳叫麗莎。那是妳終於歸還的化名。妳高雅出眾，婀娜多姿且尊貴，一頭濃密秀髮束成馬尾，黑髮中摻著些許銀絲。以往，金錢在別的地方，唯獨不在妳的髮中[72]。時代不同了。妳是個有如自由落體的美麗女人。妳推著推車時，男人會在妳行經之後回盼。沒有人猜得到妳是那種人。妳穿著深色套裝，顯出流利的弧線，縫線處微微發亮，彷彿熨斗在上頭逗留過久。彷彿這件衣服被燙過太多次。彷彿這是妳僅有的套裝。曙色初露。妳因為失眠了一夜而疲累，在仍舊冷清的機場大廳推著妳的推車。清潔機器的聲響不時干擾著這裡的寂靜。現在是早上六點。妳在電動手扶梯下的機器投了一法郎。妳磨亮皮鞋前端，再換另一隻腳。妳看著鞋刷轉動。妳的鞋子上好了蠟，機器停止運轉。妳想喝杯咖啡，但現在還太早，咖啡店六點半才營業。妳在巨大的落地窗前抽一根菸，看著雪飄降。雪花曼曼旋舞，像一場法蘭多拉舞。妳彷彿站在電影銀幕前。妳很久沒有看電影了。妳很愛看電影，甚至差點拍了一部。為了拍電影，妳二十歲去了好萊塢，和妳在小城堡餐廳遇上的美國製片史蒂夫同行。「我要把妳變成巨星。」他在兩杯血腥瑪麗之間這麼對妳說。妳雖然信不過，卻仍決定

---

72 文中形容「銀絲」的法文「銀（argent）」亦為金錢之意。

跟他走。妳總是喜歡人家帶妳去某個地方，前往別人的故事裡。但除了扮演B級電影裡穿著清涼的輕浮女孩等三流角色，以及待在史蒂夫的床上，妳在那裡一事無成，於是他建議妳回法國。妳也照做了。

雪已經下了好幾天。外面一片雪白，宛如大病初癒。空白頁般的一天要開始了。妳有預感自己會喜歡這一天。不知何故，直覺吧。感覺某種美好的事物即將降臨在妳身上。妳把鼻子壓在冷冰冰的玻璃上，瞧見一個男人走下計程車。因爲霧氣，妳幾乎沒能把他看個清楚。他似乎蜷在自己身上，縮頸聳肩的，彷彿有一條過短的線把他的肩膀和天空相接。太緊繃了。那男人邁步前進，穿過自動門，從妳面前走過。一陣冰凍的風吹來，妳打了個寒顫。那男人很急。匆匆忙忙的男人總讓妳避而遠之，因爲他們不知怎的總令人不悅。妳垂下雙眼，把菸摁熄在菸灰缸的沙子裡。妳多希望人在海灘，好讓疲憊的肌膚感覺到太陽的熱氣。妳推著推車直到公共廁所。

「早啊，琵耶。」

琵耶拖地，然後沖馬桶。琵耶清空垃圾桶，然後沖馬桶。琵耶一整天都在沖馬桶。

「早安，大姑娘。」她在兩次沖馬桶之間的空檔說道。

妳在洗手台前稍微梳洗一番，讓自己神清氣爽。妳穿上機場藥房的藥劑師在妳生日時送的防水腫襪。妳噴上名爲「空閒時光」的香水，很適合妳。妳梳理一頭長髮，重綁馬尾。有天妳會爲了方便而剪掉長髮。妳在臉頰上搽點粉紅，在唇上施點紅彩，在睫毛上塗點黑色。妳聽見咖啡店捲起鐵門。六點半了。喝點熱飲會讓妳好過一些。妳在洗手台的小碟子留下兩法郎給琵耶。

「謝謝妳，大姑娘。」

「祝妳有美好的一天。」

「妳也是。」

機場甦醒了，旅客漸多。妳推著推車，嘴上掛著無法言喻的笑容。與每個人溫柔地擦身而過，就能讓大家心情愉快，讓人想表現得親切一點。有禮。慷慨。慷慨尤其重要。妳像溜冰選手似地在推車後滑動。妳的行李疊在上面。軟趴趴的袋子放在中型行李箱上，中型行李箱放在粗製濫造的大行李箱上，呈金字塔形狀。妳在推車放手提袋的地方擺了一瓶水和義大利作家莫拉維亞的《輕蔑》。這本遺忘在椅子上的書讓妳給撿了起來。妳知道何謂輕蔑，但不是這種形式。

昔時的妳是巴黎最美麗的女孩之一。妳擁有漂亮的行李箱，打滿飾釘、覆著紅絨布和閃亮絲料的硬殼大行李箱，妳還有幾個散發強烈沼澤氣味的鱷魚皮包。妳曾被含羞草、樺木和樹皮植物性精油鞣過的高級提袋包圍。妳總是不厭其煩地吸入珍奇異國皮件的氣味，撫摸塗過蜜蠟的麻線縫合處。妳曾多少次想收起妳的衣櫃式行李箱，卻因為它的美而不得不一直打開著？那作工細膩又精緻，妳把帽子放這裡，洋裝收進那裡，手提袋擺在旁邊，鞋子在下面。妳在秘密抽屜裡塞進妳遇上的名人的名片，還有妳和爸爸唯一的合照：你們倆坐在邊鞦韆上。

然而最令妳悸動的行李箱，其實是曾陪妳旅行到最美麗的地方，屬於妳童年的那一個。也就是妳爸爸的行李箱，他口中的夢想行李箱。小時候，這個行李箱曾帶妳到充滿小妖精、精靈和午睡清風的想像世界。妳就是因為這個行李箱才那麼喜歡睡覺。妳爸爸從他爸爸那裡得到這個行李箱，他爸爸又從他在遙遠非洲獵獅子和大象的爸爸那兒取得。妳爸爸和妳，那是一段很美麗的故事。一段愛情故事。

妳還記得夏季的星期日，你們帶著夢想行李箱一起去冒險。妳還記得他掐掐妳的臉頰，捏得妳臉色紅潤，一邊對妳說：「艾絲勒，準備好了嗎，我們今天要帶夢想行李箱去獵犀牛喔！」妳又笑又跳地拍手叫好，妳是這麼快樂。妳匆忙套上棉質長褲，穿上襪子，戴了頂草帽阻擋壁虱。那時媽媽在廚房張羅妳的點心，一邊對丈夫嘀咕她有多不開心：「眞是的，你凡事順著這丫頭，她都被你慣壞了。」

「胡說什麼？別說這種話了，她什麼都沒要求，是我提議的。讓我逗逗女兒開心吧，我不懂哪裡惹到妳了。」

「那我呢？你什麼時候才要逗我開心？」

「夠了，親愛的，妳這樣講並不公平。」

「你從來不在家，老是找藉口離家遠遠的，我開始覺得受夠了，就這樣。」

「我們只離開幾個小時而已，我的天使，」他的聲音甜滋滋的，幾乎是呢喃。「妳爲何每次都要小題大作？」

「她在花園裡也可以玩得很開心。我眞不懂，這麼大費周章去那兒無所事事有何意義？」

「她在花園不會開心的。」

「隨便你啦，反正行李箱又不是我要提。」

「沒錯。」

「回來可別跟我抱怨背痛。」

妳總是覺得媽媽嫉妒爸爸與妳共度的特權時光。她一直想拆散你們，以女主人之姿支配她的男人。最後她總算辦到了。妳已經好幾年沒和家人見面，這些日子妳和她鬧翻了，也沒有爸爸的消息。最後他選擇站在太太那一邊，這是個相對平靜的選項。他選擇放棄妳。他開心的聲音還在妳耳邊迴響：「艾絲勒？準備好了嗎？」

「準備好了，爸爸！我已經準備得很好，不能再好了！」

「那我們走吧！」

他把行李箱放進冰棕色積架的後車廂，你們就上路了。穿越諾曼第田野數公里的路上，他哼著紐奧良豎笛手席德尼．貝契特的〈洋蔥〉，妳也嗯嗯哼著，因爲妳從來記不住曲調。到了目的地，他總是把車停在同一條泥巴路上。他從後車廂裡拿出行李箱，冒險隨之展開了。

你們必須穿越一座麻田、麥田或玉米田，隨每年的產季而不同，然後來到彼端的樹林。爸爸提著行李箱，妳像皇后跟著她的國王般一路相隨，一邊撿起妳在路上發現的虞美人。你們逐步推進，妳看著爸爸的臉色漸漸發紫，知道行李箱重得要命，不禁自責。一到了森林，你們開始尋找接下來要安坐的天堂小角落。對妳而言，理想地點就是爸爸走不動了的當下所在。

「這裡，爸爸！我在這裡會很舒服。」

「妳確定嗎？妳不想等我們走到林中空地嗎？」他上氣不接下氣地問。

「不用，這裡就很棒了，剛好在栗樹樹蔭下。快看，在那棵橡樹和栗樹中間，這樣就不怕太熱了。」

「那就聽妳的吧。妳在這裡高興就好。」

「對，我很高興。」

「妳確定？」

「對，爸爸。」

「眞的確定？」

「眞的，爸爸。」

他把夢想行李箱放在地上，鬆了一口氣地輕輕「呼」了一聲。妳看得出他咬緊牙關，不想讓妳察覺他費了多少力氣才讓妳擁有一個難忘的星期日。一地的橡栗坐得妳屁股發疼，妳的雙腳埋在蕨類植物裡，看著他恢復體力，重新調勻呼吸，用手背揩拭額頭。

久候的典禮來臨時，妳總是有股奇怪的感覺，彷彿鳥啼聲不那麼聒噪了。妳著迷地看著爸爸立在行李箱前，行了個屈膝禮，好似站在一群想像的觀眾面前。接著他像樂團指揮般振臂說出「阿布拉卡達布拉」。這個咒語來到妳口中變成「阿卡達布拉巴」，總聽得他莞爾。然後，爸爸緩慢謹慎地從口袋拿出一把金色小鑰匙，滑進鎖孔。他的動作很精準。按部就班。行李箱蓋終於掀起，妳瞪大眼睛，闔不攏嘴地看著妳覬覦已久的東西在行李箱裡攤開。是一張霉斑處處的可愛小行軍床，附有米色帆布的床底板條，還有一張非常舒適的餅狀床墊。

「好啦！小姐的床鋪好了。」他用手掌拍拍床墊說道。

妳從妳的小袋子拿出點心和水壺，妳爬上床，生鏽的床架咿咿呀呀的。妳坐在床上，雙腿蕩呀蕩，驚嘆地看著妳樹木林立的大房間，期待看到母鹿、松鼠、山豬帶著小豬，或是成雙的蜻蜓愛侶嗡嗡光臨此地。

妳吃著妳的炸蘋果麵包，爸爸躺在草地上嚼著一根草，看上去很快樂。

「我們在這邊很舒服。」他把手肘撐在泥土裡說。

「嗯嗯。」妳滿口的食物。

吃完炸麵包，妳平躺著，雙手交疊在肚子上，自以爲是睡美人。爸爸幫妳蓋上一條輕柔的毛海被子，好像一朵雲。

「不冷嗎，我的公主？」他在妳額頭重重印下溫柔又響亮的吻。

「不冷！爸爸，我這樣很舒服。」

「我愛妳，親愛的。」

妳環住爸爸的脖子，在他耳邊柔聲說：「我也是，我愛你，我最親愛的爸爸。」

後來，妳再也不曾從任何男人口中聽見這樣的「我愛妳」。

「旅途愉快，但是別跑太遠，妳媽媽會擔心的。」他走開之前又吻了妳一次。

妳舒服地躺在森林房間裡，凝視樹頂和藍天，太陽伸出手，以發亮的手指輕輕搔著毛地黃和開滿紫羅蘭、毛莨的地衣。妳觀察針葉樹幹分泌出樹脂，聽著鴿子咕咕叫，最後睡著了。妳心滿意足地睡在森林裡，躺在山雀巢下。妳夢到妳的小妖精、精靈和螢火蟲小仙女，爸爸則在附近走動，放鬆地暫時抽離工作和妻子，尋找那些他稱為「犀牛」的大金龜子。

在旅館過夜的時候，妳好希望有他在妳的床上。那個陪妳走遍世界的童話行李箱，如今只剩下妳繼續戴在頸間的鑰匙，像一枚獎章。這是一把黃銅小鑰匙，上頭刻著序號1727077。是妳的號碼。妳的專屬號碼。

現在七點。妳把自己的存在推進機場大廳。妳腳步穩定，是那種沒有人在等候的人的腳步。再一步。又跟著一步。妳盯著入境的電子看板。出境。布宜諾斯艾利斯：六點十二分。阿卡普爾科：七點十五分。紐約：八點二十分。香港：十點〇三分……

妳跟著妳的行李走。曾有一段時間，妳的行李跟著男人走。十年前，也許十五，或許更久以前。妳記不太清楚了，只記得妳和媽媽就是在那段時期鬧翻的。因為妳過著窮奢極欲的日子，好不快活。正是因為妳跟著男人走。妳媽媽希望妳跟一個就好，然後和他結婚，但是妳生命中的那個男人從未現身，妳也不願為了妳不會愛的人放棄自由。妳選擇尋歡作樂，享受青春，毫無顧忌地探索世界。妳住過里約熱內盧、羅馬、哥斯大黎加，搭過巨型遊艇穿越太平洋，乘過私人噴射機遨遊天際。妳在麗池飯店、廣場酒店睡過覺，在香精浴中飄浮，用勺子吃魚子醬，然後親吻著一邊洽談公事、一邊和妳「顛鸞倒鳳」的情人。妳還記得絲綢床單，沉甸甸的浴袍，厚重的地毯，讓妳的臉龐顯得柔美的昏暗燈光，妳慢條斯理的舉動，還有妳的虛情假意。妳還記得那些在高腳椅上搖晃的放蕩女孩，她們三五成群鬧哄哄地到來，有如一群椋鳥現身煙霧瀰漫的酒吧。她們緊緊裹在狐皮大衣裡，彷彿那是她們的巢，咕咕笑得有如母鵝，直到清晨。妳也在這群女孩當中，聽著已婚男人天花亂墜，未婚男人開出溺在香檳裡的空頭支票。妳都記得，但是並不後悔。妳無怨無悔。妳從不抱怨。妳並不懷念那個曾經奢靡而膚淺的自己。妳知道不同凡響的好事依然可能降臨。妳有一整天的時間等候。

妳看著情人別離。從行李的體積，妳就知道他們會分別多久。妳甚至知道某一些人不會再相逢了。而妳，卻無人說得準妳是離境或入境。妳在過境，在連接各個世界的平台上。妳推著推車到咖啡店。珍寧今早頭上戴著金色的紙王冠。

「早安，珍寧。王冠還滿適合妳的嘛！」

「妳在嘲笑我。」

「才沒有。」

「這是我們和孩子約定的規則。抽國王餅的時候，誰拿到小瓷人，隔天就要戴一整天王冠。」

「昨天是主顯節[73]？我不知道欸。好可惜，我很愛杏仁奶油餅呢。」

「早知道我就留一塊給妳了。」

「明年吧……請給我一杯很苦的咖啡，還要一塊牛角麵包。」

「沒問題。妳要坐下來，還是站在吧台？」

「我想我得坐下。」

「妳臉色好蒼白。我幫妳榨杯柳橙汁提振精神吧。天氣這麼冷，我們都需要維他命。」

「妳眞好。我很好啦。如果不麻煩的話，我可不可以晚一點再結帳？」

「再說吧。」

珍寧和妳維持著親切且尊敬的關係。她是頭一個讓妳在一天裡感到溫暖的人。她是個頂著橘色頭髮的時髦女孩，獨力撫養三個讓她嘗遍各種滋味的兒子。她有那種走投無路的女人的快活。她是個活力充沛的女人，也是個緊緊包著迷你裙的母親，而且很有勇氣。妳很喜歡珍寧。

「我剛剛遇見羅傑，他告訴我因爲下雪，有好幾個新航班會遲到。」

「飛機要是延誤，這天就不會太好過，人都會變得很暴躁……」

羅傑是機場負責人。連接各個世界的平台的守衛。他欣賞妳的禮貌，妳的尊嚴，妳無懈可擊的舉止。妳是因爲這些特質才被容許的。多虧有他，妳可以穿越閒人勿進之處、自動門、海關，在免稅商品店閒逛也無須擔心。妳用不著亮出護照，無須持有機票或登機證，連信用卡也不必有。「這裡就是妳的家！」他常常這麼對妳說。爲了回報他，妳向他報告哪裡有行李失竊、誰的舉止可疑、旅客遺失了什麼物品。於是他不來煩妳，作爲交換。自從妳撞見三個偷行李現行犯的

73 亦稱三王節，是耶穌寶寶第一次在東方三賢面前亮相的日子。法國人會在這一天吃杏仁奶油國王餅，餅中包著小瓷人，吃到小瓷人者要戴上王冠。

那天起，羅傑就以荷蘭交際花「瑪塔．哈里」的名字喊妳。你們有時會在晚上一起小酌。他偶爾會在機場找間餐廳邀妳共進晚餐。他偶爾會邀約一次以上，但妳總是拒絕，他也不堅持。妳很喜歡羅傑。

「妳今天早上要去哪個目的地？」珍寧洗著杯子問道。

「還不知道。也許紐約吧，或是香港，香港也很不賴……我想我今天早上需要摩天大樓。但是話說回來，去紐約時間會多一些，我還能靜靜喝完咖啡。咦，真奇怪……我現在才發現我旅行過全世界，卻從來沒去過紐約。」

「這有什麼稀奇？像我就哪兒也沒去過。」

「要是有餘裕發懶，我決定今天要睡上一整天。」

妳趁珍寧準備柳橙汁的時候，瀏覽吧台上的當日報紙。

咦，這點子眞可笑，他們要在羅浮宮中庭蓋一座金字塔……看來不是每個人都喜歡。聽聽這個：「總統密特朗『王子的行動』。密特朗剛當選法蘭西共和國總統，便投入『金字塔玩具』計畫，造價二十億法郎。」

珍寧聳聳肩。

「這些人爲了出鋒頭，不曉得還會變出什麼把戲！每個總統一當選，就忙著蓋自己的紀念建築，彷彿這是唯一要緊的事。除了蓋金字塔，這二十億還能做其他事吧，不是嗎？」

妳繼續高聲朗讀：「『這個玻璃金字塔計畫……』」

「玻璃金字塔？哇，打掃起來很頭痛吧！」

「妳害我笑出來了，妳太實際啦……」

珍寧端雙倍濃縮咖啡給客人，而妳靜靜讀報，等她回來。

「嘿，他們眞的提到打掃欸……還考慮請一批手腳靈活的北美原住民易洛魁人來幫忙。這想必是開玩笑的吧，可是今天又不是愚人節。」

「『華裔美籍建築師貝聿銘……』」

「好怪的名字！」

「建築師就是他嗎？」珍寧俯身看著報導的照片問道。

「對，是他。」

妳們肩並肩靠在吧台上，檢視一張六十來歲男人的肖像。他閃亮的丹鳳眼藏在圓形大眼鏡後方，筆直得像個「一」；雙手插在西裝外套口袋，盯著鏡頭，掛著很老練的大笑容。

「好像漫畫《丁丁歷險記》其中一集《藍蓮花》裡面的中國人喔，妳知道吧，那個角色老是想拿刀砍掉每個人的頭。」

「我小時候比較喜歡塞古伯爵夫人[74]的書。我敢說這座金字塔一定會很漂亮。」妳闔上報紙說。

珍寧把妳的早餐放在托盤上。

「去坐好，我幫妳送過去。」

「不用麻煩了啦，我自己端就行了。」

「讓我做我的工作。我叫妳去坐好！」

---

74 Countess of Ségur（1799-1874），俄裔法國童書作家。

「好好好，別生氣嘛。」

妳往一張小桌子走去。總是同一張。一旁有棵讓妳想起大自然的塑膠棕櫚樹。珍寧送來妳的早餐。

「好好享用吧！」

「謝啦，珍寧。妳對我眞好。」

妳在珍寧愛憐的注視下一口呑下牛角麵包，一口喝光柳橙汁。

「看妳吃得這麼急，我說妳昨天都沒吃什麼吧？」

「有啊，想知道嗎？我吃了芫荽雞肉片。」

「對啦！在巴黎美心餐廳！」

「沒錯，就在美心餐廳。有何不可呢？」

「作夢！」

珍寧走了開來，忍不住嚷著「天啊，喔啦啦！」表示悲鳴。妳在咖啡裡放了三顆糖，燃起一根菸，好讓自己再清醒幾分鐘。在公共廁所盥洗，仍洗不清妳全身籠罩的那股難堪的昏沉。妳戴上太陽眼鏡，舒適地靠坐在椅子深處，背打得直挺挺。妳把《輕蔑》擺在膝頭，隨機翻到第一百三十三頁，下意識讀起幾個句子：「她的手翻弄著晨袍衣襬，從肢體語言看得出來她陷入困惑，理智不再。她用愈來愈憤怒的語氣繼續說：『我母親不要我，她告訴我她剛剛把我的房間租出去了……所以我無處可去，不得不跟你在一起！』」

妳對自己說，大家的問題都一樣。妳眼皮很重，於是閉上眼，頭往小說上方傾落。妳以看似在閱讀的姿勢打起瞌睡，想著童年的小小行軍床，想起妳那樹木林立、散發腐殖土和野蕈氣味的美麗房間。想著妳曾經那麼喜愛的爸爸。妳知道妳不在的時候，珍寧會幫妳看著行李。妳對這一天信心滿滿。妳知道好事會降臨在妳身上。

雪不下了。天空放晴，太陽終於照亮大地。第一道光芒射向妳，那是一道只瞄準妳的神性光芒，讓妳彷彿成了電影明星。妳伸個懶腰，分開上下睫毛，讓光線直通喉嚨深處，因爲妳打哈欠的嘴巴張得太大。

妳走在大廳裡，腳步飄搖地推著妳的推車。妳踩著好心情和驕傲的步伐向海關人員、航空警察和邊境警察打招呼。這裡的每個人都認識妳。

妳在免稅商店街漫步。這裡是自由區，不許妳省錢的銷金窟。妳經過糖果店，吃了幾顆松露巧克力和糖漬栗子，來到妳最喜歡的商店。那裡專賣行李箱和皮件，也兼賣幾款鞋子和奢華怪誕的名牌商品。妳一踏進店內，一股喜悅之情就竄上脊椎。妳的五感都甦醒過來，妳研究那些袋子、皮帶、行李箱、手提箱、化妝包、旅行用品和零錢包。妳好愛皮件。眞皮有種撼動人心的魔力，令妳狂喜。尤其是生皮，但鞣過的妳也喜歡。只要用指尖一一拂過商品，妳就快樂得直打顫。妳眼睛一閉，鼻孔一歙一張，嗅著這些珍貴的物品，妳說得出這是蜥蜴皮、駝鳥皮、象皮、蟒蛇皮、海蟾蜍皮、鱷魚皮、山羊皮或小牛皮。

「今天想買什麼，艾絲勒小姐？」店員問。

「給我這個鱷魚皮的小型盥洗用品組合箱，眞漂亮……梳子是龜殼做的嗎？」

「是的，小姐。那些瓶蓋都是鍍金的。」

「瓶身是琢磨過的水晶，我猜。」

「沒錯。」

「這個小可愛是什麼？」

「這是乳牙盒，打開時就像蝴蝶一樣，裡面有兩個分格，共有四個盒子，能裝十顆乳牙。」

「只有十顆？我們一般會掉幾顆牙？」

「我不知道，小姐。」

妳撫摸著蓋子思索。「這不是皮。」

「說得對，小姐，這是棋格紋帆布。」

「眞可愛，我要那個盥洗用品組合箱和這個乳牙盒，幫我全包起來，我稍晚過來拿。」

「好的，小姐。」

妳從商店出來，購物令妳心情雀躍。妳離開免稅商品區，來到行李提領處。妳遲到了，遲了很久。妳推著推車，腳步洋溢著活力，鬆綁的髮絲隨風飄揚。旅客都聚集在第七號行李輸送帶。妳最喜歡的數字。妳混進陌生人潮，混進喀什米爾大衣、羊毛平紋織物、寬簷氈帽、安哥拉羊毛圍巾和燈芯絨西裝之間。男人都對妳報以微笑。女人也是。妳像個皇后，在人群中穿行，走近輸送帶。奢華的行李箱魚貫而過，妳興高采烈地看著它們，心情大好。今天比平常更甚，不知何故。剎那間，妳的視線無法移開，心臟開始劇跳，彷彿與情人久別重逢。是同一種感覺。同一種緊張。妳感到身體震顫，雙腿發抖。妳吞嚥困難，只能困惑地看著那個物件經過輸送帶。不可能啊。妳難以置信。妳童年的夢想行李箱正在輸送帶上，緩慢地滑動，籠罩著光暈從妳眼下經過。妳碰碰它，確認它不是幻影也不是幻覺。妳再次碰它，彷彿被火燙傷似地迅速抽回。妳環顧四下。妳不敢相信。妳的心仍在狂跳，鼓動聲充盈耳內。妳在人潮中尋找妳曾經那麼深愛的人。妳認得出他嗎？他現在幾歲了？他穿什麼衣服？行李箱遠離了，拐個彎繼續走它的路，消失在橡皮簾幕後，到另一邊去了。妳想哭，想跑，想大叫：「爸爸！」「我的爸爸，你在那裡嗎？」妳好想回到十歲，一腳踩到刺蝟，替妳喘氣漸急的爸爸擔心，哼著〈洋蔥〉的旋律，吃炸蘋果麵包，聽媽媽吐苦水。妳推開人群說：「對不起！請讓開！」「不好意思！我在找我爸爸，你們明白嗎？」「爸爸，我的爸爸！我要見我爸爸！」妳已經不是大喊大叫的年紀了，但妳依然大叫出聲，因爲妳別無他法。妳就是不由自主。**夢想行李箱**又出現在輸送帶上。妳靜下心，清醒過來，等待行李箱主人現身。妳冷不防又開始大喊：「這行李箱是誰的？可以麻煩主人出來一下嗎？」妳用眼光挑戰每個默然的旅客，盼能看見一名彎腰駝背的小老頭走出這片無名人潮，但是什麼也沒發生。沒有人回應妳，沒有人現身，似乎沒有人聽見妳說話。妳彷彿不存在。行李箱再度消失在橡皮簾幕後，妳等著。它又出現了。如果不是妳爸爸的呢？如果這是另一個行李箱呢？它再度從妳眼下經過，妳彎身探看黃色的標籤卡片。墨水已經褪色，名字已經洗掉，但妳依然能辨識最後四個字母：ther。妳叫艾絲勒（Esther）。不會錯。行李箱再次遠離，妳繼續杵在那裡，被眼前繼續轉動的**夢想行李箱**催了眠。轉動。轉動。妳的頭也是。頭暈。行李和各自的主人一個接一個不知去向。

現在，妳一個人待在岑寂的大廳，看著這只籠罩光暈的行李箱一再來去。輸送帶最後停了下來，行李箱在妳面前煞住。妳把它從輸送帶拿下來，簡直重得像頭死驢。刻在鎖上的序號和妳頸間那把鑰匙上的一樣：1727077。妳解下鍊子，拿鑰匙插進鎖孔，鑰匙準確無誤地轉動，毫不抵抗。妳溫柔地掀開行李箱，愣然呆立良久，爲眼前所見而震驚，茫然不解。裡面是妳的爸爸。他毫無生氣地躺在鋪著蕨類植物和含羞草的床上。他穿著最好的西裝，雙手疊放在一串剛摘下的紫丁香上。妳俯身親吻他。他聞起來有野蕈和潮溼的低木層味道。妳閉上雙眼，雙唇貼上他的唇，吻了他最後一次。這時有隻手冷不防地落在妳肩頭，用力搖晃妳。

「艾絲勒！艾絲勒！妳不能這樣睡一整天，都九點了。」珍寧在叫妳。

妳驚醒過來。太陽眼鏡掉了，《輕蔑》也掉了，妳抓住椅子免得自己也摔下去。

「妳總該開始工作了吧！」

「我夢到我爸爸死了，眞美。」妳睡眼惺忪地說。

妳推著推車，踏著匆忙的步伐，彷彿要趕飛機。別人可能會認爲妳是某家航空公司的飛行組員。空服員。一個有工作、收入很好的自由女性。

一天的第一個男人總是最難搭訕的。妳不知道爲什麼，但就是這樣。接下來就成了機械化動作。在椅子上打過小盹讓妳感覺好多了。妳需要勇氣，妳也確實有。珍寧稱之爲工作，因爲妳要吃苦頭才能餬口。羞辱屬於妳工作的一部分。輕蔑亦然。憐憫也占了一席位置。珍寧反覆告訴妳，只要是爲了混口飯吃，錢怎麼賺都不可恥。妳不太懂她的意思，但「不可恥」聽起來總是順耳。妳朝行李提領處走去。妳一向從那裡開始。妳匆匆和羅傑打了照面。

「嗨，瑪塔·哈里，沒什麼事要報告的嗎？」

「早啊，羅傑。沒有，沒什麼事。」

「待會見？」

「待會見。」

旅客下了飛機，臉部因長途飛行而顯得皺巴巴的。妳溜進他們之間。妳感受到男人的眼神、女人的猜疑和旅行團的事不關己，但後面兩類沒什麼好期待的。妳早已駕輕就熟。來自紐約的旅客有一定的水準，衣衫光鮮。妳喜歡他們的好品味，這讓妳想起自己的美好年代，彷彿妳尚未步上歧路。就算妳無怨無悔，這種感覺依然受用。妳相中一個人，對他開口不會太難啓齒。那是個六十多歲的胖男人，一頭亂糟糟的白髮，帶著樸素的烏木色眞皮手提箱。妳沉著地接近他，移動到他右手邊。他偷眼瞧妳的目光讓妳放下心來。他對妳並非視若無睹。妳習以爲常了。因爲妳比他高個幾公分，便若無其事地把重心微微移到一隻腳。男人都不喜歡感到受人支配。他戴著結婚戒指，穿著皮流蘇莫卡辛鞋。妳從登喜路的盒子抽出一根菸。

「先生，不好意思，請問您會說法語嗎？」

男人轉過來面對妳，因爲妳找他攀談而受寵若驚，妳平穩的嗓音吸引了他。

「我是法國人。」他努力以最有魅力的模樣答道。

「請問有火嗎？」

「當然有。」

他在長褲口袋裡翻找，遞給妳一個方型金色打火機。妳朝火光微一欠身。

「謝謝，您人眞好。讓我請您抽根菸吧？」

「謝謝。」他從妳的菸盒抽了一根菸。

「雖說在這麼美好的早晨抽菸不太理智。」

「不覺得活得太理智有點無聊嗎？」男人回答妳，同時吸了一口菸，微微嘲弄的模樣透露出他有所期待。

「也是。」

你們一起抽菸，看行李經過，妳裝出尋找行李的樣子。你們是客串性的共犯關係。妳希望他的行李不是第一批送過來的，這樣妳才有時間開口問。輸送帶另一頭，有個行徑怪異的男人吸引了妳的目光。妳認出他是早上報紙照片中戴圓框大眼鏡的建築師。妳對自己說，生命中的偶然還眞有趣。他好像掉了什麼東西。很重要的東西。他在長褲口袋東翻西找，脫掉西裝外套搖一搖，再穿回去，接著又脫掉。他的動作帶有一種滑稽成分。他看著地上，原地轉身，四肢著地，在裙子、長褲、鞋子和推車之間爬行。他掉了眼鏡，撿起來，又看著地上，接著搵搵額頭，鬆開領帶，好似缺了氧。他像個弄丟孩子的母親一樣慌了神。那是同一種驚慌。他像脫臼木偶似地胡亂扭動。活像鬼附身。

「那傢伙好像不太正常。」妳身旁的鄰居說。

「他是很有名的建築師。」

「啊……」他有點狐疑。「妳認識他？」

「只知道名字而已。」

「妳在藝術圈工作？」

「算是吧，某種生活的藝術……」

「住在巴黎嗎？」

「偶爾。」

「哪一區？」

「盧森堡。」

「那一帶很舒服。」

「對，非常……」

妳的回答都很簡潔，好讓對話聊不開。不能讓交談變得尷尬，萬萬不行。妳攀談的對象必須保持無名氏的身分。陌路人。某個妳再也不會見到的人。否則妳會再也不敢開口提問，妳會沉浸在恥辱裡。恥辱可不會付妳半毛錢。對此妳早已駕輕就熟。

「常去紐約嗎？」他吐出一口煙，繼續問道。

「偶爾。」

「住哪家旅館？」

「我住朋友家。」

妳希望他別問妳的電話。妳沒有電話已經很久了，再說妳也不是爲了這種事來的。妳對男人已失去興趣。妳感興趣的只有睡覺和作夢，還有盯著行李瞧。妳已經不想擁有行李箱了。妳已經厭煩了擁有這些。妳領悟到幾乎一無所有的樂趣，享受著只有必需品的自由。往昔擁有的財產中，四分之三根本於妳無用，都是多餘。輸送帶另一頭的建築師取回他的行李，踩著急促的腳步走向機場人員。妳遠遠看著他揮舞雙手解釋著什麼，然後消失在自動門後。

「那傢伙瘋了。」妳身旁的男人說。

「很抱歉這麼問，但是……您能不能借我十或二十法郎救急？」妳冷不防地問道。

男人的臉瞬間凝結。

「對不起？」

妳像個剛摔下馬背卻又必須再次上馬的騎士，把問題複述了一遍。

「能不能借我一點錢應急？」妳勇敢地再問一次。

男人的視線掃過妳的推車、行李、套裝和手。從他的表情看來，他方才在心中爲妳塑造的形象已蕩然無存。

「爲什麼？」他困惑地問，同時用鞋尖捻熄香菸。以前妳會編一些沒頭沒尾的故事來保住顏面。妳說皮夾剛剛被人扒走，需要錢坐計程車，結果碰到想找妳共乘的人，陷入尷尬窘境。妳嘟嘟噥噥胡扯一通，除了招來輕蔑，惹來麻煩和偶爾的侮辱（「找份工作不就好了！」「去掃個地吧！」），最後總是空手而回。今天，說實話將讓妳付出代價，但總會有回饋的。

妳直勾勾望進男人的眼睛裡。

「爲了保持乾淨體面，跟每個人一樣。」

男人一時亂了手腳，花了一點時間才明白妳說的話。他眉頭深鎖，因爲受騙而懊惱。他還以爲自己很有吸引力呢。這下除了極度失望，也不免惱羞成怒。妳不禁微笑起來。妳習以爲常了。他逼不得已從皮夾抽出五十法郎，用指尖捏著給妳，好像妳突然得了疥瘡，可是不久前，他明明才準備摟妳的腰，等著搞妳。

「先生，感激不盡。」

男人不再看妳，粗魯地背過身去。妳走開了。

妳到輸送帶另一頭，向兩個、三個、四個人開口詢問：「對不起，不好意思打擾您，能不能請您救救急……謝謝、謝謝……」

妳需要兩百六十法郎才能入住帶浴缸的房間，一百四十法郎可以到一間好餐廳享用晚餐，還有一百法郎的雜費，支付身體乳液、泡泡浴和保溼面膜。冷氣害妳皮膚乾燥。妳很久不曾感受清涼的風刮著臉頰、怒海的浪花、潮溼的低木層和腳下枯草的刺癢感了。也許三年有了吧。自從妳住在機場，來到機場工作以後。

此刻妳口袋有一百法郎。妳一早就大發利市。今晚妳會吃到生蠔和拌了香芹末的干貝，喝著白酒，一邊幻想妳人在海邊度假。今晚妳會睡在旅館。妳會微醺，沒辦法洗衣服、燙衣服、泡澡和睡覺。妳的頭會靠在羽毛枕上，睡上十四小時，妳會快樂無比。妳最愛睡覺了。

妳推著妳的推車，這時，地上有個發光的小東西吸引了妳的目光。似乎是小金塊。妳靠近一看，認了出來。那是一把細緻的黃銅鑰匙，很像妳掛在頸間的那把。來自同一家名滿天下的品牌。妳彎下身撿起來，告訴自己，今天眞是充滿了巧合。妳問身邊的人鑰匙是不是他們的。妳想起了建築師。妳藉此機會一而再、再而三地問妳的問題。不嫌煩。妳蒐集了三、十、十五法郎，妳的口袋愈來愈有分量。

妳行經一道又一道輸送帶。過了一段時間，妳不再望著問話的對象。妳不再說「對不起」「不好意思」，也不再拿借火當開場白。妳開門見山就問，這樣反而誠實多了。

妳經過海關，妳親吻警察，妳撫摸負責偵緝的德國牧羊犬，妳消失在自動門後，來到機場大廳。妳繼續「工作」。妳漫不經心地向一個男人搭話，沒有看他。

「能不能請您借我十或——」

妳一抬臉，頓時無法把句子說完。妳認出了自己乞求施捨的對象。妳僵立不動了一會兒，張著嘴不知所措，不知該說什麼，不知該扯什麼謊。從他凝視妳的樣子、他愣神的表情，妳知道他也認出妳了。你們之間陷入一陣尷尬，彼此都不曉得該怎麼做。

「不好意思……」妳羞愧地說，轉身準備離去。

「等等！」他抓住妳的袖子。「麗莎！是妳嗎，麗莎？妳好嗎？妳——」

「認錯人了，我不叫麗莎。」妳低頭看著鞋子說。

男人默不吭聲，只是繼續凝視妳。

「我保證您一定是把我跟誰搞混了……不好意思。」

妳第二次拔腳就要離去，這時，一名嘴巴停不下來的金髮妙齡美女抱著滿懷的女性雜誌，來到妳沒有勇氣相認的男人身旁。她的年紀可以當他女兒了，但肯定是他的妻子。

「怎麼回事？她是誰？你認識她嗎？她要幹嘛？」她看見伴侶一臉困惑，於是問道。

這些話在妳聽來很遙遠。愈來愈遠。妳好想消失。妳加快腳步，但是男人追在後頭跑。他再次抓住妳的袖子。

「麗莎，我是泰倫斯。麗莎，妳認不出我嗎？」

妳牢牢盯住這個男人的臉，妳跟他過了幾年規矩的生活，只是結局很淒慘。他沒怎麼變。他把妳趕出去那天的慘然表情，似乎不曾從他臉上消失。仍是一張令人惋惜的面孔。妳對自己說，他簡直絲毫沒變。

「不是，我說眞的……我完全不認得您。」妳又離得更遠一些。

「喏！拿著這個。」他給妳一張五百法郎鈔票。

「謝謝，眞的不用了。」

「拜託，麗莎，拿去吧。」他堅持把鈔票塞進妳手裡。

妳垂下眼睛，合掌包住鈔票，因爲妳別無他法。五百法郎是一大筆錢。

「謝謝，感激不盡，先生。」

他的頭做了一個絕望的動作，彷彿在對妳說：「請保重……我眞爲妳感到遺憾。」

妳消失在人海中，每逢類似的事發生，妳就會疲憊不堪。妳感覺那張大鈔摩擦著大腿，妳對自己說，今天賺得很快。

結識泰倫斯的時候，妳正爲巴黎最有名的模特兒經紀公司工作。妳是個人人搶著要的女孩。當時的繆思。妳爲最有名的攝影師擺姿勢，登上頂尖雜誌的封面。妳在小城堡餐廳度過許多夜晚，清晨在人行道踉踉蹌蹌，醉到攀住路燈，早上在陌生人懷裡軟綿無力地醒來。夏天一到，妳會去蒙地卡羅避暑，到賭場玩，開著敞篷跑車飛掠人行道；冬天妳會到阿爾卑斯山小鎭，小心不在漫山白雪中跌得太慘。妳的生活多采多姿。妳花妳認眞賺來的錢，比起坐在錢堆上，還是灑錢有意思多了。妳無怨無悔。

那個時候，妳不會想到明天。妳及時行樂，身邊圍繞著豬朋狗友，無憂無慮，如鬼火般輕盈。妳一天只吃一餐來保持身材，萬萬沒想到這件事有一天竟然由不得妳。妳以前會穿黑色亮皮及膝長靴、學院風格子迷你裙，嚼著口香糖，親吻和妳一樣輕浮的帥氣男孩。

泰倫斯是妳的經紀公司老闆貝翠絲·強森介紹給妳的。她爲了把女孩們介紹給財大勢大的企業家，舉辦了許多晚宴，妳在其中一場認識了泰倫斯。他瘋狂愛上妳，妳覺得這樣被人愛著很有意思。他賣軍用品給非洲國家，妳就因爲這個理由而連續數週抗拒他的求愛。妳討厭戰爭，也討厭與戰爭沾上邊的東西。泰倫斯有個英國母親和義大利父親，魅力無法抵擋，妳其實很難抗拒，他也知道。妳的道德感畢竟也有限度，看著他對妳情意綿綿，妳終究對這個穿著高雅、顴骨高聳的修長棕髮男子妥協了。他風趣幽默，一口白牙漂亮整齊，還住得起安茹堤道直接面對塞納河的豪邸。妳喜歡躺在妳的四柱大床上，聽著海鷗叫得彷彿餓壞的嬰兒。妳喜歡海鷗，而且泰倫斯對妳很好，把妳寵得跟什麼似的。他總是滿手鮮花，旅行回來時口袋總裝滿免稅商店買的禮物。然而，他對妳的感情是眞是假，妳也不是看不出來。妳知道他愛妳大半是爲了妳的外貌，妳渾圓如蘋果的胸部、流線形的長腿，還有他翻閱雜誌時看見的妳的臉蛋，那張總是絕美地捕捉住光線的臉。妳也知道你們不會天長地久。妳是他當下的戰利品，他每天向妳宣示的愛意只是誘餌，會隨著年歲灰飛煙滅。對妳而言，天下沒有眞愛，除了在妳爸爸的眼裡，但是爸爸終究也拋棄了妳。妳不太知道該作何感想。妳憤世嫉俗，清醒地活在當下。重要的是泰倫斯讓妳快樂，就算這份快樂在妳把它當眞的時刻是假的。然後妳三十歲了，工作邀約漸漸少了。妳繼續爲雜誌擺姿勢，但那些雜誌愈來愈平庸，最後完全沒有工作上門。就在那個時候，泰倫斯移情別戀。也是那個時候，妳寧願安靜地離開他，不把事情鬧大。妳想方便來塡缺的新人，不要丟人現眼。妳只是告訴他，和他在一起很快樂，但是少了愛，所以也該分手了。妳坦蕩蕩地離開他，既無椎心蝕骨之痛，也沒有後悔，只有海鷗會讓妳懷念。泰倫斯自尊受傷，恨妳漠不關心，取回所有送給妳的東西，讓妳身無長物，自己想辦法。隔天妳就流落街頭。妳借宿在一個接一個朋友家，漸漸地再也沒有朋友。妳的墮落就是從那個時候開始的。

看到泰倫斯崩潰的模樣，看他追著妳跑、抓住妳袖子說「麗莎！是妳嗎，麗莎？」的模樣，妳猜想他看到妳今天的樣子，一定很自責當初那樣奪走妳的所有吧。妳呢，妳對他毫無怨尤，妳在妳的旅館房間裡愜意自得。妳過了很棒的一夜，妳含笑跟自己面對面，妳喝了白酒，吃了妳的干貝。明天早上，妳會再次穿上正在浴室晾乾的唯一一件套裝。縫線處會發光的那一件。妳躺在舒適的床上，看著擱在床頭桌上那兩把黃銅小鑰匙。妳想著那位建築師，想著羅浮宮的金字塔，不禁微笑。妳關掉床頭燈。妳好得很。妳要睡上十四個小時。妳最愛睡覺了。

NICOLAS D'ESTIENNE D'ORVES

尼可拉・德斯田・鐸爾夫

空無的哨兵

尼可拉・德斯田・鐸爾夫

他喝番石榴汽水，穿薄荷綠長褲，戴著圓如棒棒糖的眼鏡。他的繩編圍巾是繽紛的糖果色彩。法國作曲家奧芬巴哈的音樂就像康康舞似地在他腦中播送。他是鐸爾夫，是個「新手」[75]。在今日的巴黎，像他這樣的人已經很少了，他會以手帕裝飾胸前口袋、打領結，聊起印象派畫家雷諾瓦或他的密友，還會在電台節目上感傷啜泣。他在電台播放滑稽的改編版法國聖誕彌撒歌曲，結果丟了工作。每逢星期六，我們就能在作家鮑希斯・維昂[76]寓所舉辦的「空想科學」聚會看見他，或是在塞納河畔碰見他在野餐。他星期日辦茶會，夏天到加拿大的湖裡游泳。「新手」與老海明威這個粗暴、愛吹牛、近乎粗鄙的大鬍子巨漢南轅北轍。海明威把《流動的饗宴》一書的經典手稿遺忘在巴黎麗池飯店，稿子就這樣躺在印有品牌字母縮寫的精品行李箱內，在飯店地下室歇息了四分之一個世紀。巧的是，我們偶爾也會在這間充滿洛可可魅力的大飯店碰見「新手」。他與海明威必定有共同的喜好，也許是奧芬巴哈和友誼吧。總之他們都喜歡巴黎夜總會的女舞者。鐸爾夫接下寫作任務，展開一番調查。他問了飯店酒保，探索了後台內幕。他看見一些事，也查出了一些事。以下就是海明威遺失手稿的眞相。

---

75 作者全名縮寫 Néo 恰為法語「新手」之意。

76 Boris Vian（1920-1959），玩世不恭的天才小說家，身兼爵士樂手、工程師、發明家與畫家，代表作《我要到你的墳墓上吐痰》極具爭議性。

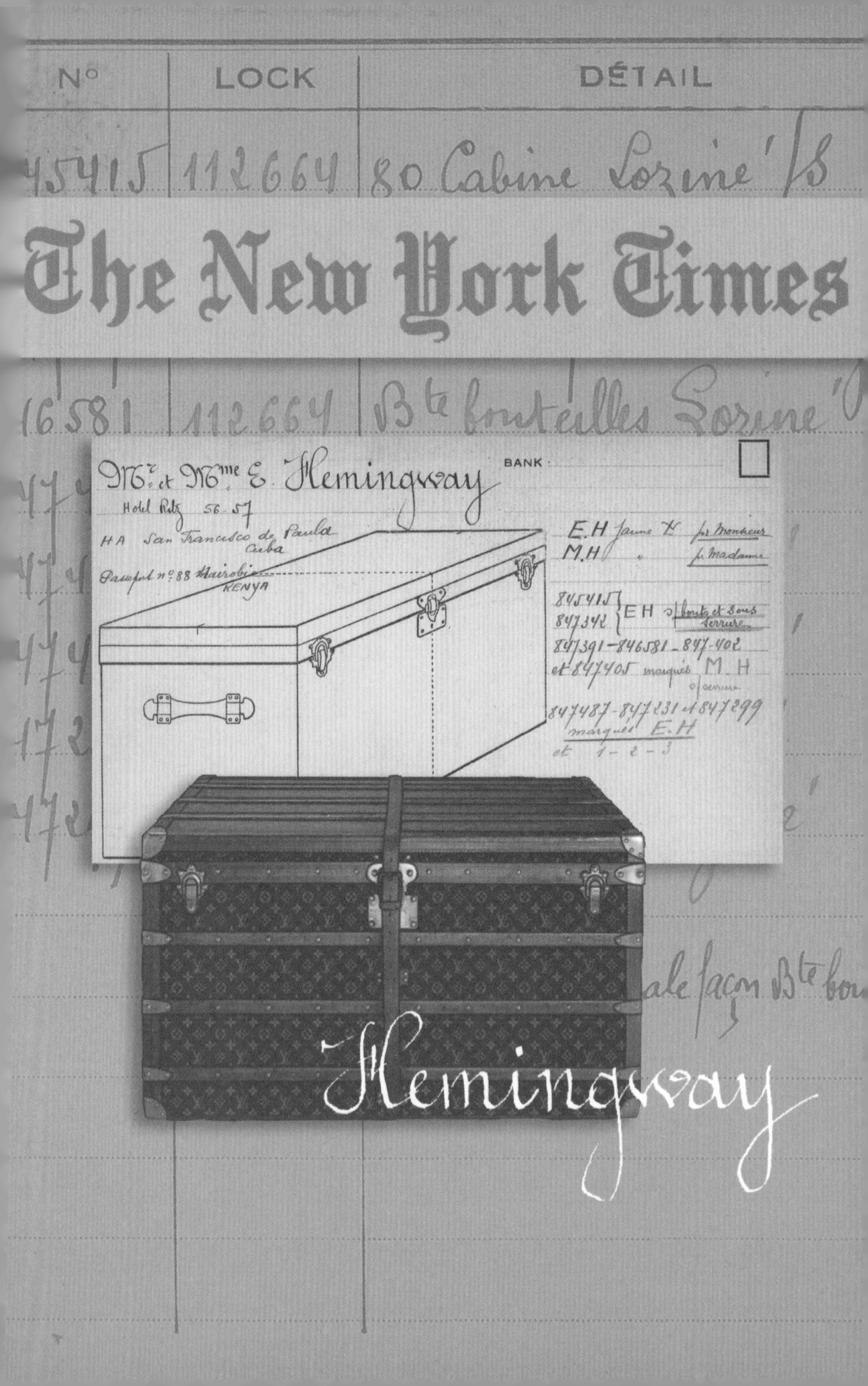

The New York Times

Hemingway

故事靈感來源

「在飯店行李箱尋獲海明威手稿的驚人故事」

——《紐約時報》，二〇〇九年七月二十日

一九五六年，作家海明威與編輯友人A. E.哈奇納相約午餐，麗池飯店創辦人之子查理・麗池告訴海明威，他有個行李箱從一九二九年起就在飯店的地下室安眠。查理差人把行李箱拿上來，海明威打開之後，發現了一些老舊的筆記本，其中一本記載著《流動的饗宴》的梗概，這本書後來成爲他最後的著作，是他的經典遺著。

空無的哨兵

「寫作也暗藏了許多秘密。
從來沒有什麼會消失，就算在當下看似如此；
擱置一旁的事物最後總是會浮現……」

——海明威《流動的饗宴》

透過父親的人脈，我開始從事文藝記者的工作，只是一點熱忱也沒有。我父親認識巴黎報界一位有權有勢的人，於是要我去見他。

「賽斯汀人很親切，你去了就知道。我昨晚又跟他一起在高梅茲家吃飯，他說他很樂意見你。《優勢報》的文藝副刊就是由他掛帥……」

「好是好啦，可是我對書籍評論一竅不通，又從來不讀現代作品。我甚至不會走進書店買一本剛出版的書……」

聽了我這番話，父親咬一咬牙，把頭縮進頸子裡，雙下巴冒了出來。

「小子，你二十二歲了。如果這個人肯見你，你去就是了！」

我從來不懂得對父親說「不」（也不懂得忤逆大部分的人——我教養太好，太有禮貌，討厭把事情鬧大），只好嘟噥了一句「是，爸」。於是他的雙下巴消失了。

「你到時就知道了，」他對我說，同時遞來賽斯汀．布克的私人電話號碼，潦草地抄在便利貼上，「他是個迷人的青年。你知道他曾是桑妮塔長年的情人嗎？」

*

「桑妮塔的情人，桑妮塔的情人！干我屁事！」

我已在黑奧穆街漫無目的地閒晃了半小時，在《優勢報》那棟裝飾藝術風格、巨船似的據點外頭兜圈子。大得出奇的怪異船首插進這座城市，有如困在冰塊裡的大帆船。但我此刻沒有心情去思考隱喻。我搵搵額頭，每十分鐘就去「剛果人」（對面的咖啡館）撒尿，緩解自己的顫抖焦慮。

我到底在怕什麼？我什麼都不怕，只是我向來羞澀得簡直像患了病，沒法獨自走進餐廳，打電話像是一場硬仗，讓我每每在需要自我推銷之際方寸大亂。我無時無刻都覺得自己表現失常，這無疑非常自戀，但我眞的深以爲苦，總在該挺起胸膛、敲桌宣示信念的時刻屈服。

我心想全是我的姓氏害的，和地鐵站名同姓氏的苦，非常人所能理解。彷彿被歷史絆住，困在字典裡。我好像一直藏在我的姓氏背後，這座屏風化作監獄，成了一座碉堡。

「小子，擁有這種姓氏，就要肩負這份職責。」父親自有承受之道。我和他都對此事無可奈何。自從德法兩國在一九四〇年簽訂停戰協定，我那知名的海軍軍官叔公就擁護戴高樂，他是抵抗運動的先鋒，亦爲自由法國[77]的首位偉大殉身者。數不勝數的街巷、廣場、大道、停車場都冠上他的姓氏「德斯田．鐸爾夫」，地鐵十二號線的「天主聖三堂站」也一樣[78]。老實說，我壓根不在乎抵抗運動。我對那個時期並不特別熱衷，通敵、敗類、叛徒等歷史黑暗面比較合我脾胃。我這是故意唱反調嗎？想對抗自己的血脈傳承？很難說，但是我和我的姓氏就好比一對相互折磨、相互猜忌而有點酸溜溜的夫妻，總是望著窗外，暗忖天氣還有沒有可能放晴，或是此生將永遠籠罩在黯淡無光之中。

賽斯汀．布克恰恰相反，他對我的「家族名聲」可是有著眞誠的熱情。

「明早九點半來見我，趁我開會之前！」當我終於拿起話筒（在此之前我一共撥了八次電話，每次都在第一聲鈴響前掛斷），他以一種快活卻有些心不在焉的語氣對我說。

所以我來了，來得像往常一樣早，站在這間我向來只讀他們歌劇評論的報社樓下。

我對新聞壓根不好奇（政治？無用。運動？無聊！財經？跟中國話一樣讓人霧煞煞！），所以根本不讀報。《優勢報》是我奶奶在讀的。這種小報會出現在我那些貴族老姑媽家，以及我黃金童年時期去過的俱樂部會所，我們拿放大鏡來讀，藉以得知誰訂婚、誰結婚，誰又死了。

「還是看一下人家報導怎麼寫的吧。」父親這般提醒我。可是《優勢報》的文藝版每週才出刊一次，而我被通知面試才不過是這一天的事……

我從紫色Swatch手錶得知，決定命運的時刻就像貪婪的南美短吻鱷，逼近了。

「好，」我自言自語，如鯁在喉。「你要走進大廳，對那個年輕的波霸小姐微笑，說你跟賽斯汀．布克有約。」

---

77 原法蘭西第三共和國國防部次長戴高樂在英國所建立的政體，與納粹在法國扶植的傀儡政權相抗衡。

78 此站全名為「天主聖三堂—德斯田．鐸爾夫站」，巴黎天主聖三堂前的廣場即為德斯田．鐸爾夫廣場。

我雙手推開大玻璃門，留下潮溼的手印。額頭開始沁出汗珠，我口乾舌燥。

「還眞是個好的開始！」

美女看我的神情懶洋洋的，卻很親切。而我呢，我已經渾身痙攣了，嚴重到似乎有必要迴避她的眼神。我的雙眼恰好深深陷進她的低胸上衣。

「吼，那對胸部！」我在心裡想著，彷彿死刑犯受死前最後一次看見地平線。

我抬起眼睛，看見小姐有多麼七竅生煙。但是身懷這樣的本錢，她應該習以爲常了呀。

「呃，我跟、跟……」

「跟？」

我竟忘了對方的名字！

「跟賽斯汀．布克有約……」

「又來了一個！」她翻了個白眼。「B電梯，六樓，右手邊，國外部之後的小門……」

「謝謝，女士。」我結結巴巴地說完，笨拙地往電梯疾行。

「是小姐！」

若說《優勢報》的大廳看起來高傲雄偉，那麼編輯部就是個凌亂不堪的雜物間，窄小的房間燠熱難當，走廊醜兮兮的，辦公室亂七八糟，廁所臭氣衝天，假天花板比滿是小孔的艾摩塔乳酪更加坑坑洞洞。

「您找誰？」我抵達文藝部的時候，一名步伐像跳鼠的嬌小秘書問道。

「我……我……我找賽斯汀．布克。」

「啊！尼可拉！」我背後傳來一個聲音。

我轉過身，看見總編正走出廁所，一邊扣上釦子，臉上掛著令人喜愛的笑容。

「你爸爸好嗎？」他往我肩頭用力一拍，朗聲說道。

他這一問語驚四座，每雙眼睛都看了過來，像是聽見雷聲的獸群那樣僵住了。

「又來一個走後門的。」緊鄰的房間有人發出咬牙切齒的聲音，那裡直到剛才只傳來打電腦的喀喀聲。

「別窮緊張，他跟其他人一樣，撐不到十五天的……」

賽斯汀似乎沒有聽見，又親熱地撞了我一下，把我推向他的小辦公室。

這個房間既是珍奇百寶屋和倉庫，也是拉拉雜雜的垃圾堆。

「坐那邊。」他對我說，但指的卻不是一張椅子，而是一疊書。我想書本都夠大，坐上去也沒什麼好怕的。

「對不起，我連凳子放哪兒都不記得了！」

他自己則是站著，背靠一座危危顫顫的書架。他看我的眼神揉合了溫柔與食人族的殘酷。

「所以你姓德斯田．鐸爾夫……」

「喔，對啊……」我乾巴巴地應道，想不出什麼俏皮話好說。

他的眼睛裡有星星在跳舞。

「太棒了！這姓氏眞好聽。你想當作家是嗎？」

「喔，沒有沒有！」我連忙站了起來，連自己也被這反應嚇了一跳。

賽斯汀身體一僵，彷彿我剛才羞辱了他。

我一時倉皇，只好嘴拙而不知所云地解釋：「呃……是我爸爸啦。他叫我打電話給您，說您很樂意見我……您……」

「很好、很好，」他拍拍手說道，好像教授打斷了不知所措的學生。「不過你喜歡寫作，對吧？」

「當然。」我答道，同時意識到我已把手上每張好牌都燒了，接下來凡事都可能不利於我。

我的寫作經驗？眞是天大的笑話。我小時候寫過幾首詩來逗奶奶開心，大學時期則有兩、三個習作，內容格式都經我刻意雕琢，後來還有一疊東拼西湊、寫得又爛又冗長，而且無法辨讀的失敗劇本，在我面對國民議會的小套房床底下一堆就是好幾年。當時我的夢想是搞電影或歌劇。但是寫作，眞正的寫作：和內文肉搏，與字詞纏鬥，捕捉精確的文句、完美的音韻和諧，這個不，打死我都不要。不是我排斥寫作，只是我從來沒想過罷了。之前也說過，我從來不讀現代文學，但是我活剝生吞古典文學，用俄國大文豪、波赫士、大仲馬、納博科夫、莫朗[79]、普魯斯特和許多作家來餵飽自己，卻沒有告訴我的朋友們。我認爲閱讀口味與羞恥心結伴並行，我們可以聊電影、音樂和畫，然而書是絕對的私密，是無法分享的秘密。也許這個想法很奇怪，或許我只是不能接受自己的口味，才不肯暴露給親友知道吧。

但是現在，坐穩在一疊蓋著「公關書」印章的作品上，我勢必得玩這個把戲。

「我當然喜歡寫作啦！」我甚至提高音量，口氣潑悍到誇張的地步。

賽斯汀笑了。比起我這個害羞小貴族的扭扭捏捏，他更欣賞我的虛張聲勢。

「你喜歡作家嗎？」

同一時刻，我瞥見最靠近他頭部的一排書架上，全套作品的書背全印著知名文學出版社伽利瑪的書系標誌「ＮＲＦ」，我立刻回答：「那還用說！」

「這答案好多了，」他說著坐進一張奇蹟似地從雜物堆冒出來的老舊皮椅。「我還想考考你呢，年輕人。你想替我們工作嗎？你想加入《優勢報》的文藝版嗎？」

我感覺到父親的陰影罩了過來，他的幽魂準備要糾正我了。我帶著熱忱答道：「我很樂意！」

賽斯汀覷瞇起一對眼睛，像個巫師那樣弓著身子，用一種奇異而有如空谷回音的聲音問我：「你聽過吉爾．舍維耶沒？」

*

「可憐的傢伙，賽斯汀把『舍維耶行動』交給他了！」

這就是我聽見的最後一句話，從那間只有勤奮打字聲的小辦公室裡傳來。

「『舍維耶行動』？」我低聲複述了一遍，並且再次經過那個有漂亮屁屁的維納斯面前，卻忘記向她的身材曲線致意。

我這下來到街上，還暈頭轉向的，筋疲力盡，難以理解剛剛發生的事。

我尚未從害羞中恢復過來，兩腿發抖地坐在「剛果人」的露台上，點了一杯我的命運飲料：番石榴汽水。

---

79 Paul Morand（1888-1976），法國學識最淵博的小說家之一，身兼外交官與法蘭西學院院士，曾是香奈兒與普魯斯特的摯友。

在我面前，《優勢報》的船首還是那麼自命不凡。

汽水像鞭子，猛抽了我一下，滑下我的喉嚨。某些人靠蘋果白蘭地、蘇茲龍膽酒或波本來提振活力，而我呢，就是汽水。我逐漸清醒，小辦公室傳來的惡意話語又浮上心頭。

舍維耶行動……

那名員工究竟想說什麼？看著第N個「老闆朋友的兒子」既不必上新聞學校，履歷表也無須經過評選，就能被託付重要任務，他肯定很眼紅。

的確，賽斯汀對我異常地信心十足。畢竟，我可從未撰寫過半點新聞文章啊，他卻請我做一項真正的調查，甚至給我一個截稿日期（兩週，不多不少），還有精確的內容量（對開四張半，我根本不曉得是什麼意思！）。

他的話似乎刻在我的記憶裡：「去找出舍維耶，所有消息都顯示他住在巴黎。設法讓他開口，只要他說出一個句子或一個想法，你就成爲我們的一分子了。」

眼前這個狀況的喜劇面向，忽然讓我感到非常諷刺。

舍維耶就是「長短腳」[80]，這是欺負新人的技倆。誰都知道（就連我！）這位作家已退隱四十多年了。將近半個世紀以來，他拒絕任何採訪與會面，除了代表作《屠戮的直覺》，他不曾再寫下任何作品。伽利瑪出版社在一九五九年出版了這本書，立刻被奉爲經典，成爲該時代的指標，年年持續暢銷，譯爲數百種語言，成爲許多大學的研究題材，還改編成電影、舞台劇、電視劇……

「舍維耶在這裡，」賽斯汀視線射向辦公室窗外的屋頂對我說。「他住在巴黎某個地方。許多朋友都向我保證過，曾經在『單一價』超市的收銀台、地鐵、塞納河岸等地方遇過他，但是他只有小說出版時發布的唯一一張發育遲緩的青少年照片，沒有其他照片。他今天長什麼樣子也沒人知道……」

也不曉得他是不是還活著……我才開始這麼想，汽水就變得像醋。

原來「舍維耶行動」就是這個啊！純屬玩笑，惡作劇！乾脆要我逮到十六世紀的預言家諾斯特拉達姆斯、永世流浪的猶太人或聖傑曼伯爵[81]算了！吉爾・舍維耶成了都市傳說，而我就像初次在教堂領到象徵基督聖體的麵餅的小孩子，天真地加入這場惡作劇。我是被自己「永不言不」的個性給害了。但是我如何能拒絕賽斯汀的提議？父親一定會把我給罵個臭頭。於是我只好接受了，還有好一段時間深信此事確有可能辦成。

不過此刻坐在黑奧穆街和維維安街的轉角，面對留有幾道紅液體的空杯，我對自己說：小尼可拉又上鉤了。

可是，我這奇異的自信是打哪兒來的？彷彿我可以挑戰命運，彷彿這個賭注值得一搏。畢竟，若說每一個到過賽斯汀辦公室的實習記者都要接下「舍維耶行動」，那麼我不認爲他的目的是想捉弄我。舍維耶是他的偶像，激發了他的寫作欲望和衝動。此後，他就像追尋聖杯似地尋找舍維耶的蛛絲馬跡。然而年復一年，他的執念枯竭了，只是還不到絕望的地步。正因如此，他不時會派出一些小密探，就像最後一次對年輕時的夢想致意，這不是妄想，而是懷舊吧。

---

80 流傳於法國、瑞士山區的一種想像動物，據說形似山羊，為了適應崎嶇的山形，左右腿不等長。

81 永世流浪的猶太人是中世紀基督教傳說中的人物，因為嘲笑受難耶穌而遭詛咒，必須生生世世流浪，直到耶穌再臨；聖傑曼伯爵是十八世紀煉金術士，身世成謎，亦有探險家、朝臣、科學家、藝術家等身分，人稱「不死之男」。

賽斯汀憧憬舍維耶是吧？那我就找出舍維耶，擺在銀托盤上送去給他。

*

「我來幫你，小子！」父親聽完我述說這次奇遇之後，這麼說道。

我感覺他是眞心地同情我。畢竟是他把我推向意料之外的嶄新事物，可不能眼睜睜看著我沒頂。

父親不是書蟲，卻無所不知，他那異乎常人的記憶力簡直讓人暈眩。他沒有讀過《屠戮的直覺》，卻知道出版社、出版日期和故事情節。

「就是垂暮作家成爲一個年輕人的心靈導師，把極致寫作法的秘密託付給他，對不對？」

「對。故事發生在五〇年代的巴黎。大家總說那個老人是海明威，弟子就是舍維耶本人。」

父親晃晃下巴，讓記憶浮上來。

「而且是在麗池飯店，對吧？老人把文學喻爲酒精濃度很高的雞尾酒，認爲一切取決於平衡，就像煉金術……」

「舍維耶的父親在麗池當門房，所以他在旅館裡長大，或許他就是這樣認識了海明威。海明威在戰後及五〇年代中期曾在那裡住過好幾天……」

父親抓起我的口袋版《屠戮的直覺》，拿到面前翻動端詳，彷彿葡萄酒專家品評著一瓶酒的顏色與外觀。

「書名是什麼意思？」

「海明威……我是指故事裡的老人，他告訴徒弟，眞正的文學總是引人來到殺戮的大門，來到極致而絕對的險境。唯有讓人從直接的視角看見這場終極毀滅，文學才具有意義和靈魂。文學是對於最終屠殺的直覺，那場屠殺將終結我們所知的世界。」

我看見父親瑟瑟發著抖說：「讀這種東西眞令人開心！我今晚會在桑妮塔家和賽斯汀碰面，我要叫他最好別害你自殺。」

父親這句話只有一半是玩笑，我提出異議：「爸，我知道你總是想幫我，但這件事請讓我自己解決！」

「好啦、好啦，」他盯著手錶咕噥。他大概又要趕哪一場「飯局」了，他總是這樣爲我們的對話畫下句點。

「就算只是個玩笑，也讓我自己去發現吧。」

父親聳聳肩。

「我懂了，我不會跟賽斯汀說的。」

「也不可以跟其他人說。」我又補上一句。我很清楚，在飯局的酒精推波助瀾之下，父親會變得加倍聒噪。

他頷首，然後站起來說：「好。我還有約……」

我按捺住微笑，父親卻一直保持肅容，很奇怪。他雙手搭在我肩頭，用毫不帶刺的聲音告訴我：「小子，我知道是我逼你去見賽斯汀的，但我還是希望你小心點，好嗎？」

「我又不是要去阿富汗！」

「我知道，可是那個屠戮的故事讓我很不舒服。」

「去赴你的約、吃你的飯啦！代我親吻桑妮塔，而且不要擔心。」

他一離開我在波旁宮廣場的小公寓，我又沉溺在《屠戮的直覺》中。

＊

賽斯汀真的要其他面試者也進行這項調查嗎？找出舍維耶是《優勢報》文藝部欺負新人的慣技嗎？抑或我的前輩皆認爲找出神秘作家是一場未戰先敗之役，於是立刻回絕？（長久以來，許多書評相信舍維耶是「輕騎兵」文學運動的羅宏和尼米耶[82]等作家的集合創作。）

我會這樣說，是因爲不出一週，我就找到舍維耶了。我雖然生於世家，身在無憂無慮的世界，卻從不認爲自己特別幸運。我不是每買樂透必中的人，也不會老是在對的時機遇上貴人，更沒有財運亨通、財源廣進。但我卻輕易逮到這位人稱「謎樣人物」的作家，簡單得令人詫異。

我的方法是什麼？很簡單：我高中的前女友正在伽利瑪出版社的公關部實習。我只是請她去瞄一眼（偷偷地瞄！）版權文件，記下版稅每年寄到哪個地址去。

「我一小時後回電給你。」她表示很高興能幫我的忙。（她每次想起我都會很感動，因爲四年前我們探索了彼此的身體，現在逮到機會還是會打上一炮，她舒服滿足，我卻只有禮貌性的爽快。）

「我找到了。」一小時後，她在電話那頭大叫。

「小聲一點，茱莉！」

「別擔心啦！我一個人在辦公室，他們都去參加編輯會議了。我想社長要宣布人事重組，所以我才能去查版權文件，不怕被逮到——」

茱莉忠心耿耿，但是有夠長舌。

「好，結果呢？」

「版稅單不是寄到私人地址，是寄到一家旅館耶，好奇怪喔。」

我早該想到了……

「麗池飯店？」

「你怎麼猜到的？」

茱莉沒有聽見我的回答，因爲我早已掛斷了電話。

*

我對豪華旅館向來沒有什麼熱情：太金光四射，太過豔紅，令人作嘔的舒適，無聲的奢華，沉鬱的珠寶，一張張因爲金錢和特權而枯燥呆板的臉孔。比之豪華大旅館賣弄的自命不凡，我向來比較喜歡低調、迷人、鮮爲人知的地方。又是我害羞的一面在作祟。

身懷金鑰匙的男人謹慎而友善地看著我說：「舍維耶先生？我不認識舍維耶先生。我們目前沒有這名房客……」

---

82 「輕騎兵」（Les Hussards）是一九五〇年代的法國文學運動，反對存在主義及沙特。兩位作家依序為法國記者、小說家兼散文家 Jacques Laurent（1919-2000）與記者、小說家兼編劇 Roger Nimier（1925-1962）。

「他說不定會回來。他去旅行了嗎？」

門房蹙起眉頭，憑倚在櫃檯上，一副審查員的模樣說：「聽著，年輕人，我在這家旅館工作十七年了，從來沒有任何叫舍維耶的客人來這裡睡過覺。」

這傢伙除了賽馬雜誌肯定沒讀過別的，大可不必費事提醒他，文學界最神秘的謎樣人物之一就在這間旅館長大。我依然決定在此落腳。我當然不能坐在旅館大廳的粉彩沙發上打量每個走進來的面孔，捕捉舍維耶老化的五官線條。那樣一定會被門房攆出去的。不過誰也不能阻止我以（年輕）房客的身分在旅館閒蕩。我的好氣色和稍微過時的衣裝（西裝外套、絨布長褲，有時還繫上領帶或蝴蝶結）可以輕易佯裝成來自英語系國家的遊客，或是某個把知名旅館當成度假勝地的名門之子。於是我在麗池飯店的每一個走廊、廳室闊步來去，雙眼隨時偵伺，暗自偷看所有與我錯身而過的人。

四天後，我就氣餒了。

有什麼用？我背靠名牌寶格麗的櫥窗，這麼告訴自己。《優勢報》那個王八蛋說得沒錯，我是個被擺了一道的菜鳥。我會成爲整間報社的笑柄。我絕對沒那個膽子打電話給賽斯汀，這他一定猜到了。說不定他已派了另一個人投入這場爭逐。這就像一個運動競賽、一場遊戲：他每個星期帶來新的試驗品，惹得全報社都在竊笑！爸的朋友眞是大好人一個啊！眞是慷慨……

這些負面想法充盈腦海之際，一道光線吸引了我。

不是來自一盞燈，是一個眼神。兩隻眼睛。兩顆敏銳如猛禽的眼珠在打量我。

他雙手擦拭著玻璃杯，上半身在酒瓶間晃動，一張臉卻沒有移動分毫，宛如追隨獵物的貓頭鷹。

「過來。」他嘶啞著說。

我搖搖頭，好像在強迫自己離開醒覺的夢境。

「我不會把你吃掉的，進來沒關係。酒吧還沒開。」

當我穿門而入，他一聲令下：「把門帶上。我喜歡保持低調，這你應該明白。」

不，我什麼都不明白。但我像給人催眠似地挪步前行，走向高眺的桃花心木吧台，小個子男人正在吧台後收拾馬丁尼杯。

「你就是那個新的？」他用沙啞的聲音問道，雙眼緊盯著一瓶哈瓦那萊姆酒。

「新……新的什麼？」

他把酒瓶擱在吧台上，單手抹抹臉，像個筋疲力盡的士兵又得上前線似的，深吸一口氣。

「是塞斯汀派你來的？」

我回答「對」，口氣聽起來既愚蠢又孩子氣。

「所以我說得沒錯：你就是那個新的。」

「新的什麼啊？」

老人沒有回答我，逕自打開一瓶萊姆酒，斟滿兩杯。這是我第一次親眼見到他。他身材矮小，是個瘦條條的禿子，看似飄浮在他的酒保制服裡。但我認出了他的雙眼，就是它們把我吸引過來，就是它們在四十年前出版的小說公關照片裡閃耀如星。

我正要說話，卻被他捷足先登：「塞斯汀很喜歡這樣測試他旗下的新人，」他笑了起來，把酒杯推向我。「他扮木偶師一定扮得很開心……」

他往後仰頭，一口氣乾掉他那一杯，眼神悍了起來，同時卻浮出笑容。

息。

「你在等什麼？喝啊！」

我像觸了電一般，抓住酒杯，卻無法舉到唇邊。

「沒人教過你要聽大人的話嗎？喝完你的酒，讓我再替你倒一杯！」

我一腔熱血，滿心疑惑，只能把整杯酒往嘴裡一倒，喉嚨立時被灼得熱辣辣的，簡直快要窒息。

「海兄讓我喝我的第一杯萊姆酒時，我的臉一定也是這個樣子……」

舍維耶哈哈大笑。

酒保指著房間彼端一個小凹室，補充說：「海明威當時坐在那裡，正喝到他的第二瓶酒。我那時還不滿十六歲。你年紀比較大吧？」

「我……二十二歲。」我打了個嗝，濃烈的酒精讓我昏了頭（那個時候我眞的只喝汽水）。

「對啊，人事全非了。但我不是海明威，你也不是舍維耶……」

太陽穴旁的血管突突跳動，但我仍絞盡腦汁，最後推說：「可是我以爲你……」

奇怪，我找不到字眼來表達。舍維耶負責補足我的話。

他露出不許人拒絕的眼神，再幫我斟滿一杯萊姆酒，冷笑道：「我怎麼樣？死翹翹了？失蹤了？還是成了隱形人？」

「我不知道……」我小聲說，同時嚥下一部分酒，愈來愈飄飄然。

「從來沒我這個人？我是『輕騎兵』那群作家創造的人物，又是來戲弄人的？」

在這個怪人面前，我感覺自己毫無招架之力。他又指了指酒吧凹室的那個空位。

「海兄用他濃重的美國佬口音對我說：『小伙子，作家都是鬼魂，融入烏有。他們都是空無的哨兵……』」

我覺得這個句子擁有驚人的威力。

「空無的哨兵？」我複誦一遍。

「聽起來很棒吧？海兄這個大傢伙啊，他對我說出這句話的時候，我的表情一定跟你一樣！兩眼出神。這反應正中他的下懷……」

「誰？」

「海明威！你有在聽我說話吧？」

「有、有……」

酒精讓我思緒混亂，偏偏當前正是我最需要保持清醒的時刻。不管這趟奇遇是不是賽斯汀策動的角色扮演遊戲，我都想經歷到最後。畢竟，我不是正在跟神秘作家、法國文壇活生生的謎團舍維耶聊天嗎？

舍維耶的神情整個柔和下來，他繞過吧台，過來坐在我身旁打過蠟的高腳椅上。

「我跟你保證，海兄對我長篇大論的時候，我跟你一樣聽得昏頭。這是過程的一部分，你懂嗎？」

「什麼過程？」

舍維耶的面孔扭曲起來，想不出精準的字眼。

「寫作的過程……至少是那個應該經歷的過程。」

他的臉染上一種鮮豔色調，眼神亮了起來。他甚至搭著我的胳膊，以一股奇怪的力道握住我的手。

「這全是儀式，你懂嗎？儀式，教條。就像一個宗教。過程就是這個：一個宗派，一個教會。空無的哨兵正是直接由此而來，因爲海明威跟其他人都見過隱藏在女神臉孔背後的東西……你懂我的意思嗎？」

「完全不懂。」

舍維耶笑了。

「這是正常的。面對同樣的問題，我也作了同樣的回答，然後海明威又倒了滿滿一杯萊姆酒給我，畢竟只有酒精能幫助我們忍受事實。」

「什麼事實啊？」

他的故弄玄虛開始惹惱我了。話說回來，他眞的是舍維耶嗎？誰知道這男人不是麗池飯店多年來爲了逗顧客開心，付錢雇來假扮舍維耶的冒牌貨？

但他想必是讀出我心中的狐疑，站了起來。

「我知道你在想什麼，孩子：『這傢伙在嘲弄我、他醉了、這一切全都荒謬透頂。』」

我正要反唇相譏，他把食指壓在我的嘴唇上。

「什麼都別說！當年我初次遇見海兒，在他面前，我的意見就跟你一樣無足輕重。」

他走到門口開鎖，說道：「相對的，你要照著我做過的去做，你要跟著作家進入他的內心深處，你要閉上嘴巴聽他說。」

＊

你們參觀過旅館的地窖嗎？那裡簡直是個誇張的堆棧，讓人聯想到二戰時法國人逃難的道路。裡頭應有盡有，甚至不該有的也有。數千名過客及旅人的靈魂全凝集在地窖裡，彷彿為了榨出滋味最美妙的仙露。

舍維耶在這座迷宮裡走動，彷彿預感到暴風雨即將怒號的燈塔守衛，完全不敢大意。他戰戰兢兢，雙眼戒備，絕不讓意外發生。此時此刻，一切都操之在他，沒有什麼逃得過他的眼睛。就連他的嗓音都愈顯濃郁而深沉，彷彿他想改變聲音裡隱含的意義。

「自從旅館落成之後，總是會有顧客掉東西在房間裡，有時還是故意的。」他說著拿了一個既像樂器、又像六分儀的奇怪物品給我看。

「你看這個玩意兒，我已經認識它半個世紀了，還是搞不懂它的用途。」

他把東西交給我，我才發覺這個金屬製品有多重、多油膩。

「海明威自己都沒辦法替它命名，他就叫這東西『小玩意』。」

「你跟他一起來這裡？」我問道，同時試著讓這玩意動起來。但舍維耶把它從我手裡拿走，粗魯地放回原位，擱在一座銅置物架最上層。

「你還不懂一切都是從這裡開始的嗎？」

他又變回那副神秘兮兮的樣子了。

「一切什麼？」

「我就是在這裡明白的。」

我正要回問「明白什麼？」，他卻不給我時間發問。他那具纖弱、骨節浮凸的小身軀跪在未經琢磨的水泥地上，弓身抓住一個高如孩童的黑色厚箱子，拉到兩排置物架中間的空地。

「這是什麼？」

舍維耶喘息不已地站起來，酸溜溜地回答我：「看不出來嗎？是行李箱。」

「行李箱？」說完輪到我跪在這只漂亮的深色箱子前。我認出了布滿箱子表面那兩個交纏的L和V字母。

「那個時候，海明威請人特製一些行李箱來載運他的圖書館。」

我暗自驚嘆，忍不住撫摸行李箱，就像發現一頭被關進牢籠的獅子，或是被馴服的老虎。

「你從來沒讀過《流動的饗宴》嗎？」舍維耶問道，一邊打開行李箱。

「有啊，很久以前，爲什麼問？」

然後行李箱蓋掀了起來，一陣塵封許久和乾涸墨水的味道撲鼻而至。

「海明威寫的這本回憶錄，內容來自他二〇年代住在巴黎時的筆記……」

「然後呢？」

「他以爲筆記丟了，直到一九五六年的十一月，他又在這家旅館裡找到，在這個地窖，在這只行李箱裡頭……」

舍維耶漸漸開始語帶脅迫，但我還是不懂他要帶我到哪兒去。

「這本書是在他過世之後才出版的，對吧？」

舍維耶露出宛若心碎的眼神。

「對，海兄寫這本書寫到辭世。但……」

這名酒保作家嚥了嚥口水，彷彿很不願意繼續透露。

「舍維耶先生，你想說什麼？」

他仰起臉看著我，臉色蒼白得嚇人。

「海明威把自己禁錮在《流動的饗宴》裡，不是爲了讓青春重生，而是爲了逃離另一樣東西……」

一股肉麻的不適感意外襲向我，緊勒住我的胃，然後是我的喉嚨。

「逃……逃離什麼？」

舍維耶顫抖著手，抓住一本藏在行李箱抽屜夾層裡的書。

「逃離……這個……」

他拿在手中的藍皮精裝書非但沒有書名，也沒有說明文字。我看見他緊綳的手指死掐著書，而他多麼強忍著不去打開，這簡單的接觸又是多麼讓他害怕。

「那是什麼？」

「我不懂……」

舍維耶深吸了一口氣，聲音恢復沉穩：「這本書是你來這裡的理由。」

「賽斯汀會怕，孩子。他從來不想自己來，卻又深受好奇心的折磨。他想要知道。就跟我們所有人一樣。就像那個時代的海明威，就像五十年前的我。尤其是像你一樣。如果我告訴你書中藏著什麼……你想成爲作家嗎，孩子？」

「不。我是說，我想……」

「想或不想？」

「我不知道……」

「那就好好聽我說，因爲你必須知道……」

「知道什麼？」

究竟是誰在戲弄誰？難說。但是舍維耶一副通靈者的模樣，把我吸進了他的瘋狂。

「別告訴我你不想知道。」他對我說話的口氣衝得出奇，彷彿害怕聽見褻瀆的話。

我向前湊近，卻不打算拿取那本他緊緊壓在胸前、彷彿是個已死孩童的書。

於是他向我娓娓道來。

直到二十年後的今天，我依舊會在午夜醒來，確信舍維耶就坐在我房裡的一張椅子上，瘋狂的眼神緊盯著我不放。

「海兒找到行李箱那天，我跟他在一起。其實他是故意把箱子留在這裡，希望能把它忘掉，卻又始終沒有勇氣摧毀它……」

「他爲什麼想毀掉遺作靈感來源的筆記？」

舍維耶悲傷地聳聳肩。

「我跟你說過，那內文只是些不値錢的玩意兒，藉以掩飾重點的權宜之計罷了。」

我指著那本藍皮書問道：「因爲重點在裡面？」

「比重點還至關緊要：是精華。是基礎。是一切的起源和終結。」

他又開始瘋瘋癲癲了。

「這本書是他酗酒的理由，也是他的辯解。沒有這本書，海明威就會過著截然不同的生活。他肯定不會成爲作家，但他會更快樂。**這本書**讓他成了奴隸，也讓我成了奴隸。就像在他之前所有膽敢打開這本書的人。我們每個人都是**空無的哨兵**……」

我驚慌失措，但是不再發言。必須讓瘋子開口，因爲我現在好奇得心癢難耐。

「我非常確信海明威是第一個發現它的人。這本書混在莎士比亞書店的大雜燴裡頭，二〇年代的他鎮日都在那裡流連。」

「蘇薇亞·畢奇的書店嗎？」

「對。有一天他遇上這本書，借回家讀。隔天，他就在近乎狂亂的狀態下衝到詩人朋友埃茲拉·龐德的家，『你一定要讀讀這個，你一定要讀讀這個！』兩天後，龐德也同樣狂熱地把書借給愛爾蘭作家喬伊斯。等海明威終於拿回這本書，又硬塞給當時人在巴黎的費滋傑羅——」

舍維耶話聲中斷，從上衣內裡的口袋抽出一小瓶萊姆酒，三口就喝個精光。

這些名字早已把我灌醉：海明威、龐德、喬伊斯、費滋傑羅……這些二〇年代曾居住在巴黎的英語系作家被我們稱爲……

「**失落的一代**……」舍維耶聲音微弱地說。「你無法想像這個詞有多麼萬中選一。」

「但是這跟書有什麼關係呢？」

老人露出筋疲力盡的笑容。

「因爲這就是事情的確實經過。他們全都失落了。失落在自己的天賦裡，在自己的瘋狂裡。被自己的創造力、文學想像力給壓得死死的。」

這酒保說的話愈來愈莫名其妙。

「這本書感染了他們，難道你還不明白嗎？海明威和費滋傑羅都沉淪於酒精，龐德發瘋了，至於喬伊斯……他被自己的天賦溺斃，最後寫出抽象而晦澀難懂的東西……」

「你怎能這麼說？他們都是文壇的巨人啊！」

「正是因爲如此！」

舍維耶吼了出來，他的聲音在麗池飯店廣闊的地窖中迴盪良久。

「沒有誰的肩膀扛得起這樣的重擔，每個人都以各自的方式屈服於這本書了。」

他緊握著我的手，眼神哀戚。

「眞正的才華是一種病，孩子。天賦是癌症。若是我能給你一個建議，我會要你永遠打消創作的野心。創作只會帶來痛苦、悲傷和無力，看看他們每個人的下場！」

我一時無法言語，分不清這老人究竟是瘋子或先知。

「那、那……那……你呢？」

他發出筋疲力盡的喟嘆巨響。

「我？」舍維耶最後笑了起來。「我是海明威和這本書的最後一名受害者。」

「意思是？」

「他找到這本書的時候，我跟他在一起。他只對我一個人說了整件事。我是最後一個讀過內文的人。於是我立刻運用隱喻手法，把閱讀感受表現在《屠戮的直覺》中，描述作家必須像尋找聖杯那樣，找出寫作的神秘煉金術。這點確實記載在藍皮書裡。但我當然不能明說，更遑論寫出來……」

「可是你今天就跟我說了。」

他面孔扭曲，像個看破一切的人。

「因爲我老了，也因爲這是賽斯汀和我多年來的小遊戲……」

「遊戲？」

「賽斯汀是極少數聽過這本書的人。他當時還是個很年輕的記者，他來見我，而我在那個年代還會接受一些採訪，相信自己還寫得出第二本書……」

「但是你沒辦法？」

舍維耶的臉上涕泗橫流。

「因爲那本書殺了我。我傾盡全力完成了《屠戮的直覺》，卻一直沒有力氣再繼續……沒有那本書，我說不定只會是個二流作家。但是那本書讓我寫出了獨一無二的傑作，我寫完之後再也沒法振作起來。這是詛咒，你懂嗎？」

我忽然感到一股強烈的欲望，幾乎難以壓抑：我應該打開這本書！馬上！

舍維耶登時看破我的意圖。

「你不是第一個找到我的人。你不是第一個伸出手，要我把這本書傳給你的人。你也不是我第一個問『你確定嗎？』的對象。」

「確定什麼？」

「確定你想自毀前程！待在天賦的羽翼之下，你確實能發揮得淋漓盡致……卻也會永遠窒息自己。就像它殺了失落的一代。就像它毀了我，從此毀了我……」

「那賽斯汀呢？」

他又黯然一笑。

「賽斯汀？他只有做個懦夫的勇氣。我曾建議他讀讀這本書，他甚至把書借走好幾個星期，但最後仍舊還給了我。他坦承：『我寧願不要冒這個險。』」

於是我繼續問：「但他有時依然感到懊悔，因此才想要其他人，要那些年輕人和門生去他不想去的地方？」

「也許是吧，」舍維耶含糊其詞。「也許不是。我有時候納悶，他會不會成了像海明威那樣的操縱者？他玩弄別人，樂在其中。除此之外，他什麼都沒有。當年輕人變得如二十歲的他一樣窘迫，再回去見他的時候，他就會告訴他們：『你當初說得沒錯，你不適合文學……』然後辭退他們，一方面悲傷，一方面又忍不住感到安心。」

那我和這件事有什麼關係呢？我該怎麼做？伸出手，打開這本書？永遠震懾於女神的面貌？從此認識了天使的眼神？

或是掉頭接受比較平庸、容易預期且較爲溫和的命運，而不認爲自己是出於懦弱？

此時，一個顯而易見的解決辦法呼了我一個巴掌：「何不乾脆毀掉它？」

「毀掉這本書嗎？」

舍維耶一臉錯愕，彷彿從未想過這個方法。

我臨時起意說：「把書給我。擺脫它，就像巴爾札克筆下《驢皮記》的主人公[83]。這本書的責任就讓我來扛吧……」

「可是我不能這樣對你！」

「又沒人說我會打開書……」

「你抵擋不住的。沒有人抵擋得了！」

「你又有什麼好失去的？」

舍維耶愣神了一會兒，最後還是把書交給我，聲如蚊吟地說：「的確沒有。我沒有什麼能失去的了。」

他整個身體蜷縮起來，就像一具印加木乃伊，他又說：「什麼都沒有，再也沒有了……」

十五分鐘後，我人在巴黎的凡登廣場，書包裡放著這本書。

*

我在《優勢報》工作就快屆滿二十年了。我零零星星出版過幾本沒什麼迴響的書，但內容倒是把我的家人朋友和一群形形色色的讀者逗得很開心。我結了婚，有兩個大男孩，在別人口中是個快樂的男人。

賽斯汀．布克過世已久。他黯淡無光的記者生涯因為出版了一本立刻被視為過去五十年來最重要著作之一的小說《空無的哨兵》，而以閃耀的方式落幕了。我把那本書交給他的時候，他已罹患了癌症，過程漫長且痛苦。在他的傑作問世兩個月後，病魔就把他帶走了。

---

83 故事主角獲得了一張能實現願望的驢皮，但驢皮隨著願望成真而縮小，他的壽命也因而縮短。最後他不再自私貪婪，才擺脫了驢皮。

ÉLIETTE ABÉCASSIS

艾莉葉・阿貝卡西

泰迪熊

艾莉葉·阿貝卡西

阿貝卡西喜歡把童話故事化爲惡夢。嬌貴更勝紐約千金小姐的年輕巴黎女人嫁給了有錢、俊美（可能還頗有名氣）的白馬王子，在一起許多年，有了一、兩個孩子。但是在這之前，當中，或之後，他們偶爾會出軌，老是互相欺騙，殘忍地讓對方心碎。阿貝卡西作品中的殘酷魅力，與晚上讀給小孩子聽的美麗床邊故事雷同，只是摩登、腥羶、邪惡多了。這些故事在今日讓我們心有戚戚焉。巫婆已不再，但是後母猶存，踏著猩紅色鞋底的高跟鞋。馬車成了功能多樣的敞篷車，鬧鬼森林都是跨國公司的辦公室，誘人的秘書擄獲無辜的已婚男人。全球公認最可愛的玩具熊到了阿貝卡西筆下，會成爲什麼樣子？她想像出來的無數版本一個比一個駭人，以下是最能讓人接受的故事。

nice-matin
PREMIER QUOTIDIEN D'INFORMATIONS DU SUD-EST ET DE LA CORSE
...EDEX 3 - Tél. 04.93.18.28.38 - CPPAP 53.134 - http://www.nicematin.fr

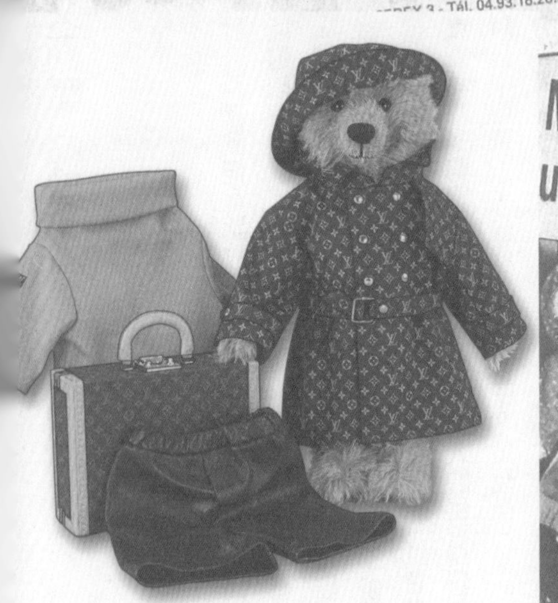

Monaco : 1,4 million
ur le nounours Vuitton

Stépl
prestig
on act
envolés

lonaco : des ours en or

prochainemen

...rs malicieux défie l'éphémère de la mode et symbolise les valeurs de Louis Vuitto
modernité. Haut de 45 centimètres, il était habillé d'un chapeau, d'un imperméable
é-case en toile Monogram. Il avait également une seconde tenue rangée dans so
: un pantalon en agneau et un pull col roulé en laine beige.

r la banque **HSBC Republic** et par la maison **Steiff**, créatrice du désormais célèbr
aco Aide et Présence a collecté la somme totale de **4 373 000 FF** grâce à cette vente
onsieur Pascal Bégo, Directeur de Christie's à Monaco.
de 20 ans, l'association **MAP,** sous la Présidence d'Honneur de S.A.S. le Prince
Albert de Monaco, **récolte des fonds pour venir en aide aux ...**
es orphelinats et des écoles en Asie, en Amérique...
t également en aidant ...

故事靈感來源

「世上最昂貴泰迪熊的驚奇故事」

——《尼斯早報》，二〇〇〇年十月十六日

韓國玩具熊收藏家金杰西在摩納哥的一場慈善拍賣會上，花了總計一百四十萬法郎，買下穿著路易威登服裝的泰迪熊。它頭戴雨帽，身著雨衣，拎著印有L和V兩個交纏字母的帆布手提箱，箱裡放著一套換穿衣物。歷史上未曾有玩具熊以這般高價售出，因此這筆買賣立刻被列入世界紀錄。

泰迪熊

「怎麼樣，妳喜歡嗎？」

麗莎從電腦上抬起眼睛。她望著馬辛，馬辛以眼神詢問她。

「我覺得很棒，」她說。「你眞是了不起，恭喜！」

馬辛自豪地看著妻子。他把麗莎攬進懷中親吻。麗莎三十多歲，杏眼和長髮搭配上班的套裝，看起來風采動人。

馬辛終於鼓起勇氣辭去公關公司的網站管理員一職，投奔他的熱情：蒐集泰迪熊。他把一身本領運用在嗜好上，架了第一個爲泰迪熊收藏家而設的網站：Teddybear.com。網站能連結到所有熊迷及門外漢可能感興趣的泰迪熊相關資訊，他還寫起了部落格和網誌，立下宏願，要打造最完善的泰迪熊資訊交流介面，提供最新的泰迪熊展示會、博覽會活動細節，還要一一列出實用的地址與專賣店地點。此外，爲讓線上購物更簡便，網站也提供高度安全的線上付款服務。想深入鑽研的熊迷還能報名參加養成班，學會辨識不同品牌和製造商的泰迪熊、鑑定復古泰迪熊的價值，甚至取得泰迪熊收藏家證書。

「眞高興妳喜歡！」馬辛說。「我今晚帶妳出去吃晚餐，打電話請保母來吧。」

麗莎笑了。她最喜歡丈夫的一點，就是他仍然像個孩子。他一頭鬈髮，體態微胖，加上有酒渦的笑靨，看起來就像青少年。別人瀏覽交友或色情網站，馬辛則是鎮日掛在拍賣網站上，想買到最罕見的稀世泰迪熊，尋覓他的下一個收藏之星，好展示在客廳收藏品中最顯眼的位置。他甚至跑到韓國濟州島參觀泰迪熊博物館，那裡的收藏十分可觀，足足占據了兩座展館。他花了很長的時間觀察身穿路易威登雨衣、即將踏上旅途的泰迪熊，那可是世上最名貴的一款。他夢想著買下它。這隻泰迪熊的確特別，比眞的熊還貴（至少以他的標準而言），而且一口氣賣到一百四十萬法郎！買家是一名韓國人，也是這座博物館的創始人。史上首度有泰迪熊賣到這樣的高價，因此這次買賣列入了世界紀錄。企業家買主金杰西特地飛到摩納哥的隱士飯店參加拍賣。會上展示了四十二隻泰迪熊，皆穿著名設計師的作品：范倫鐵諾、愛馬仕……多虧時尚界重量級人物的積極參與，售價攀上顚峰。金杰西於是趁此機會買下身穿路易威登服裝的漂亮泰迪熊。這隻狡黠的小熊象徵介於傳統與摩登之間的迷人世界，它四十五公分高，穿著雨衣，戴了頂帽子，提著印有L和V兩個交纏字母的皮箱，裡頭放著一套換穿衣物：小羊皮長褲和米白高領毛衣。它是名副其實的至寶！

有了孩子以後，馬辛會在旅行或購物歸來時，帶玩具熊回家給兒子。到了巴黎的傳奇商店「藍矮人」，他買下法國各地工作坊的手工精製泰迪熊，去了德國，自然是帶回著名的金耳釦泰迪熊。他每年急切地等待新系列推出，並特別選在開賣的日子出差，以免錯過。一九八九年，在蘇富比於倫敦舉辦的首場泰迪熊拍賣會，他買下一九二六年的金耳釦快樂熊。那是一次國際性的大事，他這輩子都會記得。他在紐約的佳士得拍賣行對著一隻更爲罕見、售價至少十一萬美金的泰迪熊發夢，但他勢必得負債才買得起。他的嗜好走火入魔，開始迷戀德國干貝熊軟糖、蒂芬尼的銀製小熊鈔票夾、塔森藝術書出版社發行的熊月曆、根據范蓋德[84]同名系列熊所寫的書、有熊圖案的城市紋章（如柏林），只用蜂蜜肥皂洗澡，茶杯上還印有一隻小母熊。他嘴巴說著熊，腦中想著熊。連作夢也離不開熊。他喜歡有熊的影片，像是小熊維尼、柏靈頓寶寶熊、瑜珈熊、寶貝熊魯伯、安迪寶寶。他找來小熊人偶劇《孩子們晚安》[85]，每晚看一集。他見到小熊家族比見到自己的兒子更高興。他甚至開始收藏設計師的玩具熊，諸如babyGap丹寧泰迪熊、Burberry泰迪熊、三宅一生的螢光粉紅與黑色泰迪熊、卡斯提巴傑克和拉夫．勞倫，還有菲利普．史塔克的熊，這隻很值得一看。

這項令他揮金如土的癡迷，確實該受指責。麗莎眼見他整晚在網路上尋覓新的玩具熊（已經到了讓他對其餘事物都興致索然的地步），於是帶他去看心理醫師。醫師解釋道，在生命之初，孩子無法意識到自己的身體，活在焦慮的無特徵狀態中，但他知道哭聲能影響父母，讓他獲得需要的東西，因此哭的時候會產生萬能的感覺，但若哭聲未獲回應，反而會陷入徹底的無力。當孩子因爲父母不在而失去安全感，便需要一樣物品來安撫。對某些孩子來說，這個物品會變得不可或缺，特別是在入睡時分。玩具熊讓孩子得以脫離母親、獨立生活，學會對抗再也見不到她的焦慮，同時保有一種控制感。於是孩子把小熊視爲象徵，留在身邊，視爲與母親之間的連結，就此接受了自己不再萬能的事實。

等待保母來的空檔，麗莎和馬辛花了一點時間完整瀏覽新網站。麗莎鼓勵馬辛，誇讚他，讓他對自己有信心；她很喜歡在馬辛面前擔起這個母性角色。她知道馬辛需要安心的感覺，有點像她的兒子。兩歲的亞雷西非常機靈，他會說的話還不多，但已經會觀察周遭發生的一切。爸爸有

---

84 Rudy Van Gelder（1924-），爵士樂錄音大師，情人節泰迪熊系列的設計靈感源自他的代表作〈我的可笑情人節〉。

85 法國的黑白兒童電視劇「Bonne nuit les petits」，故事中的熊會在孩子入睡前傾聽他們的心事，並說故事給孩子聽。

一隻綻線的絨毛小熊成了他的安撫玩具，夜夜陪著他睡。

「你想好要什麼生日禮物了嗎？」麗莎問。

「妳也知道……」

「不是，我是說玩具熊以外的。」

馬辛瞇著眼，裝出思考的樣子說：「不曉得……」

「好，夠了，我懂了。」麗莎嘆道。

保母史黛芬按了門鈴。這個女人二十多歲，臉蛋和身材都圓滾滾的，又大又圓的眼睛有點凸出，一頭鬈髮，從亞雷西出生起就幫忙照顧他。馬辛和麗莎把小男孩留給她，一起出門去「小母熊」餐廳。

*

「購買之前，最好先了解絨毛玩具熊的歷史，」女店員說。「還有不同的玩具熊品牌。別忘了參觀我們的『玩具熊文化』專區，沉浸在相關著作中。我尤其推薦山米．歐丁的《毛球：法國絨毛熊精選》，這可是推薦給所有收藏家的隨身指南。或是葆琳．卡克瑞的《絨毛熊》，也就是《泰迪熊百科全書》的法文版，另外還有彼得．佛特的《玩具熊收藏家指南》，吉娜薇．耶芙和傑哈．皮柯的《千姿百態玩具熊》。這些數不清的傑作將令您讀得目不轉睛，興奮不已！改天有機會，您還可以到書報攤購買必備的《你的玩具熊》和《十萬隻玩具熊》雜誌，隨時掌握熊朋友的最新消息。但是要提防假貨喔！不過還是請您告訴我：您想找什麼樣子的玩具熊？古董的收藏系列？還是現代的？」

「古董玩具熊售價多少？」麗莎問。

「現代玩具熊都很便宜，古董就多少貴了一些。是送禮或買給您自己的？」

「送我先生。是他的生日，我想選一款特別的。」

「真的很難挑選呢，我能理解……」女店員說。「您的預算是多少？」

「就……合理範圍內。」

「售價的第一個標準就是品牌。您可能會喜歡JPM、潘達、巴黎愛爾發、布爾貢、努努、布隆樹等法國牌子，或是類似的德國金耳釦泰迪熊和蕭科熊。要是預算有限，也可以選擇印有玩具熊的郵票、明信片或廣告海報，還有樹脂公仔。您也不妨選購較新的款式，價格便宜些，但同樣可愛。」

麗莎不知所措地端詳店員拿給她看的玩具熊。小的、迷你的，後面這個有藍眼和金髮，像個洋娃娃。麗莎忍不住微笑。小型、大型、中型……她該怎麼挑選呢？穿衣服、沒穿衣服的，看起來哀戚、開心或狡猾的……柔軟或粗糙、摸起來不太舒服的。她聽著店員描述各種質料和款式，認識了羊毛、毛海、人造纖維、棉質或人造絲玩具熊。有些熊的質料較緊密或一致，有些觸感近似毛絨絨的真熊……有些玩具熊的填充物是木頭刨絲，因此比較結實，有些填塞吉貝木棉，摸起來軟綿綿的，就像羊毛，不過羊毛的更加密實，也比較貴一些。較新的玩具熊是人造棉絮做的，優點是不容易引發過敏，但摸起來也稍微不舒服。其他還有小鉛珠填充的熊，珠子可以在指尖下滑動。

每隻玩具熊都以玻璃眼珠目不轉睛地盯著麗莎，彷彿盼著被收養。

「別忘了檢查縫工，」店員補充。「不論是手縫或機器縫，縫線一定要收得很好。手縫熊製作費時，因此比機器縫的貴。要確保縫得正確，必須檢查每個針腳間的空隙，不可以太寬，布料上的毛絕對要藏住縫線，耳朵一定要牢牢縫好，身體和手的開口要完全看不見，填充物必須密封在布料裡，開口才不會打開，或是在把玩時磨破……」

「我懂了，」麗莎說。「我眞的不曉得該選哪隻好。」

「還有一個重要關鍵：您想把熊展示在哪裡？可以選擇大型或中型，甚至手縫的古董迷你型，就看展示空間的大小。」

「客廳，我先生把他的收藏放在客廳。」

「這樣的話，您需要一隻中型的熊。不要太大，也不要太小。」

麗莎躊躇不決，遲遲無法拿定主意。

乍然間，她看見一隻小型熊正盯著她看，玻璃眼珠閃現一抹奇異的微光。

「這隻呢？」麗莎問。

「這隻有點不同，」店員低聲說。「熊的右眼後方裝了迷你攝影機。遠距也能輕鬆啓動，隱密地錄下房內發生的事。用來拍孩子的影片非常方便，因爲小孩完全不會注意到有人在觀察自己，拍出來比一般家庭攝影機自然……當然啦，這隻算是可有可無的小玩意兒，不是收藏用的熊，不過它是手縫的，作工很細。您的先生收到一定會很高興，還能增加他的收藏款式。我感覺您好像動心了，」店員又一副狡黠的模樣說。「選購玩具熊就是要相信自己的衝動！」

*

「好漂亮！」馬辛打開禮物，驚呼出聲。

這隻完美的玩具熊有玻璃製的小眼睛，皮毛非常柔軟，還戴著小帽子，穿著藍色吊帶褲。

「你喜歡嗎？」

「喜歡！雖然不是古董熊，但是有一份親切、讓人心安的感覺。謝謝妳，親愛的！」

「你確定這是你要的？」

「我愛死了！這隻很特別，跟其他玩具熊不一樣。」

馬辛把熊放在客廳，加入他的收藏品陣容，然後心滿意足地盯著看。

「好漂亮！而且還是我不認識的款式耶！」

「我得跟你說一件事。」麗莎低語。

「什麼事？」

「馬辛。」她說，淚水在眼眶裡打轉。

「什麼？發生什麼事了嗎？」

「我想我懷孕了。不對，我的意思是說……我現在很確定。」

馬辛濃情蜜意地看著她，一雙藍眼睛開始閃爍。他把麗莎攬進懷裡，緊緊抱住她。

「太棒了，親親。我們可以增加玩具熊的收藏了！」

「你不覺得有點太早嗎……」

「怎麼會！我們等妳出差回來再慶祝。」

麗莎沒有告訴馬辛玩具熊附有隱藏式網路攝影機，她想稍晚再給他一個驚喜。但後來太晚了，他們和朋友一起慶祝了這個好消息和馬辛的生日之後，就上床睡覺了。

翌日，麗莎去外省出差。離開公寓之前，她想起要確認玩具熊的功能，於是打開小攝影機。

*

麗莎在大後天回到家，保母史黛芬來迎接她。

「一切都好嗎？」她問。

「很好，亞雷西好可愛。他乖乖喝了湯、喝完奶，我就哄他睡了。他好像很累，今天睡了兩小時午覺……不過我量了他的體溫，沒事。我在四點前叫醒他，餵他吃東西，陪他玩了一會兒才抱他到床上，唱歌給他聽。他睡了起碼半小時。您呢？旅途還愉快嗎？」

「嗯，謝謝……費用總共多少？」

「兩天共一百五十歐元。」

史黛芬離開後，麗莎到亞雷西的房間，盯著他看了一段時間。這小傢伙就這樣闖進她的生活，眞是瘋狂。她可以一整晚都看著他，看他平靜地好夢正酣。雖然一想到第二個孩子將帶來的分身乏術，她難免焦慮，但她仍然高興自己懷孕了。幸好每次她出差的時候，馬辛都在。他會照顧亞雷西，從不抱怨。當然，看他對玩具熊的熱情，就知道他和別的爸爸不一樣。但既然他已經把熱情變成職業，麗莎也就不怕他被自己的癡迷給拖累了。

麗莎回房間打開行李，整理衣物，然後沖了個澡。馬辛還沒下班。書桌上的電腦開著，她查看電子信件，連上臉書，出現的是馬辛的帳號，看來他想必是忘記登出。他的大頭照是那隻穿米色雨衣的路易威登泰迪熊。麗莎看著馬辛的臉書個人頁面，忍不住笑了。

性別：男

出生日期：一九六九年三月三日

出生地：巴黎，法國

感情狀況：不公開

個人資料

興趣：絨毛玩具熊

電視節目：《孩子們晚安》

電影：《大熊記》《熊的傳說》《小棕熊歷險記》

喜愛的佳言絕句：「殺掉熊之前，不該賣掉牠的皮」[86]。

群組：「熊熊先生」「熊故事」「就是熊！」

她猛然想起與其他配角一起放在客廳小桌上的新玩具熊，不禁微笑。

她走到客廳，那隻玩具熊在其他熊的中間占了個好位置。她拿起熊，打開背上的小開口，拿出藏在裡面的迷你網路攝影機。

---

86 比喻事情尚未成真之前，不該相信。

攝影機電池已經沒電，於是她接上電腦USB，錄影畫面隨即出現在十五吋螢幕上。起初除了瞄準客廳的鏡頭，什麼都沒有。接著是她離開的畫面，門在她背後關上。麗莎按下快轉，看見門又打開，馬辛走進公寓，亞雷西和保母史黛芬也跟著進來。原來馬辛晚上出了門啊，麗莎暗忖。史黛芬帶著亞雷西消失在畫面中。這段時間，馬辛在鏡子前整理頭髮，解開襯衫的鈕釦，給自己倒了杯威士忌。他往攝影機的方向看了一會兒，綻放出大大的笑容，彷彿在跟觀眾打招呼。因為他很高興得到新的玩具熊吧，麗莎心想。幾分鐘後，保母一個人出來了。馬辛問她要不要來杯酒。他們開始聊天。馬辛展示玩具熊給她看，史黛芬笑著拿起麗莎送給馬辛的熊。

「不覺得這隻有點俗氣嗎？你老婆選的？」

「她什麼都不懂啦。」

史黛芬扭起玩具熊。攝影機往四面八方轉動。接著她把熊放回其他熊之間。

「坐到我身邊來，」馬辛輕聲細語。「我倒杯酒給妳？」

「你確定她走了嗎？」

「當然確定，別擔心。我剛跟她通過電話。」

忽然間，他們聽見房裡傳來微弱的哭聲。

「妳可以過去嗎？」馬辛問。

麗莎感到體內一陣扭絞。她拍拍腹部，要自己安心，相信馬辛是個好爸爸，會在她不在家時照顧好孩子。

接著她看見史黛芬抱著亞雷西回到客廳。她把亞雷西放進嬰兒躺椅，把他轉向大門。

這時馬辛坐到她身邊，對著她莞爾。寶寶旋過頭，津津有味地觀看整個畫面。麗莎也同樣看著，儘管她的身體一抽一抽地顫抖，心神激動。寶寶開始哇哇哭泣，馬辛抓住那隻間諜玩具熊，塞進兒子的懷裡。

馬辛湊近史黛芬，吻了她，脫去她的衣服，自己也寬衣解帶。

麗莎以仰攝的角度，看著玩具熊錄下的這別出心裁的一幕——自己的先生在兒子身旁和保母做愛。

MARIE DARRIEUSSECQ

瑪麗・達里斯克

歐羅巴衛星

瑪麗・達里斯克

達里斯克是個年輕的法國人，在庇里牛斯山西法邊境的巴斯克地區鄉間長大，她既活在山上也住在海邊，但目前定居於巴黎寫作。她的小說探討女人和青少女的生活，其中也少不了男人，故事背景除了此時此刻，也有一九八〇年的法國各地。這些人的生活與上個世紀那位出身高貴的英國女士之間，有何共同點？嘉士頓・威登爲後世記錄了艾迪森夫人的傳奇，一一蒐集刊載她所有淡紫色收藏品的剪報，從化妝品到行李箱，全都引發了他的無限想像。艾迪森夫人在某日一早無故失蹤，只留下她那些充滿丁香芬芳的行李箱。作家能否解開這個謎團？這位特立獨行的女貴族的內心世界是什麼樣子？達里斯克接下了這件任務，但她並未提筆回到過去。她走進未來，到了外太空。艾迪森夫人那神秘莫測、淡紫輕煙般的魂魄，以及她身處的年代，將永遠飄浮在那個時空。

TRUNKS, BAGS & PACKING DEPARTMENT

Louis Vuitton

ARTICLES DE VOYAGE
EMBALLAGES

…DON		PARIS
…Strand		1, Rue Scribe,

…ouve …
…s gallo-roma…
…n or; elle le port…
…
…Il est vrai que … si l'obj… par…
… d'un réalisme … total … difficilement identifiab…

…e taille moyenne, élancée, mince m…
…eu angélique et mystérieuse, telle …
…ADY ADDISON.

…êtue avec originalité, tendance aux robes de chez
…ario Fortuny, elle avait une passion pour le maroquin
…iolet, et nous avions toujours un échantillon de ma-
…oquin pour pouvoir réassortir le violet qui, pour nous,
…tait devenu le Violet Addi…

…e chez Luc…
…uelle -
…e contenait une…
…son couvercle…
…ait
…tantisme e…
…it su…
…u tent…
…ernière f…
…le habitait…
…icycle avec une…
… la protéger des …
…nne ? Nos clientes, c…
…t sans laisser

故事靈感來源

「艾迪森夫人的神秘故事」

——路易威登資料庫，嘉士頓．威登的筆記，一九五七年五月二十九日

路易威登有一名神秘顧客安東妮亞．艾迪森夫人，這位特立獨行的英國貴婦從頭到腳穿著淡紫色。她在一九二九年至三九年間訂製了不下三十六只裝瓶箱（當然，全是淡紫色的）。她確實引發了許多人的疑問：她是情報人員嗎？探險家？黑魔法信奉者？嘉士頓．威登最後一次見到她的時候，她人在坎城。

歐羅巴衛星[87]

星期日

這是我們第一次到「海灘」。跟鄰居一起野餐。我需要一個名字來描述之後發生的事，因此姑且稱此地爲「海灘」。這個地點沒有標示在地圖上，我們從未到過這麼遠的地方探險。

我們的運輸載具比他們的稍大。一行共四個大人，七個兒童。天空非常純淨，小小的冰晶從岩漿裡升起，在人類的高度融消。

艾婕兒和艾琳在「海灘」跳來跳去。艾婕兒落地時一個不穩，頭撞上自己頭盔的內壁，鼻子壓扁在面罩上血流不止，因此我們必須回到載具裡。艾婕兒抽抽搭搭地哭著，呼吸困難。她很容易流鼻血，就像我們所有人一樣。我先生罵了她一頓。但事實是，我們不常出門，八歲的她還不習慣穿釘鞋。

我記下這件事是爲了我自己，因爲接下來發生的事一直讓我心緒不寧。

鄰居太太在她戴了手套的手中暖化了一些冰塊，摩擦艾婕兒的鼻子。血止住了。我和艾婕兒留在載具裡一會兒，順便看顧其他小孩。鄰居和我先生去散步。艾婕兒睡著了。

87 **Europa**，亦稱木衛二，是木星的天然衛星之一，表面被冰層覆蓋，冰殼之下為海洋。美國太空總署認為歐羅巴是宇宙中除了地球之外，最可能存在生命的星球。

男孩們脫掉釘鞋，在空中翻筋斗翻得正開心。我從無線電聽見他們的笑聲。我暗想，我們，甚至是在歐羅巴衛星出生的他們，有一天會習慣跳得這麼高嗎？「海灘」是一塊直徑約一千公尺的半圓形，康納馬拉混沌[88]之前的最後一塊平地。我一脫掉釘鞋就有暈船的感覺，不，應該說是對太空暈眩。我覺得自己彷彿要脫離地面「往上掉」，這感覺眞是蠢透了。我是說，這種事怎麼可能發生嘛！

艾婕兒摔在距混沌不遠的冰塊附近，那是一座大概有成人那麼高的冰塊。往冰塊靠近時，我感覺腳下的釘鞋再也無法附著於地面，就像輕微地失去平衡。由於混沌地區邊緣的陰影，我眼前迅速失去了我先生和鄰居的蹤影，感覺孤身一人。彷彿其他人，不論大人或小孩，都讓自己被這片景色抓走，留我獨自偵望。

我坐在冰塊下，開始在腦子裡寫報告。日頭曬得正烈，所以不覺得冷。我的手拂過冰殼，冰在我的手套下化爲細屑，下方有一塊閃閃發亮的堅硬平面，那並不是冰，也許是金屬。

我先生和鄰居回來了。他們看上去累得不想說話，只是默默嚼著配給食物。鄰居太太遞來她的保溫瓶，茶喝起來有水質普通的退冰水那種淡乏之味。今晚，我並未盡責將此事通知理事會。我對自己說，我該找個人面對面談這件事，而非寫報告。

艾婕兒的鼻子下部有點腫，但是她沒有抱怨。我們全都累了，是戶外活動特有的疲勞。又或許是整件事壓在我心頭的關係。我最好趕緊通報理事會，把一切拋到腦後。

那裡萬籟無聲，幾乎了無生氣。若要形容這種感覺，必定需要特殊的字眼。我先生回來時雙眼茫然，問道由我來駕駛會不會麻煩。他們都在後座睡死了，好像心滿意足。我感覺到某種截然不同的氣氛，雖然緊繃，但事情注定要平靜地揭曉。我只要順其自然，靜觀其變就好。

我們不能這樣子寫報告。描述感受和印象是不被容許的。

我從後視鏡看見鄰居太太也閉上了眼睛。她的眼皮每隔片刻就緊皺一下，彷彿在作夢或計算。她有一張漂亮光滑的圓臉，因爲她身爲生育工具的工作而多了幾公斤。皺眼皮的怪癖讓她鼻子周圍起了一圈放射狀紋路。

我們回到家的時候，木星已經完全升起。我有點火氣，因爲我們低估了距離，這下孩子們的睡眠時間被更動了，我也不得不在規定的最少十行篇幅之前，中斷我的週日報告。我先生決定明天再來寫他那份，至於鄰居，我不知道他們怎麼辦，他們從來不說。

星期二

今日天空清澄。好天氣持續著。太陽底下的氣溫是攝氏一百二十度。

送孩子們上學後，我駕著我的單人載具回到「海灘」，抵達時木星已完全升起，冰殼呈現一片橘彩。我喜歡木星和太陽同時出現在天空，熱氣蒸騰，待在雙重光線中令人通體舒暢。都二十年了，眼見木星離我這麼近，我還是不太習慣。木星表面的氣體不斷變動，比歐羅巴衛星還大的颶風打著旋，宛如一顆巨眼。有時候我得盯緊地上一個點，特別是在夢見地球的夜裡。地球上只有月亮。但是在這裡，我們就是月亮。非常小的月亮。孩子們在學校學到，據說木星可以浮在水上。木星是一顆氫和氦組成的大球。在黑沉沉的天空裡，木星上升到天空的一半左右，非常火

88 「混沌」為行星地表上平地、山脊與裂縫交錯的地形。歐羅巴因表面冰層碎裂、擠壓後再度凝固而形成許多混沌。

紅，然後留在那個位置三分之一天，好像伸手可及。

不知何故，我沒有離開載具。可是我想找到那塊金屬物體，艾婕兒肯定是在上面滑倒的。但我只是望著木星上升，占去半片天空，而太陽這時緩緩移了開去。我看見載具在「海灘」留下的兩道陰影，一道黑，一道灰，我的頭一分爲二。如果我身在地球，眼下正好是那種我會到外頭抽根菸，試著好好思考的情況，我是指，若能這樣子比較的話。遠方的混沌發出魄力十足的劈啪巨響，有如暴風雨，載具的冰橇下方傳來搖撼的波動。宛如企圖破土而出的龐然大物。此外，就只有我的呼吸聲。我在孩子的放學時間回到基地。

星期三

小夜這天，我決定讓孩子們睡在學校。我向來無法在小夜入睡，於是又回到「海灘」。爲了解釋我爲何跑這一趟路，我會說是週報需要補充資訊。

除了幾個和我一樣的失眠者，阿吉諾線[89]的三條道路人跡寥寥。木星遮蔽了太陽，我調大載具內的暖氣。天空可見的範圍中，繁星點點。

我沒有立刻找到艾婕兒跌在上面的那座冰塊。冰塊全都一個樣，只是有時圍成圓圈，有時獨自矗立，就像界石，但不是要標示給人看的。我記得意外發生在距離混沌不遠處。駕駛單人載具飛過去是很危險的。我盡可能沿著冰塊移近一點，終於在冰殼上認出釘鞋的痕跡。我放大螢幕，清楚看見大人和兒童的兩種釘鞋。反正我不認爲最近有多少歐羅巴居民曾到混沌附近散步。等到下一次冰河潮來襲，這一切都會消失。

我終於找到了野餐地點，找到孩子們的足印和他們脫下釘鞋時的滑痕。我們都應該多出來走走，讓孩子有更多空間玩耍，多走點路，走得比基地走廊的長度更遠。

載具著陸後，我找到被丟棄的熱空氣帳篷的岩釘。我們已經喪失開拓者原有的習慣性反應了。岩釘、螺絲釘、螺絲這些東西，在十五年前的歐羅巴可是很珍貴的。

冰塊旁邊有幾滴血。艾婕兒的連身衣先給她兩個兄姊穿過，已不再密不透風。我戴著手套，掬起如藥片般又圓又硬的血滴。那個金屬物就在灰白色的冰殼下，隱隱可見。那或許只是隨著混沌運動一起翻上來的尋常殘餘物，又或是其餘部分全在底下。我挖了一會兒，但這麼做太蠢了，毫無用處。

我的雙眼因睡眠不足而刺痛。我很想脫掉頭盔，把頭埋進手掌睡覺。地球上的土撥鼠似乎是蜷成一個球，在樹根下的窩裡冬眠。

每次回想起地球，我常常想到裸肌和我們挪步的方式。我在腦海裡看見草原，青草、天空、大氣，就像癱浮在水面上的巨軀。我仍記得我在地球的童年、音樂和轉圈圈的人們、熱氣，還有那些被拋到空中、色彩繽紛的小圓片。那東西叫什麼來著？

我做出這個動作，隨之激發了腦中的某個反應，但是旋即停止。那樣的神經指令老早就遲鈍了，被新的反應取而代之。

拋到空中後散落四方的紅色物體。這個詞應該隨著三拍子的音樂紛紛落下。

對了。是彩紙。

---

89 Agenor Linea，劃過歐羅巴衛星冰層表面的橫線，全長約一千公里，寬五公里。

星期四

現在是大夜了，我依然無法入眠。

孤軍作戰是辦不到的，我得要求一支團隊才行。我要寫一份報告。該怎麼合理解釋我的要求？我必須帶器材回來。

如果那個物體眞是機翼，應該會往底部延伸。可以據此推測太空船（至少是太空船體的一部分）就像一隻弧狀的灰色鯊魚，正僵在冰層下不動。

我所知甚少，但我知道所有乘客都在著陸的時候死了。我們稱這艘太空船爲「奧德賽」，在長達五百年的旅行中，乘客遺失了技術知識，因此盡數喪命。我們上一次接收來自地球的太空梭是在去年，它只花了三個月就抵達歐羅巴，畢竟燃料技術可是日新月異。

星期五

我帶著聲納回來，那個被我當成機翼頂部的物體，其實是最後一個尾副翼。太空船幾乎呈水平，船身似乎完好如初，也許被冰的重量稍微壓扁了些，但我並不曉得它原先的形狀。船身幾乎占據了整個「海灘」，想必曾隨著歲月和潮汐移動，但「海灘」本身一定也移動過。也許奧德賽的人試圖在此著陸，這是混沌之前的最後一塊平地，後來被堆積的冰層封住了。

這一大塊金屬物陷得非常深，看來太空船比歐羅巴所有的建築都還高。

我先生會這麼告訴我：「我們不是來這裡探險，我們是來定居的。」但是至少一個地球年以來，我覺得自己一無是處，自從艾婕兒開始上學，我也明白我不會再有孩子以後。我好害怕最後會收到關於自己的負面報告。

今天，從阿吉諾線一眼望去，清楚可見基地上空有一片蒼白、牛奶般的輕霧。待在歐羅巴的二十年間，我看著大氣層慢慢形成。大氣忽來乍去，但依照這個節奏，我們可以期望孩子終能過著無須戴頭盔的日子。到時候，一顆恆久溫熱的空氣球將在我們上方就位。目前我們每年增加半度，而且溫度提升的速度愈來愈快。我想在死前感受攝氏負一百度。到了那個時候，只要穿戴耐寒連帽雪衣就足夠了，就像以前的人滑雪時的穿著。那就代表我們眞的達成任務，讓歐羅巴衛星成爲可居住地了。

星期二，我和佩托夫的面談

「我們知道太空船落在那一帶，」佩托夫告訴我。「船身一定是在岩漿裡偏斜，隨著地質運動略爲抬升了。」

「我想個人行動，希望能獲允。」我說。

我早已在腦子裡準備好說詞。

「這有點複雜，」佩托夫說。「首先必須進行去除放射性污染的標準程序，因爲我們不曉得裡頭冷凍了什麼東西。」

我們有器材，卻從來沒用過。但是我什麼都沒說。

「第二，」佩托夫繼續說，「個人行動屬於妳的任務嗎？」

我已經再三琢磨過我的回答。

「我已經完成生育三個孩子的合約，而且我年紀太大了。我還有別的用處。」

「妳會累嗎，艾黛兒？」

「我在小夜時睡得很少，大夜就夠了。我可以在顧小孩之餘完成這項任務。」

「艾黛兒，」佩托夫說，「組織對妳的表現向來滿意。妳的任務一直持續更新，對環境適應良好，你們夫妻也從來不惹麻煩。我答應給妳一個爲期五天的個人行動任務，妳可以在休息時間執行，條件是必須塡寫日誌，再交由理事會研讀。」

他倒了杯茶給我。茶有股怪味，他不該添加礦物質的。我鼓起勇氣說：「我還需要一個小團隊幫忙。」

「幫什麼忙？」

「冰殼鑽探。」

佩托夫花了老半天查看一份文件。我的孩子雖然都出生在歐羅巴，但像我這樣出生在地球的人還是少數，別人不盡然對我有好感。

「我們可以讓負責延長阿吉諾線的團隊來幫一點忙，」佩托夫終於開口。「反正他們在下次地震之前也必須休息。我想理事會會同意的。」

於是我得到兩小時的歐羅巴工作時間，約莫七個地球小時（都二十年了，我依然習慣換算）。這個時間足以讓一支兩人鑽探隊挖出直達船體的通道。我出於禮貌，把茶喝完。

星期四

我想我最好還是依時間順序來敘述。

太空船裡面非常漆黑。我的手電筒胡亂地迅速移動，發出之字形黃色光束，於是我在頭盔裡緩慢吐納，暫時把手電筒直直照向地面，試著讓自己平靜下來。驚慌是不理性的表現。

微微傾斜的地面覆蓋著年深日久的粉狀黑冰。首先映入我眼簾的是一根掃帚。木製掃帚柄曾以螺絲木工夾多次修補，大概有五百歲了。總之，這塊木頭來自最早期太空長途旅行時代的一棵地球樹。

我試著在思緒蔓生的腦中分類。我還小的時候，家住在森林附近，我很喜歡在裡頭走失。我是眞的迷了路，心臟怦怦跳得好快。啓程到歐羅巴之前，我獲准回童年的家一趟，才發現那不是一座森林，只是一片小樹林。我想躲入林間深處，卻一直聽見汽車聲，甚至看得見鄰近屋舍的屋頂。

我慢慢挪動手電筒，雙腳移了幾步。光束照亮一塊頗爲寬廣的空間，眼前出現一片覆滿金屬拱形物的拱頂。腳下有些大型薄鐵板，其中幾塊被冰抬了起來。我得小心別讓靴子卡在裡頭。

我盡可能筆直前進。我沒有事先想好對策，沒有擬定探險計畫，我必須好好思考這一切。載具上的電腦探測到障礙物，草草畫出一個七十層樓的結構，壁板間隔都不規則，我所在的空間體積長六十五、寬三十四、高十八公尺。眼前一大塊深色物體讓我驚跳起來，但其實只是一根柱子。電腦把這個複雜的龐然巨物全像化，最顯眼的指標就是那十來根柱子，看起來一根都沒斷。我所在的大堂是船尾側的最頂層，這裡顯然有兩根柱子，但是我沒有看見第二根。光線迷失在深處。

接著，我在手電筒光束中看見一個非常白的物體，好像一團雪塊。原來是捲成一團的布，刺繡圖案也許是花。這想必是桌巾，因爲稍遠處有一張眞正的木頭桌，鉚接在地上，桌腳還刻著十字架。桌面也刻著圖案，是男性生殖器，只是刻工笨拙多了。我拍了一張照片，光線照亮我頭上的整片拱頂。四周唯一的聲響只有歐羅巴冰殼那熟悉的喀啦聲。

為了看見真正的顏色，我行進時沒有戴夜視鏡。我很想脫掉手套觸摸，但這裡的溫度是攝氏負一百四十七度，而且誰都曉得皮膚一旦接觸到金屬，會有什麼後果。儘管如此，我還是很想感受木頭的觸感，也想脫掉頭盔，但是這裡沒有一絲氧氣。

他們是死於寒冷或缺氧呢？從眼前的情況看來，他們彷彿在經歷五百年的旅行後，依舊不曉得該穿上密閉飛行服（這是假設他們在著陸時依然活著，以及太空船不是以自動導航模式獨自運行了數年，甚至數百年）。乍看之下太空船並未發生火災。會是流行病嗎？

我對這段歷史向來沒有什麼興趣，但自從艾婕兒在上頭摔倒之後，我開始覺得此事與我個人有關了。

星期五

我昨天沒辦法完成這份彙報。

我本想從中擷取一些段落，來撰寫要交給佩托夫的報告，只是實在找不到著眼點。

這天我先生休假，但他連水裡得加入礦物鹽也忘了。就連蛋白質湯的用水，他都沒有再補充礦物質。要是艾婕兒喝到從退冰器汲取的普通水，包準她在接下來兩小時狂瀉肚子。

我先生要我別那麼大驚小怪，接著取來鹽盒，一古腦把整盒倒進水壺。

他那副不太理性又挑釁的態度，通常是引發我們爭吵的導火線。

這一晚稍後，孩子們都上床睡覺了，他來到我的書房，稍稍按摩我的雙肩，試著讀我寫的東西。

我喜歡歐羅巴的一點，就是建築。我們的房間在頂樓，玻璃穹頂下，整片天空一覽無遺。也許建築師知道歐羅巴居民欠缺散步、閒晃、任憑雙腳帶領的自由，只好（試圖）以看天空的自由來交換。

這對我相當受用，但在我先生身上卻全然相反。他常常告訴我，待在這片天空下就像戴著頭盔，同樣會引發他的幽閉恐懼症。於是我啓動半透明遮板的色素。

我先生看著我。我不知道自己哪根筋不對，竟對他說：「我需要你，艾崗。沒有你，我辦不到。」他擁我入懷。

星期六

我的進度落後了。下週一，佩托夫等著我的第一份彙報。但我著手撰寫官方報告時，卻發覺自己眞正想寫的是這篇日記，而當我埋首寫日記，卻又因爲浪費了寫報告的光陰而深感驚慌。

太空船的大堂擺著許許多多長凳，排列得很整齊，是一種有碎紋的材質，就像遠古的塑膠桌巾的圖案讓冰給損壞了。那些圖案要傳達的也許是一則故事？我聽說過這種事，公主一邊刺繡，一邊等王子回來。從前。在地球上。

也許是太空船上有些女人在下一次生產前無事可做？這些開拓者往太空徐徐前進，等著抵達終點，直到著陸之前，地球人必須保持生生不息。但就連這一點，他們也做不到。

我啓動夜視功能。大堂的形狀隨著我的前進而變化，大小和歐羅巴理事會堂差不多。左右兩側九十度直角處，似乎各有一個相鄰的小室。大堂的長凳被一條中間走道隔了開來，手電筒的光束再也照不到船體的切口，稍早我就是從那個切口進來的。

我來到一面牆前。電腦指出一個人類大小的開口，並提醒我的脈搏跳得太快，比平時消耗了更多氧氣。我已經在這裡待了二十分鐘。眼前有一道樓梯往黑暗中升去。我的恐懼並不理性，因爲電腦明明精確標示著回程路線。但是不管我怎麼努力，仍無法冷靜下來。

我決定沿著船艙壁板走，留在同一層樓。我的釘鞋常常卡在地上，因此得放低重心保持平衡。地面傾斜了大約六度，壁板上有些物體凸了出來，但似乎沒有一個是出於技術用途（除非船上的技術已退步到無法辨認的地步），也沒有任何日常用品，除了先前記下的桌巾、桌子、長凳等。我以攝影機匆匆拍下全景，愚蠢地感到似乎打擾了什麼東西。一個狹窄槽口出現了顯然是人類的蒼白形體，與我的手同高。我握住它，調高手套的溫度，把它從冰礦裡拔出來。我時間不多了，這還只是第一次到訪而已。

重見天日的感覺眞好。木星開始升起。我在消毒室待了規定的時間，脈搏減緩，降到合理的速度。我從太空船帶出來的東西看似沒有受到傷害，只是表面稍微解了凍。

我在載具裡脫掉一身累贅，把那個人形輕輕放在乘客座。它迅速解凍，微微散發出白氳。我猶豫著要不要脫掉手套去摸。這是一尊約五十公分高的女性小雕像，身上罩的淡藍與白色布料蓋住了髮絲，後腦勺戴著非常扁平的金帽，就像一塊餅。她介於二十到二十五歲之間，一張鵝蛋臉帶著淺笑，眼睛很討人喜歡。布料垂墜到她腳邊，只露出交叉在胸前的雙手。

我一碰她，她便分崩離析，迸散成混合了粉末與纖維的塵屑，我馬上把塵屑吸到外頭。希望這個東西沒有毒才好。現在只剩下那個金色帽子，扁平得宛如金屬獎章。

電腦告訴我，那是**聖母瑪莉亞**。

星期日

電梯當然都故障了，但是兩端都有救生梯。船尾有七十層樓高，船首有五十八層。太空船的形狀像顆梨子，或說是（我想到我的孩子從未見過梨子）寬臀小胸的生育工具。正如我們在歷史課所學，絕大多數貯藏艙（約占整艘太空船的一半，據我的電腦顯示）皆用來儲存燃料，但是帶上船的燃料愈重，運行時就會消耗愈多燃料，眞是矛盾。某方面來說，這確實是一艘中世紀太空船，而且他們顯然沒有我們的氘錠。

佩托夫搭的太空梭花了四年。我搭的那艘晚他幾個月抵達，只花了三年時間。

我來不及把這些都寫進官方報告，因爲鄰居邀我們過去坐坐。他們住的單位就在我們對面。他們家令我很不自在，因爲牆上掛著眞正的顏料繪製的眞畫，客廳四處擺放著猜不出用途的小物品，我不禁想起地球上的小擺飾。

鄰居先生在歐羅巴出生，他來自地球的雙親很早就移民過來。我不常和土生土長的歐羅巴居民來往，當然，除了我的孩子。我忍不住窺伺他的神情和一舉一動，想尋找蛛絲馬跡，但這樣盯著別人很不禮貌，畢竟我至今仍遵循地球人的禮節。

據說，即使同樣在居住無虞的環境，因爲重力和氧合作用的輕微差異，出生在歐羅巴的人與地球人並不完全相同。據說他們甚至能預感地震和木星潮汐等現象。因爲我的孩子，我對此深感興趣。

母親告訴過我，地球上的女人可以感受到月球或海潮的週期。我記得她總是告訴我，月經來潮時千萬不可游泳，因爲水會引血，我們可能會失血而死。

（我想，我並不常想起我母親，即使在地球的時候也一樣。）

鄰居太太則是在地球出生，但是很小就移民了。他們在歐羅巴的學校相遇，那時兒童還很少，如今夫妻是出了名的琴瑟和鳴。他們眞的拿來了一瓶酒，慶祝結婚十五週年或什麼的。反觀我和我先生，自從基地週年慶典過後就不喝酒了。

後來我們去了遊樂場。我想待在床上寫日記，又怕被說是孤僻。我害怕人家終究會看出我一無是處，把我送回地球。雖然按理說，在這裡生了三個孩子就等於擁有保障。總之，我仍然跟著大家去了遊樂園。我們已經來過無數次，但鄰居太太卻彷彿第一次發現這裡，整個人興高采烈得可笑，簡直和她的孩子一樣幼稚。這裡不過有幾棵營養不良的樹、兩頭母牛、一片投影的藍天外加幾朵團狀的雲，入場費簡直是搶錢。我暗忖那不曉得是哪個國家、哪一天的天空，爲了歐羅巴的生態缸而拍攝的，一勞永逸。我先生看起來也很著迷，可能是有點醉吧。

艾婕兒在射擊攤贏了一隻金魚。有眼睛的人都看得出這些魚不是橘紅色的，而且幾乎不會動，但這是我們在歐羅巴唯一能找到的脊椎動物了。艾婕兒從小到大從未見過貓，卻把金魚命名爲「咪咪」，怎麼勸都不肯改變主意。

回程時雖然很累，鄰居卻堅持要我們到他們家。小夜降臨了。我們讓孩子們看電影，男人開始打瞌睡，我和鄰居太太獨處。

她後仰著頭，臉蛋看似變得光滑，眼袋也消失了。我還以爲她要睡著了，她卻猛然起身，踩上高腳椅，用抹布塞住防火警鈴。她捲了一根走私香菸，問我要不要來一根。

她說抽菸是她所知最好的抗憂鬱良方。其實我在非得戒菸以前是很愛抽的。在這裡，我們的性命比起在地球上寶貴許多，我們沒有權利生病。我的鄰居又倒回她的椅子上，她吸氣的時候，胸部脹了起來。

現在移居過來的地球人所受的訓練，和我們當初不同了。如今所有建設皆已完成，只待大氣層變厚。不可否認，這裡確有嚴重的火山爆發危機，還有讓我們大失面子的疲乏症狀和高死亡率。目前的移民都是獨行俠，或是想被世界遺忘的人。

「妳想過要回去嗎？」鄰居太太問我。

這是我和我先生不會提起的問題。況且我們不說「回去」，而是「退休」。再說，還得負擔得起才行。

「我想過，」她繼續說。「再去看看城市、大海是什麼樣子。我記得的不多，但我先生絲毫不感興趣。」

這些土生土長的歐羅巴居民很有趣的一點，就是他們相信法國多爾多涅省有長頸鹿這類的事，或是認爲喜馬拉雅山脈的**安納布爾納峰**是我們發熱連身衣的商標。有時我偏偏就會被這樣的事情惹火，特別是得知自己的孩子在學校都學了些什麼，還有他們如何把電影和地球的實際情況混淆的時候。

「火星的氣候，」鄰居太太告訴我，「也許比較適合我。熱氣，太陽近在咫尺。」

想起火星我就焦慮。火星的生活比較舒適嗎？火星的殖民地比歐羅巴更有未來嗎？他們離地球那麼近，吃得比較好，睡得比較香，一天比較像地球的二十四小時。我一旦開始比較，就會落入深淵。我試著想像另一種生活，然後就停不下來了。

我滿腦子盡是這些，遲遲無法提筆撰寫要交給佩托夫的彙報。

星期一

佩托夫把我徵調到年度移居大會幫忙。自從地球恢復爲可居住（或說「幾乎」可居住）的地區後，再也沒有人相信這場會議了。火星居民和幾名適居帶開拓者過來探望，因爲長途旅行而疲憊不堪。住在HD 85512b星球的人花了半年才到，這簡直不合理，但從另一方面看來，他們除了把能源浪費在銀河旅行，好像就沒別的事好做了。我們不過是要他們證明我們能夠存活，能夠在這些總是過於炎熱或過於寒冷，而且重得可怕的星球上扎根。他們來到歐羅巴卻只是逕自伸懶腰、打哈欠，把生育工具妻子留在HD星球的重力場，無事一身輕，備感舒暢。

打從上一次年度會議以來，火星人衰老了許多。據說火星存在某種有害物質，我們其實所知不多，但他們的壽命顯然是最短的。又或許這只是那些不適居住的殖民地所散布的謠言？我們歐羅巴最長壽的女人已經一百四十六歲了，而且顯然毫無意願回到地球。我們幾乎每天拜訪她。但即使在我們這裡，成人仍有早夭的趨勢（也許比地球更嚴重）。我沒有數據，但理事會應該處理過爲數眾多的屍體。

我僅剩很少的時間能回太空船探勘，只有半個大夜，包含去程。我沿著壁板探索每一個有舷窗的房間。那些都是頭等艙，其中一間鋪著紫色的布，摸起來應該非常柔軟。寢具是紫色的，浴室也是紫色的。更衣間裡的洋裝清一色紫，像是鞣過的皮革似地直挺挺吊著。這是我離開地球以來第一次看見洋裝。房裡還有一些敞開的紫色箱子，也許是著陸時掉下來的，箱子上布滿L和V兩個字母，還刻有名字：「安東妮亞．艾迪森夫人」。箱內裝著許多小玻璃瓶，全都完好無損。老實說，這艘太空船似乎非常專業地正確著陸，或許在落地時有些顛簸，但這在歐羅巴的土地上根本不足爲奇。

我坐在床上結冰的被單皺褶上。房裡的一切都是暗沉、紫色、結了凍的，但在我的手電筒燈光下，好像有什麼正慢慢變熱，解凍的冰彷彿釋放出當時所有乘客體內的氣息。

枕頭上有個頭形凹痕。

我暗忖，艾迪森夫人是在什麼時候亡故的？地球人怎麼處理奧德賽船艙內的屍體？歐羅巴的理事會把屍體冷凍起來，存放在遠方。我們的移居旅程中，船上只有一個人死亡，死因是心臟病發，我們把屍體保存在小停屍間，抵達時交由理事會處理。

我從其中一只紫色箱子拿了個小玻璃瓶。它很漂亮。

太空船上一定有某處是著陸艙，乘客會在那裡集合，把自己綁在當時的安全座椅上。

但若傳言屬實，乘客全退化成原始狀態（甚至連合格的駕駛員和新技術都沒有），如最壞的設想那般，遠在抵達歐羅巴之前，所有人早已自相殘殺，那麼屍體在哪兒？

若屍體全被丟到外太空，總該有誰去打開外頭的減壓室吧？

這些問題遠非我能力所及，我沒有寫進官方日誌。我只著墨於事實：太空船頂層空蕩蕩的，就這樣。

星期三

佩托夫召見我。「海灘」有崩塌之虞，即將被圍起。對於我針對太空船將如何處置的提問，佩托夫回答預算若是解凍，他們打算改造成征服博物館。我的個人行動任務正式結束了。

我今早瀏覽了各個資料庫，得知了艾迪森夫人的生平。她是一名特立獨行的地球人，富可敵國，喜愛紫色成癡。她經常旅行，年年託人製造附有小分格的全新行李箱來裝玻璃瓶。這是她在地球遭逢大動亂之前，向巴黎一家聞名遐邇的皮件商所訂購的。這個品牌領導了二十和二十一世紀的行李箱世界。

經過化驗，證實我拿的玻璃瓶似乎曾裝過美容液或化妝水，甚至是當時的一種靈藥（這似乎相當說得通）。艾迪森夫人顯然不可能活到太空船接近歐羅巴衛星的時候，不過我很欽佩她，一把年紀了還肯坐上太空船到天涯異地。在那個時代，這是一趟未知之旅，形同往黑暗中出發。

我並未精心修飾我的報告，反而分心看著一張又一張的地球照片。特別是森林，那些早前的森林，不是工業化過後的。我看著照片，彷彿擺盪在林間。我對其他資料庫中的故事，也就是我們這趟任務的歷史，早已嫻熟在心：奧德賽啓航後五百年，我們在四年內讓一百多艘太空船全數在歐羅巴著陸，並在此重新創造生命。

說來奇怪，我覺得比起我二十年前離開的地球，五世紀前的地球更容易捉摸，更有實質感。

我已經不曉得該拿自己怎麼辦了。

星期日

我肚子痛了好幾天。

歐羅巴的女人經期都不順。此事未經正式研究，我也不曾向其他開拓者提起。然而誰會相信，一天八十四小時（三個半地球天），還得經歷大夜和小夜的生活，絲毫不會影響當時只有地球人懂得的週期規律？我納悶若不是頭頂上那顆月亮的影響，週期又爲什麼會是二十八天？

我知道我在胡說八道。但所有事物的確都會影響我們：不同的光線，如此逼近的木星，多變的氣溫，沒有植物，只有冰塊下那片湖中噁心的魚。當然，我不會把這些寫進官方報告。

對於出生在歐羅巴的人而言，我覺得情況更糟。他們的身體會延展開來，連身衣下的軀體線條也愈來愈不清楚，逐漸喪失了地球人密實的體態。我也不曉得了。

星期三

艾婕兒的魚不在牠的冷藏水缸裡。艾婕兒哭了。想到這玩意兒可能在我們家裡爬……牠不到十五公分長，但這些小東西難道不會長大嗎？牠似乎能活上數百年。

星期四

我在歐羅巴活了二十多年，從未觸犯任何規定。我和這裡的每個人一樣，總是尊敬歐羅巴的國民公會，並依照嚴格的法律撫養孩子。

可是我又回到了太空船。我就是忍不住。

由於缺乏大氣，掛著的安全繩靜止不動。我之前的鑽探只在翼端鑿出狹窄入口，因此眼前仍看不見太空船。奧德賽就在我的釘鞋之下，一如有著史前壁畫的拉斯科洞穴被發現之前，也曾位在牧羊人的腳下。這是個空無與歷史的巨洞。我彷佛能感覺到這座迷宮在我腳下。

不曉得除了被吃掉的動物，在拉斯科洞穴有沒有找到其他骨骸？

星期一

也許是因爲肚子太痛，我直覺必須加快腳步，感覺某件事應該要結束了。我神經緊張。艾迪森夫人那些數也數不清的玻璃瓶裡，說不定存放著能讓我鎮靜的靈藥？

我不知道牴觸國民公會將有什麼下場。我認識的任何歐羅巴人都不曾這麼做。反正我們人數這麼少，每個人皆須繳交透徹完整的日誌，無論如何都無處可躲。凡事終究會傳開的。

若要躲在太空船裡，我就得儲備多於一人份的氧氣、能源和糧食，而且絕對想不出開脫的說詞。要是讓理事會讀到前面這句話，我甚至不知道怎麼解釋我何以會有這種念頭。

我必須回到我的官方報告上。必須全心專注於我身為紀錄員和母親的職責。

星期四

我跨過安全繩。

什麼也沒有發生。我腳下並未出現裂隙，也沒有暴風雨從木星的大片穹蒼降下來吞沒我。好比走下一座凹陷的冰山，我們只看見露出來的一小部分。

我走過一間又一間客艙。那是沒有舷窗的普通客艙，艙門全都大開。除了有著多次縫補痕跡的衣物和日用品，並無任何人類遺跡。

儘管我們知道，為了登上太空船而出現的投機行為有多醜惡（人類甚至彼此暗殺）；儘管我們知道，不義之事、套交情及任人唯親（相信這些都是歷史學家的用詞）的情況有多普遍；儘管我們知道，奧德賽的人並不具備讓我們移居成功的靈魂力量，我仍基於對這艘太空船的情感而繼續走下去，愈來愈深入底部，想一睹他們究竟是在何種破船上航行了這麼久、這麼遠。

狹窄的走廊不停延續，每十間客艙配有一間盥洗室和幾間廁所，全都保持得很乾淨，一路上都有水桶和手工拖把。為了五百年的飛行，他們竟然連拖把也帶上船。眞是絕妙的主意。

混沌的爆裂聲讓我猛然一驚。

這裡有一間武器艙，配有裝甲門和原始的數字密碼鎖，這扇門同樣大大敞開，但武器似乎一件也沒少，全都整齊地排在架上。盡是些雷射步槍、能讓人癱瘓的大玩意兒等等，也有十分機械化的盾牌，那種以手持擋在前方的東西，但沒有斧頭或刀子。也許是散置於整艘船上？還是留在屠戮現場？很有可能他們根本不懂得使用武器，或是這麼久以來，早已忘了武器艙的密碼。

我不禁納悶，我們和他們會如何共存？他們的思想和設備都是五百年前的東西。尼安德塔人與智人相遇時，共居似乎進行得並不順利，最後尼安德塔人滅絕了。當然，我不是要拿這個先例來比較。

星期六

我開始竄改日常報告，假造我一天的生活：照顧孩子，打掃家裡。但這樣下去也不是辦法。

我設法取得艾迪森夫人的一件洋裝，讓它在消毒室解凍，衣料耐住了衝擊，展現光采奪目的紫色。我想把洋裝藏在家中的床底下，卻在下面找到了艾婕兒的魚。我實在看不出魚是生是死，只好把牠放回水缸。

星期日

我找到著陸艙了，就跟其他地方一樣空蕩蕩的。起初我還以爲乘客集合在有長凳的第一間大堂等待著陸，但看樣子他們確實有安全座椅，是蛋殼狀的單人座，配有兩條交叉安全帶，還有許多兒童座椅聚集在中間。

第一間大堂似乎就是人稱**禮拜堂**之處。這個有必要好好研究，但我沒有時間了。禮拜堂是最初就設下的嗎？抑或是乘客看著地球逐漸遠去，虛空愈來愈無邊無際，憂慮之情逐步高漲，才因而打造出來的？

我不知道自己最害怕什麼：發現屍體？還是繼續尋找？

星期一

佩托夫的人注意到我了。我的肚子痛得更加厲害，血流得很不尋常。我得藏起這本日記，但是要藏在哪裡，又怎麼藏？整座基地都是透明的。混沌的裂隙不斷開開合合。奧德賽的太空艙嗎？我怕他們想炸掉它，或是讓它沉沒在冰殼下的湖裡。但是我希望我的孩子有一天能明白。藏在我的床底下嗎？看看我，簡直變得像個孩子了。

船首的著陸室前方就是駕駛艙。艙內很整齊，不過人似乎在匆促間走得乾乾淨淨，一如那些客艙。副駕駛的座位轉向門口，一頂頭盔凍結在地上，形成一座小山，開口往上，布滿年代久遠的粉冰。我就著燈光檢視，看見頭盔側邊有一個非常圓的小洞，不禁想起裝了「鈉22」的子彈，但是不可能，時代不對。駕駛艙的無線電（貌似一個年代久遠的無線電的殘餘）似乎被人毫不猶豫地毀掉。還有一本類似書籍的東西，紙張做的，呈現「打開」狀態，但內頁全因冰凍而緊緊黏在一起，而我實在不習慣處理這類東西。冰晶下可見一種羅馬字母的手寫字跡。我破解了一道半是數字、半是文字的密碼：08JAN2569。我想這是他們標示日期的方法，二五六九年一月八日，是我們歐羅巴曆法的第四年，也就是在我抵達前不久。但我一定是搞錯了。

我的探測器告訴我，大部分燃料艙都空了。這些史前人類分毫不差地計算出所需燃料。液氦在飛行了五百年後竟未爆炸，我認爲這足以證明他們的技術還不錯。

星期三（或星期四）

出血狀況變本加厲，我不得不躺著。我先生很擔心，但我不准他通知醫生。我不想離開我的床。我不想知道接下來會發生什麼事。地球的二五六九年一月八日，我們的三艘太空船已在歐羅巴著陸，包括佩托夫搭的那一艘。當時零號基地已經蓋好，他們不可能不知道奧德賽正逐漸逼近。事實上，他們必然曾與奧德賽錯身而過。奧德賽的乘客看見一艘令人目瞪口呆的太空船，從未來直直冒出來，超越了他們，率先在歐羅巴著陸。

稍後

最後，我答應了佩托夫，再說我也想在理事會料理我之前，把實情寫在這裡。我們究竟對那三十多個終於在歐羅巴著陸的地球人做了什麼？這些地球人子孫、過時人類的倖存者，肯定很迷惘無措吧。還有他們完全退化了的理想呢？他們回到原始生活，把老舊的連身衣剪成長布條，重新手織出奇裝異服（我看過他們，全都打扮得像原始人）。他們普遍是父母雜交所生，膚色都差不多，不白也不黑。經過那麼漫長的歲月，他們早已什麼也不顧了。

屍體全在一間空的氮氣艙裡。每個人的腦袋都嵌著一顆子彈，處決得乾淨俐落。佩托夫告訴我，他們一超越古老太空船，就做出了這個決定。他們等著奧德賽著陸，迎接並集合船上的乘客，不留任何時間讓那些人明白現況或受苦。我們的作法比他們五百年前的還人道。

氮氣艙裡的屍體層層疊交錯，稍遠處有三個兒童，約莫十一歲、八歲和六歲，兩個男孩，一個女孩。小女孩雙眼流露驚奇之色，黑色長睫毛前端沾了一層冰，一張紅紅的嘴燦笑著。她少了兩顆乳牙。我只是覺得，我們當初或許該試著讓孩子們融入歐羅巴的生活。

作家簡介

薇若妮克・歐瓦黛（Véronique Ovaldé, 1972-）

除了身爲小說家，她還是Points出版社發行人，亦擔任懸疑小說及詩作系列的總編輯。歐瓦黛的寫作生涯一直非常順遂，在法國文壇以用字精準爲人所熟知。二〇〇八年出版的《我透明的心》（*Et mon coeur transparent*）榮獲法國文化電台及媒體雜誌文學獎，隔年，《我所知道的薇拉》（*Ce que je sais de Vera Candida*）獲得何諾多高中生評選獎、法國電視台文學獎、《Elle》雜誌女性讀者獎。

大衛・芬基諾斯（David Foenkinos, 1974-）

《費加洛報》將他譽爲二〇一一年的法國五大暢銷小說家。他熱愛爵士樂，同時還是爵士樂吉他老師，喜歡在作品中探討「愛」。他筆鋒幽默，有時近乎瘋癲，作品已在三十餘國出版。二〇〇九年的《精巧細緻》入圍了龔固爾、何諾多、費米娜等文學大獎，最後奪下十個獎項，還搬上大銀幕。

楊・莫瓦（Yann Moix, 1968-）

處女作《喜上雲端》（*Jubilations vers le ciel*）即拿下龔固爾首部小說大獎、莫里亞克文學獎、法蘭西學院大獎等。他驚人的最新創作《誕生》（*Naissance*）厚達一一五二頁，書籍重量一・三公斤，進入三大文學獎決選，最後勇奪何諾多文學獎。除了文學創作，莫瓦還是導演、編劇，首部長片《舞臺》（*Podium*）改編自他的同名小說，相當賣座。

派崔克・厄德林（Patrick Eudeline, 1954-）

畫家與建築師之子，集音樂家、歌手、享譽國際的搖滾樂評、詩人和作家於一身，對法國街頭各階層的生活皆有敏銳觀察。他曾是龐克搖滾樂團「瀝青叢林」（Asphalt Jungle）的主要成員，至今仍被視爲法國龐克搖滾樂的重要人物。

維琴妮・戴朋特（Virginie Despentes, 1969-）

青少年時期待過精神病院，曾遭性侵，做過清潔婦、應召女郎、銷售員等零碎的工作，也爲搖滾樂報章雜誌撰稿、擔任色情電影的影評，更是小說家及導演。她的作品淫穢暴力，專注於刻畫卑劣、不健全的世界，但公認充滿了激進的女性主義色彩。她將自己驚世駭俗的處女作《操我》（*Baise-moi*）改編爲電影上映，引起極大震撼，被許多國家列爲禁片。榮獲花神文學獎的作品《美麗東西》（*Les Jolies choses*）亦改編爲電影上映。

菲利浦・傑納達（Philippe Jaenada, 1964-）

理工科出身，對電影懷抱熱情，曾在廣告界實習，也做過色情電話的主播等零工。曾嘗試創作幾則短篇，其中一篇被選入報紙刊登，因此得以進入報社工作。他在一九九七年出版的處女作《野駱駝》（*Le Chameau sauvage*）一鳴驚人，奪下花神文學獎，也改編搬上了大銀幕。

布魯諾・德・史塔本赫（Bruno de Stabenrath, 1960-）

身兼演員、歌手、暢銷作家與文學獎評審。十六歲時，他首次出現在楚浮的電影《零用錢》（*l'Argent de poche*）中，隨後演出不少法國電影，接著在二〇〇一年以自傳小說《人生列隊》（*Cavalcade*）晉身作家之列。這部作品在四年後搬上大銀幕。

法賓娜・貝爾多（Fabienne Berthaud, 1966-）

她從小對戲劇充滿熱忱，部分童年時光在阿爾及利亞度過，十一歲回到巴黎；既是演員、導演，也是作家及攝影師。執導的第二部電影《不設限的美麗》（*Pieds nus sur les limaces*）改編自她的同名小說，獲選二〇一〇年坎城影展「導演雙週」單元最佳影片。

尼可拉・德斯田・鐸爾夫（Nicolas d'Estienne d'Orves, 1974-）

記者、作家、古典樂樂評，在惡搞〈聖子誕生曲〉（*Il est né le divin enfant*）而被開除之前，也曾是電台主持人。他著有許多短篇、散文和長篇小說，累積了包括羅傑—尼米耶文學獎等大大小小獎項。他平常也爲《費加洛報》文藝副刊、《費加洛雜誌》等撰稿。

艾莉葉・阿貝卡西（Éliette Abécassis, 1969-）

師範學院畢業，繼承父親衣缽擔任哲學教授。她的父親亦爲著名的歷史學者、猶太身分鑑定專家。她花了三年研究、考證才完成的處女作《死海古卷——庫姆蘭》（*Qumran*）獲得很大的迴響，共譯爲十八種語言。二〇〇〇年出版的《休妻》（*La Répudiée*）獲得教徒作家大獎（Prix des écrivains croyants），並入圍法蘭西學院大獎、費米娜文學獎決選，她把本書改寫爲電影《聖哉》（*Kadosh*）劇本。二〇〇三年，再以小說《偷渡客》（*Clandestin*）入圍龔固爾文學大獎。

瑪麗・達里斯克（Marie Darrieussecq, 1969-）

六歲起沉浸書海，七歲就立誓成爲作家，文學底子深厚。全心投入寫作之前，曾在里爾擔任教師。她二十七歲寫下的第一部小說《小姐變成豬》（*Truismes*）只花了六個星期的時間創作，甫出版就轟動國內外。她有多部作品被改編爲舞台劇，是當代法國文壇廣受矚目的新秀。

作家肖像照攝影師

丹尼・胡阜（Denis Rouvre, 1967-）

享譽國際的法國攝影師，專長領域爲肖像照，曾獲攝影界重量級的「哈蘇大師獎」「世界新聞攝影獎」等多項大獎肯定，近期代表作爲拍攝日本三一一海嘯的倖存者。胡阜認爲肖像能反映個人和世界的關係，世界自有改變個人的方式，個人也有形塑世界的方法。

圖片出處

頁2 嘉士頓・威登
（Gaston-Louis Vuitton, 1883-1970）
© Archives Louis Vuitton
頁8 © Archives Louis Vuitton / Patrick Gries

〈血流遍地的三角洲〉
頁12 © Louis Vuitton / Denis Rouvre
頁14 © Archives Louis Vuitton
頁16，17 © Louis Vuitton /
Patrick Gries © Archives Louis Vuitton

〈挑戰胡迪尼〉
頁38 © Louis Vuitton / Denis Rouvre
頁40 © Archives Louis Vuitton
頁42，43 © Archives Louis Vuitton

〈親愛的威登先生〉
頁66 © Louis Vuitton / Denis Rouvre
頁68 © Archives Louis Vuitton
頁70，71 © Archives Louis Vuitton

〈蘇菲・喬孔達〉
頁94 © Louis Vuitton / Denis Rouvre
頁96 © Archives Louis Vuitton

〈頭等艙〉
頁136 © Louis Vuitton / Denis Rouvre
頁138 © Archives Louis Vuitton

〈紐約，巴黎，埃爾伯夫〉
頁160 © Louis Vuitton / Denis Rouvre
頁162 © Archives Louis Vuitton
頁164，165 © Archives Louis Vuitton

〈L.V.〉
頁194 © Louis Vuitton / Denis Rouvre
頁196 © Archives Louis Vuitton

〈旅人〉
頁228 © Louis Vuitton / Denis Rouvre
頁230 © Archives Louis Vuitton

〈空無的哨兵〉
頁258 © Louis Vuitton / Denis Rouvre
頁260 © Archives Louis Vuitton

〈泰迪熊〉
頁292 © Louis Vuitton / Denis Rouvre
頁294 © Archives Louis Vuitton

〈歐羅巴衛星〉
頁310 © Louis Vuitton / Denis Rouvre
頁312 © Archives Louis Vuitton

國家圖書館出版品預行編目資料

行李箱：短篇故事集 / 薇若妮克．歐瓦黛（Véronique Ovaldé）等作；張喬玟 譯；
-- 初版. -- 臺北市：寂寞，2014.1
344面；14.8×20.8公分 --（Soul；18）

譯自：La malle
ISBN 978-986-89002-8-8（平裝）

876.57 102017646

The Eurasian Publishing Group
圓神出版事業機構
用心與你對話．網野無限寬廣
寂寞出版社
Solo Press

http://www.booklife.com.tw inquiries@mail.eurasian.com.tw

Soul 018

行李箱：短篇故事集

作　　者／薇若妮克．歐瓦黛（Véronique Ovaldé）、大衛．芬基諾斯（David Foenkinos）、楊．莫瓦（Yann Moix）、派崔克．厄德林（Patrick Eudeline）、維琴妮．戴朋特（Virginie Despentes）、菲利浦．傑納達（Philippe Jaenada）、布魯諾．德．史塔本赫（Bruno de Stabenrath）、法賓娜．貝爾多（Fabienne Berthaud）、尼可拉．德斯田．鐸爾夫（Nicolas d'Estienne d'Orves）、艾莉葉．阿貝卡西（Éliette Abécassis）、瑪麗．達里斯克（Marie Darrieussecq）
譯　　者／張喬玟
發 行 人／簡志忠
出 版 者／寂寞出版股份有限公司
地　　址／台北市南京東路四段50號6樓之1
電　　話／（02）2579-6600．2579-8800．2570-3939
傳　　真／（02）2579-0338．2577-3220．2570-3636
總 編 輯／陳秋月
主　　編／李宛蓁
責任編輯／李宛蓁
美術編輯／王　琪
行銷企畫／吳幸芳．張鳳儀
印務統籌／林永潔
監　　印／高榮祥
校　　對／林慈敏．李宛蓁
排　　版／杜易蓉
經 銷 商／叩應股份有限公司
法律顧問／圓神出版事業機構法律顧問　蕭雄淋律師
印　　刷／龍岡數位文化股份有限公司
2014年1月　初版

定價 410 元　ISBN 978-986-89002-8-8

Printed in Taiwan